朝比奈　英夫

大伴家持研究

—表現手法と歌巻編纂—

塙書房刊

目次

目　次

目次

凡例

一、万葉集の引用は塙書房『万葉集　本文篇』に拠り、歌は漢字仮名交じりの訓み下し文で掲出した。ただし、諸説を勘案して、本文や訓を改めた場合がある。

一、万葉集以外の歌集の引用は『新編国歌大観』に拠り、漢字仮名交じりの表記で掲出した。

一、六国史及び史書の引用は『新訂増補国史大系』（吉川弘文館）に拠り、諸説を勘案して掲出した。

一、律令は、日本思想大系『律令』（岩波書店）に拠った。

一、漢籍の引用で主なものは次の本を用い、その他はそれぞれ依拠すべき本に拠った。訓読は注釈書等の説を参照して施した。なお、諸説を勘案して字句を改めた場合がある。

『文選』（清胡克家重彫宋淳熙本影印、芸文印書館、一九七九年）、『芸文類聚』（上海古籍出版、一九八五年）、『初学記』（中華書局、二〇〇四年）、『文苑英華』（拠明閩本重編影印、大化書局、一九八五年）、『遊仙窟』（江戸初期無刊記本影印、和泉書院、一九九四年）

一、引用では、原則として漢字は新字体を用いた。

一、参考文献の表示で、論集・雑誌等の巻号は漢数字で統一した。（例　11→一一、123→一二三など）

一、万葉集の諸本の略号は『校本万葉集』に従った。

一、次の注釈書は、括弧内の略称を用いる場合がある。

『万葉代匠記』（代匠記）、『万葉考』（考）、『万葉集略解』（略解）、『万葉集古義』（古義）、『万葉集新考』（井上新考）、『口訳万葉集』（口訳）、『万葉集全釈』（全釈）、『万葉集総釈』（総釈）、窪田空穂『万葉集評釈』（評釈）、日本古典全書『万葉集』（古典全書）、『万葉集全註釈』（全註釈）、『評釈万葉集』（佐佐木評釈）、『万葉集私注』（私注）、日本古典文学大系『万葉集』（古典大系、大系）、『万葉集注釈』（注釈）、日本古典文学全集『万葉集』（古典全集、全集）、新潮日本古典集成『万葉集』（古典集成、集成）、『万葉集全注』（全注）、新編日本古典文学全集『万葉集』（新編全集）、新日本古典文学大系『万葉集』（新大系）、『万葉集釈注』（釈注）、和歌文学大系『万葉集』（和歌大系）、『万葉集全歌講義』（全歌講義）、『万葉集全解』（全解）

大伴家持研究

―表現手法と歌巻編纂―

序章　本書の目的と方法

本書は、大伴家持を研究対象として表現手法と万葉集の編纂の両面から考察を加え、家持の文学的営為の持つ意義を解明することを目的とする。周知のとおり、家持は、万葉歌の歴史の掉尾を飾る歌人である。故に、家持の文学活動の実態を解明することは、万葉歌の表現とその基底にある思考の深まりの到達点を見極めることである。文学史の観点からいえば、家持を考察の対象とすることは、平安朝以降に展開する日本文学の豊饒な世界がいかなる基盤を持つかという問題に迫ることでもある。このような立場から家持の文学活動に考察を加えるにあたり、本書は、歌群の形成、漢籍受容、歌巻編纂という三つの視点を設定した。これら三つの視点のうち、歌群の形成とは歌の連作的集合によって一つの作品世界を構築する手法である。家持は作歌の初期からこの手法を積極的に採用し、時間の推移に従って変化し深化する自らの心情と思考を、総体的に表現する道を模索し続けた。万葉集中、四百七十余首にのぼる家持歌は、その試行の軌跡であると言ってもよい。第二に挙げた漢籍の受容は、個々の表現に認められる語彙的な影響関係のみならず、詠むべき対象をいかに把握し表現するか、歌によって自らを表出することの意味は何かを模索する営みでもあった。この営みは、表現手法の深化と文学観の醸成とを家持に促す契機として、終始、その作歌活動を支えていった。

右の事情を一つの見通しとしてまとめると、歌群の形成によって自らを十全に表出しようとする欲求が、漢籍から得た文学観の深まりと呼応しつつ家持の思考と表現に一つの方向を与え、多数にのぼる家持作品が豊饒かつ独自な世界を構築するに至ったということになる。歌群の形成と漢籍の受容とは、家持の表現手法と表現する態度に関わる問題だが、それは必然的に視点の第三に挙げた歌巻編纂の問題と関連する。

本書では、その考察の対象として万葉集巻十七から巻二十（以下、末四巻と称する）を取り上げる。万葉集末四巻は、家持の作品を中心に日付順の配列によって編纂されている巻々で、編纂形態において部立による類聚を施す巻十六以前とはきわやかな異なりを見せている。このような末四巻の日記的編纂形態には、大伴家持の意図が強く働いているものと考えられる。これが、万葉集末四巻をしばしば家持の「歌日記」と称する所以である。

先に述べたとおり、家持による歌群形成の手法は、時間の推移を軸とするものであった。ならば、そのような手法によって形成され集積された歌々の記録は、自ずと日付順、さらにはより細やかに時間の推移をも取り入れた形態を持つことになる。つまり、歌群の形成は、その当初から日記的に歌を記録し集成する方向を備えていたものと考えられる。末四巻を通覧すると、巻十七冒頭の補遺的な部分を除くと、天平十八年（七四六）から天平宝字三年（七五九）までにわたって、日付の順を追って作品が展開する。それ故、歌巻の日記的な性格は瞭然である。しかしながら、部立を基本とする巻十六以前においても、家持の作に日付が掲げられている例が散見することにも注意を払う必要があろう。かかる現象は、作歌の日時に対する関心が、自身の歌の記録と集積において重視されていたことを推測させる。歌群の形成と時間への意識とが作歌の初期から認められ、その営みがやがて末四巻となって集成されたのであれば、家持による歌巻編纂の出発点は、創作の柱として取り組んだ歌群という表現手法の中にあったと考えられるのである。

万葉集研究において、歌群という視点を積極的に導入したのは伊藤博氏である。その成果は氏の『古代和歌史研究』全八巻に示されているが、就中、第七巻、第八巻にあたる『万葉集の歌群と配列　上・下』（塙書房、一九九二年）は、作品の生成から万葉集の編纂過程に至るまで、歌群という視点による理解が有効に作用することを実証している。氏の広範な研究は、万葉集全体にわたり、かかる視点に立脚した方法で万葉歌の本質と万葉集の構造とを理解する端緒を開いたものといえる。伊藤氏の論は、家持作品についても歌の連作による歌群の形成が作歌の初期から円熟期に至るまで認められること、家持の「歌日記」と称される巻十七から巻二十では、歌群の形成が家持の歌巻編纂に密接に関連することを明らかにしている。

伊藤氏の視点を承けつつ、家持作品を中心に歌群のあり方をさらに精緻に追究したのが、山﨑健司『大伴家持の歌群と編纂』（塙書房、二〇一〇年）である。山﨑氏は、家持以前の作者にも目を配ることによって家持の歌群形成の営為を和歌史の上に位置づけ、その上で家持による歌群形成が多様な形態を取って柔軟に運用されていることを解明した。その論によれば、末四巻では、一見、内容的関連がなく作歌の場も独詠や宴と異なるものの、複数の歌々が一つの主題をもって意図的にまとめられている場合があるという。たしかに山﨑氏の指摘する特徴を持つ歌群が末四巻にはしばしば見出され、これによって歌群を形成することが、家持の創作意識と手法において重要な位置を占めることが知られる。

伊藤、山﨑両氏の論を踏まえてみると、家持の文学的な営為について究明すべき二つの方向が浮かび上がってくる。一つは、歌群という視点を基軸として、家持の作歌活動の展開を跡づけることである。家持の残した四百七十余首の作品は、末四巻はもとより巻十六以前に収録されている場合も含めて、家持の経歴に即してほぼ再構成することができる。万葉歌人の中でかような特異性を持つ家持作品の世界を、歌群のあり方を追究するという方法で読み解くことによって、一首ごとの解釈では見えてこない作品の特質や家持の思索の深まりを明らかにすることができる。さらに作品の制作年代を追って歌群形成の手法の展開を見通すことで、家持の文学的な境地の深化が明らかになってくる。

本書の第一部第一章から第四章では、こうした見地に立って、家持の作歌活動の初期から円熟期にあたる越中国守時代に至るまでの作品を通覧して、考察の対象とすべき作品を選んだ。このうち、第一章と第二章では、作品に盛られた心情や思考の展開が一つの流れを持つように形成された歌群を読み解き、家持の手法の実態を明らかにする。第三章と第四章では、天平感宝元年（七四九）の作品に注目する。この年、陸奥国で金が産出され、それに起因して朝廷内で政治的な動きが活発になる。この政治の動向に即するかのように、家持によって長歌を主体とした作品がつぎつぎと詠まれ、それらが結果として大きな歌群を形成することになる。その歌群の性格を鮮明に示す作品について考察を及ぼすことによって、当該作品を含む大きな歌群が家持の官人としての活動に密着する記録でもあることを明らかにする。その記録は、必然的に歌巻編纂の基盤となる資料でもある。

このような視点で作品の表現を検討し、家持の表現手法と表現する態度の問題を考究することが第三章、第四章の目的である。こうして、これらの章では、家持の歌群形成の手法の具体相、文学観の成熟が和歌文学史の上で持つ意義、歌巻編纂の基盤となる歌群の実態などを確かめることによって、これまで明らかにされてきた家持の文学的世界の特質を、さらに深く解明する。

歌群形成の手法と並んで、家持の作品を特徴づける手法として、漢籍の積極的な受容を見逃すことができない。万葉歌における漢籍の影響は、すでに『万葉代匠記』に多数の指摘を見るように、個々の作品についての出典の探索がはやくから行われている。しかしながら、万葉集をはじめとする上代文学全体にわたって、確固とした研究方法に基づいてその影響関係を究明したのは、小島憲之『上代日本文学と中国文学　上・中・下』（塙書房、一九六二年～一九六五年）である。小島氏の研究は、同書の「序説」に述べるように、厳密な出典論を基盤として上代文学の総体について中国文学との影響関係を解明するものである。

小島氏の研究と同じく出典論を基盤にして万葉集を中心とした中国文学受容の実態を追究するのが、芳賀紀雄氏の『万葉集における中国文学の受容』（塙書房、二〇〇三年）である。芳賀氏の研究は、典籍の伝来の厳密な推定に基づき、それらの典籍の受容と活用の実態を実証しつつ、個々の作品について精密な理解を施すという姿勢を貫いている。その中で、家持作品については、六朝時代から盛んになる詠物詩の影響を強く受けて新たな表現が開拓されたことを明らかにし、それが家持固有の創作態度と表現世界を導くに至ったこと、言語による表現が持つ意義について思索を深め独自の文学観を獲得していったことなどを論証している。

これらの研究を踏まえつつ、鉄野昌弘氏の『大伴家持「歌日誌」論考』（塙書房、二〇〇七年）が、家持自身の方法意識に基づく営為として、「歌日誌」という形態の中で漢籍の表現と方法を摂取し作品を記録していったありかたを解明していることも、貴重な成果である。

本書の第五章、第六章では、これらの研究成果を承けて、これまでに考察の対象とされることが少なかった家持作品に目を向けて漢語摂取の実態を究明する。考察の方法として、漢籍の受容について出典を厳密に求めて表現の内実を探ることはいうまでもないが、各々の作品がいかなる状況の下で詠出されたかについても目配りをする。取り上げた作品は、官人たちの集う宴（第五章）と、宮中での肆宴（第六章）であり、いずれも家持の官人としての立場と密接に関わる。本書は、それらに右のような態度で考察を加えることで、それぞれの宴の性格と披露された歌との関係を読み解き、家持が詠物詩から学んだ創作手法が、いかなる発展を見たのかを明らかにする。

以上、先行研究を紹介しつつ、第一部の論述が目的とするところを述べてきたが、第二部では、第一部における個々の作品への考察を踏まえて、家持による歌巻編纂の具体相を追究する。末四巻を対象とする伊藤氏の編纂論は、主に『万葉集の構造と成立　下』（塙書房、一九七四年）に展開されているが、氏の論の独創性は、歌に付された日付のありかたに注目して、末四巻では日付を有する歌と無い歌とが「同居構造」を持つことを見出し、さような形態が家持その人による記録と編集によってもたらされたことを実証したところにある。さらに伊藤氏は、そこに歌群という視点を呼び込むことによって、末四巻における作品の内的関連性と家持による歌巻編纂の過程を統一的に観察し、末四巻を含む万葉集二十巻の全貌が天応元年（七八一）から延暦二年（七八三）頃にほぼ整ったという結論を得ている。ただし、現在見るような一つの歌集としての成立は、家持の生前には果たされず、平城朝の大同年間（八〇六～八〇九）のことであったという。実証的な研究を基盤とする大きな見通しによってもたらされた氏の研究成果は、現在の万葉集研究の拠るべき指標であるといえよう。

伊藤氏の研究以降、万葉集編纂論がどのように展開してきたかについては、村瀬憲夫氏の「万葉集編纂研究の現在と展望」（『万葉集編纂構想論』（笠間書院、二〇一四年）に的確な整理と課題の提示があり、貴重な指針となっている。そこで指摘されているとおり、現在、万葉集編纂論では二つの異なる立場が示されている。すなわち、万葉集の内部を観察し編纂過程の痕跡を丹念に辿っていく立場（動的立場）と、現在ある万葉集の形を編纂者の意志を反映した結果であるとみて、その意味を解き明かす立場（静的立場）とである。

先掲の山﨑氏の『大伴家持の歌群と編纂』は、伊藤氏の論を承けつつ歌群形成を視点として末四巻の編纂過程について考察を進め、従来、十分な考察が行われていなかった巻二十の成り立ちについて、一巻が聖武朝を追慕する姿勢に彩られ末四巻の中で他の三巻とは異なる編纂形態を取るという新見を提示している。丹念な観察を積み重ねる氏の論は、必然的に万葉集二十巻の成立の具体相へと及び、当初、家持の日記的歌集であった歌巻が万葉集の末尾を飾る四巻として据えられた経緯を論じている。

これとは異なる視点で末四巻の成り立ちを把握するのが、先掲の鉄野昌弘氏の『大伴家持「歌日誌」論考』である。氏は歌日誌という形態を呼び込んだ作者家持の意識に目を向け、時間に沿って展開する心情を総体として表現することを選んだ結果が末四巻の姿であると見る。創作に向かう家持の意識と表現手法が固有の作品世界を構築しつつ、今見る「歌日誌」として大伴家持という一個の生を描き出すに至っているという鉄野氏の見方は、示唆するところが大きい。氏自身は末四巻の編纂の実態とその担い手についての言及には慎重な姿勢を示している故、村瀬氏の示す静的立場に拠るといえる。しかしながら、作品を通して知られる作者家持の意志が歌巻として成り立つ末四巻の形態的な姿と密接に連動するという見解は、村瀬氏の言う動的立場からの考察にとっても、重要な示教となる。なぜならば、作品そのものと、その集合としての歌巻の実態との相関を作者の意識に立って解明することは、家持による歌巻編纂の営みを考察する場合にも有効に作用すると考えられるからである。

本書が第二部において展開する家持の歌巻編纂についての考察は、右に紹介した研究成果を踏まえつつ、万葉集の内部徴証に注目し、編纂過程を合理的に跡づける方法を取る。いうまでもないことだが、家持の歌人としての活動は、律令官人としての立場とけっして無関係に展開したのではない。家持作品の題詞や左注には、しばしば作歌時点の官職名や官人としての動向が記録され、それらの作品が家持の官人としての立場と密接な関係を持つことを明瞭に示している。

そのような家持の意識をもっとも顕著に示しているのが、万葉集巻十七から巻二十である。日付順に歌を配列する形態を取る末四巻は、官人家持の時々の状況を時間的な進行の軸に据えて歌々が記録され、家持の動静を中心とした「歌日記」の様相を呈している。そこに収められた個々の作品は、官人家持の営為との関わりを、時に前面に押し出し、時に作品の背後に潜ませながら作り出され記録されているのである。それ故、家持の置かれた状況に常に注意を払うことによって、作品形成の実態と歌巻編纂の過程とが、より鮮明になると考える。かくして、本書は、右に述べたような態度と方法に基づき、先行研究の成果を参照しつつ、万葉集の中に記しとどめられた大伴家持の文学的営為の実態を追究し、その真価を解明することを目指すものである。

第一部　歌群の形成と漢籍の受容

第一章　家持と坂上大嬢の相聞歌群

一　歌群形成の手法

大伴家持は、万葉集に四百七十余首の歌を残す歌人である。さまざまな相貌を見せるそれら多数の歌々からは、家持の作歌に対する積極的な取り組みのありさまを見て取ることができる。家持歌における新たな表現の開拓や、長歌、短歌という歌体を、目的に応じて自在に選択する柔軟な態度が、万葉歌の到達点ともいうべき秀歌を生み出すに至ったことは、異論のないところであろう。

作歌における家持の多様な取り組みの中で、その作品世界を貫く手法がある。それは、歌の連作によって一つの作品世界を形成する手法で、家持がその手法を初期の作品から積極的に用いていることが指摘されている。例を挙げれば、天平八年（七三六）九月の日付を持つ「大伴家持秋歌四首」(1)（八・一五六六〜一五六九）、同十一年六月から七月にかけてものされた「悲傷亡妾歌」(2)（三・四六二〜四七四）、同十五年（七四三）八月の「大伴宿祢家持秋歌三首」(3)（八・一五九七〜一五九九）等々、家持の連作的手法を見て取ることができる作品が少なくない。さらに、このような手法が右に挙げたような独詠歌を主体とする作品だけではなく、歌の贈和の場でも発揮されていることにも注意すべきであろう。伊藤博「〝歌を贈る〟ということ―笠女郎と平群氏女郎と―」[4]は、家持自身の詠ではないが、家持に贈られた二つの歌群（四・五八七〜六一〇、十七・三九三一〜三九四二）が、それぞれ全体として物語的なまとまりを持つことを明らかにし、そこに「歌を相手に贈ることは歌を一つの世界構造の貫流する作品として寄せることだという精神」があることを指摘している。

もっとも万葉歌の歴史に徴してみれば、歌を連作として構成する手法は家持以前にも存在する。たとえば柿本人麻呂の「泣血哀慟歌」（二・二〇七〜二一二）について、『万葉代匠記』、『万葉集講義』の説を承けつつ、一つの題詞に包摂される二歌群（二〇七〜二〇九、二一〇〜二一二）に連作性を見出す論[5]が以後の研究の嚆矢となっている。同じ形態をとる「石見相聞歌」（二・一三一〜一三七）については、二つの歌群（一三一〜一三三、一三五〜一三七）の関係が作品研究の主要な論点になっている[6]。

これらの研究は、歌の連作が作者の意図によってなされたもので、複数の歌からなる歌群の構成が当該の作品の根幹をなしていることを解明した。かくして歌群の形成は万葉集を貫く創作手法として認められるのだが、それが家持の時代に至りいっそうの進化を遂げる。すなわち、時間の推移に伴って場面の進行と心情の起伏とを総体として表現しようとする、時間を軸とした歌の連作に対する意識が強まり、それがより繊細かつ先鋭化して、家持らを取り巻く文化圏で共通の手法となっていった。

そのような状況を典型的に示しているのが、先に触れた「悲傷亡妾歌」（三・四六二〜四七四）と称される作品と本章で取り上げる家持と大伴坂上大嬢との相聞歌群（四・七二七〜七五五）なのである。この二つの歌群が互いに踵を接するかのように制作されていることから見て、両者には歌群形成の手法でも共通するところがあると思われる。二つの歌群の制作時期については本章第四節で述べるが、「悲傷亡妾歌」の方が制作時期が先立つと考えられる故、ここでまず、「悲傷亡妾歌」の歌群としての性格について確認しておきたい。

当該の歌群は、弟書持との唱和（四六二・四六三）を冒頭に据え、全体が十三首で構成されている。この十三首に明確な構成意識が認められること、家持の父大伴旅人にも妻を失った悲しみを詠む亡妻挽歌があり、それは妻を失った悲しみを時を追って詠む歌群として構成されていたと推測されること(7)、家持の歌群形成の手法には、その亡妻挽歌など旅人作品の影響が認められることなどが(8)、これまでに指摘されている。

さらに近時、万葉集の亡妻挽歌の系譜を視野に入れつつ件の亡妾悲傷歌を読み込み、その形成過程を跡づけることを通して、当該作品の特質を明らかにした鉄野昌弘氏の論(9)が提出されている。その論では、家持が亡妾悲傷歌の創作を通して「制作時点と歌それぞれの時点との相違を明確に意識しつつ、移り行く自己をフィクショナルに再構成する経験を持ったことが、『歌日記』の形成に決定的な働きをした」との見解が示されている。歌群の形成から日記的な形態の歌巻編纂へという見通しを持つ本書の考察にとって、右の見解は貴重な示教となる。

右に挙げた先行研究を参照すれば、家持が旅人の作を意識し、その手法を取り入れたことには疑いを容れる余地はないであろう。そのことを踏まえて、ここで改めて注意しておきたいことは、旅人の亡妻挽歌に見られた時間の推移に伴う悲嘆の情の表出を、家持はいっそう意識の前面に押し出して、時とともに変化する心中の思いを細やかに追うようにして歌に詠み込み、それが一つの流れとして「悲傷亡妾歌」を形成していることである。そうであれば、「悲傷亡妾歌」に次いで詠まれた大嬢との相聞歌群にも、やはり時間の進行を軸とする構成意識が貫かれていると考えられる。以下、この点に注意しつつ、家持と大嬢との相聞歌群に検討を加えたい。

二　家持と坂上大嬢の相聞歌群

A　大伴宿祢家持贈二坂上家大嬢一歌二首　離絶数年復会相聞往来　（四・七二七～七二八）
　大伴坂上大嬢贈二大伴宿祢家持一歌三首　（七二九～七三一）
　又大伴宿祢家持和歌三首　（七三二～七三四）

B　同坂上大嬢贈二家持一歌一首　（七三五）
　又家持和二坂上大嬢一歌一首　（七三六）
　同大嬢贈二家持一歌二首　（七三七～七三八）
　又家持和二坂上大嬢一歌二首　（七三九～七四〇）

C　更大伴宿祢家持贈二坂上大嬢一歌十五首　（七四一～七五五）

右が考察の対象とする相聞歌群の全貌である。七二七～七二八から始まって、七五五に至るまでの二十九首が、大伴家持と坂上大嬢との贈和によって成るひと続きの歌群であると考えられる。その全体は、右にA・B・Cとした三つのまとまりに分けて捉えられる。まずAは、大伴氏の一族で「坂上家」と呼ばれていた家の「大嬢」、すなわち家持にはいとこにあたる女性に贈られた家持歌で、これが以下の二十七首の冒頭となる。ついで、Bでは大嬢の側から家持に歌を贈り、それに家持が和すというやりとりが繰り返される。そして、最後にCとした十五首ものまとまった歌が、家持から大嬢への贈歌として置かれている。

それでは、このA・B・Cは、互いにどのように関連しているのであろうか。この点については、作品の内容の展開とともに、一連の題詞に見られる「又」「同」「更」などの語の用法に着目した指摘が行われている。(10) それによれば、この二十九首は、「又」を三回、「同」を二回繰り返して歌の展開を示し、最後に「更」としてその展開を承けて、まとめの歌群を置くという次第で構成されていると考えられる。これに加えて、「又」と「同」とに意図的な使い分けがあることも指摘されている。右に掲げたとおり、「又」は家持に、「同」は大嬢について用いられているのだが、たとえば家持自身が自らのことを指して「同じ家持が」ということはない。つまり、この「又」「同」の使い方は、「また、私、家持が」「前と同じ坂上家の大嬢が」という態度で記されていることを示しており、このことから、この二十九首は、家持の側の立場を軸としてまとめられているとみなされるのである。そうであれば、そのまとめの担い手は、家持その人を措いては考えにくい。

この歌群は、三部からなる構成意識に基づくこと、全体二十九首に及ぶ大きな規模を有することなど、万葉集中で注目すべき性質を備えている。そこには家持の相当な意気込みを見て取ることができる。はたして、歌作りに対する家持の意欲的な試みを、歌群の最後に置かれたC部に見て取ることができる。『遊仙窟』を踏まえると見られる四首を擁することがそれである。件の四首は、次のとおりである。

夢の逢ひは苦しくありけりおどろきて〈弱探友《かきさぐれども》〉手にも触れねば　（七四一、〈　〉内は原文）

少時坐睡、則夢見㆓十娘㆒。驚覚攬㆑之、忽然空手。（『遊仙窟』）

一重のみ妹が結ばむ帯をすら三重結ぶべく我が身はなりぬ　（七四二）

日日衣寛、朝朝帯緩　（『遊仙窟』）

夕さらば屋戸開け設けて我れ待たむ夢に相見に来むといふ人を　（七四四）

今宵莫㆑閉㆑戸、夢裏向㆓渠辺㆒。（『遊仙窟』）

夜のほどろ出でつつ来らくたび数多《まね》くなれば我が胸切り焼くごとし　（七五五）

未㆓曽飲㆒㆑炭、腹熱如㆑焼。不㆑憶㆑呑㆑刃、腸穿似㆑割。（『遊仙窟』）

家持歌のみならず、『遊仙窟』が万葉集に与えた影響については、『代匠記』をはじめとする諸注釈書が、個々の歌と『遊仙窟』の場面との関係を指摘している。両者の関係についての論考としては、早くに幸田露伴[11]が日本における『遊仙窟』の受容を論じており、さらに小島憲之「遊仙窟の投げた影[12]」は、『遊仙窟』が慶雲元年（七〇四）に帰朝した第七次遣唐使によって招来されたことを推定し、上代文学に与えた影響について精密な考証を行っている。

さて、右のように家持から大嬢に贈られたC部の中に、『遊仙窟』を踏まえる表現が集中的に見出されるということは、C部、さらには二十九首の歌群全体に関わる家持の創作上の意図がそこに働いているということにほかならない。右の四首のうち、第一首について、『万葉集注釈』は、家持歌の「おどろきて」が『遊仙窟』の「驚覚」によること、また「攬」が早くから「かきさぐる」と訓まれていたとして、歌の「かきさぐれども」がこの文字によることを指摘する。この「攬」について、内田賢徳氏[13]は、金剛寺本の注に「陸法言曰、攬《ラムトハ》手取《ル》也、音力敢反」とあることなどを参照しつつ、家持の見た『遊仙窟』の「攬《らん》」には「搔探」と訓注が付されていたと見る。その上で、家持と大嬢はともにその本を見ていたのではないかという。

さらに、近時、奥村和美氏[14]は、当面の四首と『遊仙窟』との関係について、相聞の相手の大嬢も『遊仙窟』を読んでいたと考えられること、歌の表現に遊戯性が見られること、同じ歌群の中に『遊仙窟』との影響が見られる歌が複数あることなどを挙げ、「家持は、古詩以来の様々な類例のあることを承知していただろうが、その中で特に『遊仙窟』を選び、遊戯的雰囲気や虚構的設定も含めて、『遊仙窟』をまるごと利用しようとしている」

と述べている。先掲の露伴「遊仙窟」は、「鑿説に似たり」と断りつつ、「家持暗に大嬢を以て遊仙窟中の美人十娘に擬し、己を以て文成に擬し、特地に遊仙窟の辞に因りて繾綣の情を致し、も亦測る可からず」と言う。右の奥村氏の論を踏まえて当面の相聞歌群を見ると、露伴の言もあり得べき推論なのではないか。そこには、『遊仙窟』の描く世界の情趣をそのまま自らと大嬢との相聞の場に持ち込もうとしている意図が看取されるのである。

かくして、『遊仙窟』の世界を連想させつつ、二人の男女が出会い、歌の贈和を重ねながら思いを深めてゆくさまを、あたかも物語の進行に伴って展開する映像のように描き出したところに、家持の力量が発揮されていると思われるのである。

三　大嬢の秀歌

家持が歌群の後半C部に施した趣向は、その受け手である大嬢がこのような趣向のよき理解者であってこそ、真価を発揮するものであろう。そこで改めて歌群全体を見わたすと、その構成の要ともいうべき位置に、大嬢の存在感を示して輝きを放つ一首を見出すことができる。次の一首がそれである。

春日山霞たなびき心ぐく照れる月夜にひとりかも寝む　（七三五）

一読して知られるように美しい歌で、万葉集中の秀歌のひとつと言ってよい。事実、この歌は、これまでにも高い評価を受けてきた。例えば、次のごとくである。(15)

薄々と霞の立ちこめた朧月夜は、うら若い作者にたゆいやうな悩ましさと、遣る瀬ないあこがれとを覚えさせたのである。（中略）かくもまざまざと感覚的に同情を誘ふやうな、的確動かすべからざる用法は稀である。

右の評言にいうとおり、たしかに、気分のよく出ている歌だが、それでは、この歌のどこにそのような魅力を引き出す契機があるのだろうか。一首に詠み込まれている素材を順にたどると、「春日山」「霞」「月夜」と続き、平城京を取り囲む情景が目に浮かぶ。さらに下句に及んで、その情景の下でひとり寝を嘆く作者の姿がある。「春日山」は、周知のとおり、平城京東郊に位置して、都に住まいする万葉人たちが日ごろ慣れ親しんだ山である。万葉集中では、その春日山に霞がたなびいている情景は、次のようにうたわれている。

ま葛延ふ　春日の山は　うち靡く　春さりゆくと　山峡に　霞たなびき　高円に　うぐひす鳴きぬ　…（六・九四八）

うぐひすの春になるらし春日山霞たなびく夜目に見れども（十・一八四五）

このように「春日山」と「霞」との取り合わせは一般的といえるが、右の二首をはじめ五首を数える類例は、いずれも季節が春であることを題詞などに明示する作ばかりである。けれども、当面の大嬢の一首では、それを含む歌群のどこにも季節が示されていない。したがって、大嬢は、たとえば「春日山霧立ちわたり」と詠むこともできたはずである。にもかかわらず「霞」が選ばれたのは、やはり「カスガ」という地名が春を連想させるからであろう。そこには「春日（はるひ）を春日（かすが）の山の」（三・三七二）に示されるように、春の日が霞むという連想に基づいて「カスガ」が「春日」と表記されるという、すでに定着した訓と表記との結びつきが前提としてある。このことは、とりもなおさず、一首にうたわれた情景が、現実はどうであれ、少なくとも作品世界の中では春の宵であることを匂わせることになる。

そのような春の夜を背景としてうたわれる「ひとりかも寝む」は、今夜の恋人の訪れを不安と期待とを込めて待つ心をうたった、ため息交じりの疑問である。こうしたやわらかな嘆きは、恋をしているからこそ生じるものであって、それは、恋することゆえの高揚感とさえ言えるのではなかろうか。万葉集中に十首ある「ひとりかも寝む」で結ぶ歌の中で、大嬢の歌が類型に堕すことなく魅力を湛えている原因の一端は、その恋心と作品の情景とが、まことにしっくり結びついているところに求められるのである。

　そこで考慮すべきは季節の春と女心との関連である。漢籍では春が女性の愁いを触発するという観念がある(16)。『毛詩』の「豳風」の「七月」詩に、

　　春日遅遅、采レ蘩祁祁。女心傷悲、殆及公子同帰

とあり、その毛伝に「春女悲、秋士悲、感二其物化一也」という。さらに六朝時代に至ると、艶情詩を多く収める『玉台新詠』では、自然が人間の情を動かすという文学観から、春の景色と女心とを関係させる例がひとつの典型として認められるという(17)。このような漢籍に源を発する考え方が、件の大嬢歌にも影を落としていると見てよいのではないか。そうであるならば、春を必然的に思わせる「春日山霞たなびき」は、ひとり寝を嘆く作者を取り囲む実景を表現しているだけではないと見るべきであろう。ここでは、その両者、すなわち景と情との間をつなぐ連想として、中国の艶情詩の世界が広がっているものと考えられ、それによって一首は、いっそうの艶やかさを獲得しているのである。

　それのみならず、一首の中での景と情との結びつきには、もうひとつ見過ごすことのできない表現が関係している。第三、四句の「心ぐく照れる月夜に」がそれである。「心ぐく」は、「心くもり」と解されている(18)ように、心が晴れずに気分が鬱積している状態をいうことばで、集中に次のような例がある。

　　心ぐく思ほゆるかも春霞たなびく時に言の通へば　（四・七八九）

心ぐきものにぞありける春霞たなびく時に恋の繁けば　（八・一四五〇）

前者は家持の歌、後者は大嬢の母の大伴坂上郎女の歌である。これらも当面の大嬢歌と同様に春の霞がたなびく景と関連して「心ぐく」を用いている。しかし、いずれも大嬢歌に及ばないように思われる。その原因の一半は、おそらく右の二首がともに上句に心情を、下句に情景を配する形を取り、上句と下句が截然と分かれるため、景と情との結びつきが大嬢の歌ほどには緊密でないところにあるのではなかろうか。これらに対して、大嬢歌では「心ぐく」が直接に「照れる月夜」という情景に続いている。この表現の内実については、「ここは、外界の霞がかかって月もおぼろに照っている夜景を叙しつつ、話し手の気持ちの鬱陶しさをも含めて未分化なままに述べたものであろう」[19]という理解に従うべきであろう。

さらに注目すべきは、大嬢歌が「心ぐく照れる月夜に」として朧月をうたい、視覚に訴えるきわめて印象的な世界を造形していることである。朧月は、和歌の世界では大江千里が白居易の詩句「不レ明不レ闇朧朧月、非レ暖非レ寒慢慢風」（「嘉陵夜有レ懐二首」其二）を題として、

照りもせずくもりもはてぬ春の夜のおぼろ月夜にしくものぞなき　（『千里集』七二）

とうたい[20]、それ以来、春景の典型として定着していくこととなった。ところが、万葉集の場合、月を詠むおよそ百八十首の多くは、

春日山おして照らせるこの月は妹が庭にもさやけくありけり　（七・一〇七四）

ももしきの大宮人の罷り出て遊ぶ今宵の月のさやけさ　（七・一〇七六）

のように明るく照る月を詠むのが一般であって、件の大嬢歌に通じる表現としては、

ぬばたまの夜霧の立ちておほほしく照れる月夜の見れば悲しさ　（六・九八二）

が見出されるに過ぎない。これは大嬢の母、坂上郎女の作で、おそらく和歌史の上で朧月をうたった最初の作であると思われる。大嬢歌は、霧に込められた月がぼんやりと光を投げかけている情景がもの悲しさを誘発するといった母の作品の趣向を学びつつ、その境地をもう一歩進めて景情の見事な融合表現を獲得したのであろう。

四　恋の結実

以上、大嬢歌に視点を当ててその特質を考えてきたが、それでは、歌群の構成の担い手と目される家持は、この秀歌をどのように受けとめたのであろうか。家持歌の特質を理解する上で注目される語に「いぶせし」がある。これは人の心情について用いられる場合、「心が晴れず、気分が鬱屈する」意だが、家持に次のような例がある。

隠りのみ居ればいぶせみ慰むと出で立ち聞けば来鳴くひぐらし　（八・一四七九）

雨隠り心いぶせみ出で見れば春日の山は色付きにけり　（八・一五六八）

すでに指摘があるとおり(21)、この語は家持の愛用語といってよく、したがって、それだけに家持の繊細な性向をよく表していると見てよい。これらは、人間が憂いを抱いて生きていかなければならないということへの自覚を、家持が心底深く抱いていたことの現れであると考えられる。このような性向は、家持の生きた時代の風潮とも響きあうものであって、その風潮の至りついたひとつの境地が、家持の秀歌と評される次の三首である。

春の野に霞たなびきうら悲しこの夕影にうぐひす鳴くも　（十九・四二九〇）

我がやどのい笹群竹《ささむら》吹く風の音のかそけきこの夕かも　（四二九一）

うらうらに照れる春日にひばり上り心悲しもひとりし思へば　（四二九二）

右の三首について、「物と心、景と情の融合の中に、人間の生の不安、心のゆらめきを託した、あざやかな象徴詩」[22]であるというのは、まことに適切な評言といえよう。その境地は、家持という歌人が、人であるゆえの憂いを歌という器に盛って、いかにして表現するかということを突き詰めて考え、実践していった結果、至りついたものにほかならない。

当面の大嬢歌との関わりに戻ると、右に述べたような感性の持ち主が大嬢歌の真価を見逃すはずはない。先に二十九首の歌群をA・B・Cの三部に分けて捉えたが、その中でB部十二首だけが前後のA部、C部と異なって、大嬢の側の贈歌から始まる。かような形をとるのは、歌群の展開に変化をつけるとともに、大嬢の秀歌をB部十二首のちょうど中心に置くことによって、大嬢の存在を引き立てようとするねらいがあったからであろう。このように考えると、歌群の構成こそが、大嬢の「春日山霞たなびき」の歌の価値を高く評価していた家持の受け止め方を如実に示すものと思われる。それと同時に、大嬢の側でも家持の性向や歌作りへの熱意に鈍感であったとは思われない。家持を想う大嬢の気持ちの深さが家持の志向と共鳴して珠玉の一首を生み出したことを見逃してはなるまい。

最後にこのような質、量ともに注目すべき歌群が作られた時期について検討したい。まず、家持の生年は、古代官僚制についての研究成果を踏まえて提出された養老二年（七一八）説[23]が動かないところである。ところが、一方の大嬢の方は、確たる手がかりがなく、母の坂上郎女と父の大伴宿奈麻呂との結婚時期を推定して、そこから大嬢の生年を考えることになる。そこで、細かくは養老五年説[24]、養老六～七年説[25]、養老七年説[26]と見解が分かれるが、ここでは、おおよそ養老六年前後と考えておきたい。家持と大嬢は、天平五年（七三三）頃に早くも歌のやり取りを始めているが、十一才前後と推定される大嬢の年齢から見て、これには母である坂上郎女の意向が働いていたものと思われる。あるいは、二人の将来の婚姻を望んでのこととも考えられる。しかし、家持は、天平六年に十七才で内舎人として自身出身する。[27]その頃を境に大嬢から離れ、宮廷生活で知り合った十人ほどの女性たちと盛んに歌を交わしている。この時期、家持はある女性と結婚して子をなしたらしい。「悲傷亡妾歌」に「妾」と記される女性がそれで、家持の結婚と「妾」の死、そして「悲傷亡妾歌」の制作は、天平六年から天平十一年の間のことであった。この期間がまさしく当面の二十九首の歌群冒頭の題詞脚注に「離絶数年」と記される数年間にあたる。[28]

かくして「離絶」の時期を経て再び二人が歌を贈り交わすに至ったとき、家持は二十一才、大嬢は十六才前後で、本格的な婚姻関係を結ぶにふさわしい状況になっていた。当面の歌群は、まさにその時期に交わされた歌々だと考えられる。それらが、かくも大規模に、かつ、周到な配慮をもって集成されたとすれば、件の二十九首はおそらく二人の結婚生活の本格的な出発を記念してまとめられたものと考えられる。これを家持の作歌歴に即して見た場合、歌の連作による作品世界の構築や漢籍の積極的な摂取など、家持作品を後年に至るまで特徴づける作歌手法がそこに見出されることが重要である。第一節で述べたとおり、この相聞歌群のすぐ前に詠まれた「悲傷亡妾歌」もまた、創作手法を考える上で重要な性格を持つ。それ故、この頃、すなわち天平十年前後の時期を、家持の歌群形成の手法の本格的な出発期と見なしてよいと考えられるのである。

注

（1）橋本達雄「秋歌四首の創造」（『大伴家持作品論攷』塙書房、一九八五年、初出一九七九年）

（2）伊藤博「内舎人の文学」（『万葉集の歌人と作品　下』塙書房、一九七五年、初出一九七四年）、橋本達雄「亡妾を悲傷する歌」（『大伴家持作品論攷』塙書房、一九八五年、初出一九七四年）
（3）芳賀紀雄「歌人の出発―家持の初期詠物歌―」（『万葉集における中国文学の受容』塙書房、二〇〇三年、初出一九八〇年）
（4）『万葉集の歌群と配列　下』（塙書房、一九九二年、初出一九八三年）
（5）伊藤博「歌俳優の哀歓」（『万葉集の歌人と作品　上』塙書房、一九七五年、初出一九六六年）
（6）二歌群の関係については、現在、伊藤博「石見相聞歌の構造と形成」（『万葉集の歌人と作品　上』塙書房、一九七五年、初出一九七三年）が提出した、いわゆる「求心的構図」説を皮切りにして、議論が交わされている。それらについては、身﨑壽『石見相聞歌』（『人麻呂の方法　時間・空間・「語り手」』北海道大学図書刊行会、二〇〇五年、初出一九九八年）が的確な整理を加えている。
（7）注2論文
（8）「結節点としての『亡妾悲傷歌』」（『万葉』二二四号、二〇一七年八月）
（9）山﨑健司「大伴旅人の旅日記的歌群」（『大伴家持の歌群と編纂』塙書房、二〇一〇年、初出二〇〇〇年）
（10）注2伊藤論文
（11）「遊仙窟」（露伴全集第十九巻、岩波書店、一九五一年、初出一九〇七年）
（12）『上代日本文学と中国文学』中（塙書房、一九六四年）
（13）「万葉歌の中の漢字表現―訓字と仮名をめぐって―」（『上代日本語表現と訓詁』塙書房、二〇〇五年、初出一九九七年）、「遊仙窟古訓を万葉歌に遡る」（同上、初出二〇〇三年）、「西風の見たもの―上代日本における中国詩文―」（『万葉』二一〇号、二〇一一年十一月）
（14）「『遊仙窟』から学んだもの」（『万葉語文研究』第一一集、和泉書院、二〇一五年）
（15）『評釈万葉集』
（16）芳賀紀雄「家持の春愁の歌―その表現をめぐって―」（注3書、初出一九九五年）
（17）小尾郊一「斉梁文学と自然」（『真実と虚構』汲古書院、一九九四年、初出一九七三年）、同「艶歌と女性」（同書、初出一九六五年）

（18）『万葉考』
（19）完訳日本の古典『万葉集』
（20）金子彦二郎『増補平安時代文学と白氏文集　句題和歌・千載佳句篇』（培風館、一九五五年）
（21）山本健吉『大伴家持』（筑摩書房、一九七一年）
（22）伊藤博『万葉のあゆみ』（塙書房、一九八三年）
（23）佐藤美知子「万葉集中の国守たち」（『万葉』一一二号、一九八三年一月）
（24）小野寺静子『大伴坂上郎女』（翰林書房、一九九三年）
（25）神堀忍「大伴家持と坂上大嬢―その年齢推定の試み―」（『万葉集研究』第二集、塙書房、一九七三年）
（26）小野寛「坂上大嬢と家持」（『大伴家持研究』笠間書院、一九八〇年、初出一九七七年）
（27）注21論文
（28）家持が内舎人として自身出身した天平六年（七三四）頃を境として、家持の相聞歌贈和の相手に変化が見られることが指摘されている（注2橋本論文）。すなわち、内舎人に任ずる以前は、大伴坂上大嬢や笠女郎など、「女郎（郎女）」と称する有力貴族の女性と交渉があり、内舎人として宮廷に出仕する頃から、河内百枝娘子、日置長枝娘子などの「娘子」と称する、「女郎（郎女）」たちよりも身分の低い家柄の女性と歌を交わすようになるのである。これら「娘子」と称する女性たちは、宮中出仕の女官であったらしい（小野寛「女郎と娘子―家持の恋の諸相―」注26書、初出一九七二年）。

第二章　総題を掲げる独詠歌群

一　総題と歌群

前章において、大伴家持が複数の歌を歌群としてまとめる手法を積極的に用いていることを指摘したが、歌群として統括される歌々には、必然的に時間の流れに伴う心情なり情景なりの展開が生じることになる。つまり、歌群形成の根底には、時間の推移を明確かつ鋭敏に意識する家持の態度があるといえよう。この態度が、歌の詠出の場合のみならず、やがては日付順の配列をとる新たな編纂形態を導くこととなる。こうして、歌々の創作と、それらを時間の軸に沿って記録することとの融合によって導かれたのが「歌日記」と称される巻十七から巻二十で、とりわけ、家持の秀歌が多く見出される巻十九にはこのような家持の作品世界の特質が顕著に認められる。

たとえば、多くの論を集める巻頭の秀歌十二首（四一三九〜四一五〇）、越中の家持と都の「留女」（家持の妹）との贈答を軸に据えた歌群[1]（四一八四〜四一九八）などが、その例である。さらに、このような巻十九の中にあって、近時、山﨑健司「巻十九の題詞なき歌[2]」は、題詞を欠く形式を取ることで作歌事情を異にする歌同士を結びつける場合（四二二六〜四二三〇など）があり、それが家持の意識的な創作手法であるという指摘を行っている。示唆に富む見解で、その成果を踏まえて巻十九を見ると、これらの他にも家持の意識の流れを読み取りながら作品の展開を跡づけることができる場合が見出される。一見するところ内容的な関連性を持たない四つの歌の前に、全体を大きく包括する総題を掲げている例(3)（四一五九〜四一六五）がその一つである。左のとおりである。

季春三月九日擬二出挙之政一行二於旧江村一道上属二目物花一之詠并興中所レ作之歌

過二渋谷埼一見二巌上樹一歌一首　（四一五九）

悲二世間無常一歌一首并短歌　（四一六〇〜四一六二）

予作七夕歌一首　（四一六三）

慕レ振二勇士之名一歌一首并短歌　（四一六四〜四一六五）

右の四一五九〜四一六五は、総題によって四つの歌が一括されてはいるものの、それらの内容面での関連は容易に見て取ることができない。ここに総題を掲げているのも、「三月九日」（天平勝宝二年）に近い日に詠まれた歌を単に一括しただけかもしれず、形の上でのまとまりを、ただちに歌の内容の関連に結びつけてよいのかどうか躊躇されもする。

この一群の歌について、日付の状況からこれらが内面的関連を有することが伊藤博氏によって指摘され(4)、さらに橋本達雄氏は、四つの歌の解読を通して相互の関連を具体的に説いている(5)。たしかにそれらの論には首肯すべき点が多く、当面の四つの作の本質を解明するための正しい方向を示していると思われる。ただし、このことを保証するためには、この歌群の前に掲げられた総題が、どのような役割を果たしているのかを明らかにする必要があろう。総題が「三月九日」という日付を持つことから、その日付と歌の連作性とのかかわりも検討すべき課題となる。これらの点について、鉄野昌弘氏の論(6)は、「悲二世間無常一歌」の読解を端緒として当該の歌群を読み込み、歌群に含まれる四つの作品の関連性および総題の性格について貴重な見解を示している。氏の論が、家持が受容した漢籍との関係にとくに目を配りつつ、歌群の内実を家持の意識に即して論じている点には教えられるところが多い。家持の作歌手法を解明するにあたって、このように注目を集める当該歌群について、以下、本書なりの視点から考察を試みたい。

二　四つの歌群の内実

（1）巌の上の樹を見る歌

過㆓渋谷埼㆒見㆓巌上樹㆒歌一首 樹名都万麻

磯の上のつままを見れば根を延へて年深くあらし神さびにけり　（四一五九）

右の歌は、題詞の「見㆓巌上樹㆒」と歌の「磯の上のつままを見れば」とによって、総題にいう「属㆓目物花㆒之詠」に対応することが知られる。一首は、巌上の「つまま」を目にしての感慨をうたう作で、年を経てなお繁茂する老樹を讃美する歌である。

第三句の「根を延へて」は、根が盛り上がる特性を持つという「つまま」の老樹が[7]、岩に根を絡ませて立つ厳めしい姿を想起させる。そうした老樹の年輪を表現する「年深し」は、初唐の駱賓王や李嶠の詩に見られる漢語「年深」の翻読語と思われる[8]。

行歎㆓鵾夷没㆒　遽惜㆓湛盧飛㆒　地古烟塵暗　年深館宇稀

（「夕次㆓旧呉㆒」『駱臨海集箋注』巻五、『駱賓王文集』は「遽情湛盧飛」に作る）

旧宮賢相築　新苑聖君来　運改城隍変　年深棟宇摧

（李嶠「奉㆔和幸㆓長安故城未央宮㆒応㆑制」『文苑英華』巻一七四）

右の二首に見出されるのは、往古に栄えた土地や宮が衰微していったありさまに寄せる深い詠嘆である。ここに用いられた「年深」には、人間の偉業を押し流す歳月を神秘的なものととらえる感覚がある。こうした漢語を翻読した「年深し」は、万葉集中、他に二例見られる。(9)

おしてる　難波の菅の　ねもころに　君が聞こして　年深く　長くし言えば　…　（四・六一九）

一つ松幾世か経ぬる吹く風の声《おと》の清きは年深みかも　（六・一〇四二）

前者は家持の叔母大伴坂上郎女の歌、後者は家持が参加した活道の岡の宴での市原王の歌で、これら二首はいずれも家持の熟知するところであっただろう。わけても、後者は当面の四一五九と同じく老樹を讃える歌で、その宴は天平十六年正月十一日に催された、安積皇子を囲む正月の賀宴であったとされる。(10)この市原王歌について、「単純な矚目詠と思われがちであるが、長い星霜をしのいで立つ色も変わらぬ常磐の孤松をとらえ、その清らかな松籟を讃えているところに賀の心が込められていると見るべき歌であって、一同に対する祝意を含むとともに皇子の寿の長久を祈る歌であったと思われる」(11)という理解が示されている。首肯すべき見解で、「一つ松」が経てきた幾多の歳月への感慨をうたう「年深し」は、漢語「年深」への連想と相俟って、歳月の重みを印象づける。家持は、この市原王の賀歌から漢籍に由来を持つ「年深し」を学び、四一五九番歌での「つまま」の讃美に活用したのであろう。かくして越中の渋谷の崎に眼前する老樹を形容する「年深し」には、老樹の幾星霜を経た生命力に対する家持の畏敬の念を読み取ることができる。このような感銘から、霊妙さを帯びた崇高な存在として老樹を称揚する結句「神さびにけり」という讃美が素直に導かれてくるのである。

古代において、栄えるものを見てそれを讃えることは、タマフリとして重要な意義を持つ行為とされた(12)。加えて、四一五九の題詞に見られる「過～、見～歌」という型は、この歌が古くからの国ボメに源を発する物ボメの歌の伝統に連なることを示している(13)。とすれば、「つまま」の老樹をうたうことは、すなわち、老樹を見る者と、それが生い立つ越中の国土との繁栄を願うことを意味する。四一五九は、内容・形式ともに伝統的かつ公的な讃歌の性格を備え、生産にかかわる重要な「出挙之政」にあたる国守家持の立場にふさわしい歌ということができる。総題の冒頭部に「出挙之政」が、家持の意気ごみをこめるかのように高々と掲げられているのも、故なしとしない。

（2）世間の無常を悲しぶる歌

右の老樹讃美の歌に続く四一六〇～四一六二では、一転して世の中の無常がうたわれている。

悲㆓世間無常㆒歌一首并短歌

天地の　遠き初めよ　俗中《よのなか》は　常なきものと　語り継ぎ　流らへ来《きた》れ　天の原　振り放け見れば　照る月も
満ち欠けしけり　あしひきの　山の木末も　春されば　花咲きにほひ　秋づけば　露霜負ひて　風交り　も
みち散りけり　うつせみも　かくのみならし　紅の　色もうつろひ　ぬばたまの　黒髪変り　朝の笑み　夕
変らひ　吹く風の　見えぬがごとく　行く水の　止まらぬごとく　常もなく　うつろふ見れば　にはたづみ
流るる涙　留めかねつも　（四一六〇）
言とはぬ木すら春咲き秋づけばもみち散らくは常をなみこそ　一には「常なけむとぞ」といふ　（四一六一）

うつせみの常なき見れば世間に心つけずて思ふ日ぞ多き　一には「嘆く日ぞ多き」といふ　（四一六二）

右の歌を詠むにあたって、『万葉集全釈』などに指摘されるとおり、家持は、山上憶良の「哀二世間難レ住歌」（五・八〇四〜八〇五）を踏まえていると思われる。それ故、先行する憶良歌をより重くみて、家持の歌については、憶良の歌を「模そうとした」（『万葉集私注』）作であるという消極的な位置づけを試みる見解もある。こうした立場からは、件の家持の長歌が右の憶良歌以外に、

…　行く水の　帰らぬごとく　吹く風の　見えぬがごとく　跡もなき　世の人にして　…　（十五・三六二五）

み立たしの島を見る時にはたづみ流るる涙止めぞかねつる　（二・一七八）

などの先行歌の表現を利用していることも挙げて、家持歌の独自性を疑う態度が導かれている。家持歌に対する「概念的」（『万葉集総釈』）、「形式的」（『万葉集全註釈』）という批判の一因は、ここに由来すると思われる。しかし、家持歌の構成や表現には、憶良歌とは異なる配慮が見受けられる。当面の歌が憶良歌を踏まえていることについて、単なる模倣と認めてよいのかどうかは、その点を検討した上で判断すべきであろう。

憶良の長歌（八〇四）は、冒頭に逃れようのない老苦の定めを述べ（八句）、以下、盛りにある娘子の老いゆく姿（十六句）と雄々しさを誇る男の老いゆく姿（二十八句）とを対比させて、最後に「たまきはる命惜しけど為むすべもなし」という悲嘆で結ばれている。反歌一首は、老いと死とを「世の事理（こと）」として確認している。こうした憶良歌の構成は、人間の宿命としての老苦を執拗に追う視点によって貫かれているといえよう。

対する家持の長歌（四一六〇）は、冒頭六句の総論以下、自然の上に具現する無常と人間の老いの中に見える無常とを、

天の原…もみち散りけり　（十二句）

紅の…うつろふ見れば　（十二句）

と対比させ、末尾三句で嘆きをうたう。中ほどに位置する「うつせみもかくのみならし」は、自然と人間とのありさまを強く結び合わせ、無常という定めが万物を覆う宿命であることを主張する。家持は、自然と人間とに等しく十二句ずつを配し、双方を平等に重視することによって、「世間無常」という思考をより普遍的な視点でうたおうと意図したのであろう。このことは、反歌二首が、それぞれ第一反歌（四一六一）が自然の無常を、第二反歌（四一六二）が人間の無常を承けて詠まれている点に、はっきりと示されている。

　憶良歌と家持歌とのこのような構成面での相違は、家持の長歌が、「紅の色もうつろひぬばたまの黒髪変り」と、女性の容姿の描写を用いて人間の老いを表現していることとも関連すると考えられる。家持歌のこの部分は、憶良の長歌に見られる、「…蜷《みな》の腸《わた》か黒き髪に　いつの間か霜の降りけむ　紅の面《おもて》の上に　いづくゆか皺が来りし…」（五・八〇四）に学んだ表現であろう。しかし、憶良歌の本旨は、後半に展開される男の老醜をうたう二十八句にあると思われる[14]。当該の憶良歌の序の「所以因作㆓一章之歌㆒、以撥㆓二毛之歎㆒」という言を考え合わせれば、その二十八句は憶良自身の姿の投影と見ることができる。それにもかかわらず、家持は、憶良歌の主眼をなす部分は採らずに、人間の無常の具体的な姿として、視覚的な効果を持つ「紅」「黒髪」という女性の容姿のうつろいを取り上げている。憶良や家持自身の「二毛之嘆」に直結する男の老醜をあえて切り捨てることによって、無常という宿命から逃れ得ない人間の姿が、一旦は客観視され、その上で自然のありさまと対置されることとなる。こうした表現上の配慮は、人間であると否とを問わず、万物の本性を無常であることと見る家持の思考に基づくと考えられる。ここに、憶良歌と家持歌との相違がある。

　さらに第二反歌（四一六二）において、家持は「世間に心つけずて」とうたう。ここでの「世間」は、題詞

「世間無常」や長歌の原文表記「俗中（よのなか）」から見て、「無常な俗世」の意を込めた言であろう。「心つけずて」は、「心を打ち込まないで」（『全集』『釈注』など）の意で、この「世間に心つけずて」は、無常の世の中への執着を断ち切ろうとする態度を示しているものと解される。しかし、結句では逆接的な呼吸で「思ふ日ぞ多き」と続けて、万物を覆う無常という宿命から逃れようとしつつも、逆に無常の世の中にある我を「思ふ（一云「嘆く」）日」が重なるという心の葛藤をうたっている。「世間無常」という理《ことわり》に対するこうした内省的な思索は、家持独自の思考の深化によって導かれたものであろう。

　家持は、このような深い思索を重ねることによって、「悲㆓世間無常㆒歌」に見られる構成や表現に至り着いたのだと思われる。何よりもまず、家持歌の整った構成が、「世間無常」という思考を熟慮の上で整然と説こうとする家持の意図を示している。その際に家持は念頭にあった憶良歌を十分に咀嚼し、その本質を見抜いていたからこそ、前述のような憶良歌と家持歌とのきわやかな違いがもたらされたのであろう。そうした過程を経ることによって、家持歌は、憶良歌の単なる模倣にとどまることなく、家持独自の作として成り立っている。このように見ると、ここで憶良歌を踏まえたことは、敬意を抱く先達憶良に正面から向き合う意欲を持って、憶良歌に学びつつ先行歌の表現をも吸収して「世間無常」という思いを創作に託そうとした、家持の積極的な姿勢を示すものといえよう。総題にいう「興」とは、家持のこうした態度を意味すると考えられる。ならば、この「興」は、何によって呼び込まれたのであろうか。

　「悲㆓世間無常㆒歌」の前に詠まれた老樹讃歌「属㆓目物花㆒之詠」（四一五九）の持つタマフリとしての意義を考え合わせれば、四一五九と「悲㆓世間無常㆒歌」とは、繁栄の願いに対する無常への悲嘆という構図として理解される。「つまま」のあふれる生命力を目にした時、家持の思考は、自ずと老樹の繁栄とは対極にある世の中の無常のさまに及ぶことになったのではないか。「悲㆓世間無常㆒歌」が、家持の思考の必然的な流れに従って老樹讃歌に続いて詠まれた作であるならば、総題の「属㆓目物花㆒之詠并興中所㆑作之歌」という表現は、単に両者を一対として取り上げただけではなかろう。そこにいう「并」とは、両者の間にある内面的な関連に対応する表現と考えられる。

（3）予作七夕歌

予作七夕歌一首

妹が袖我れ枕かむ川の瀬に霧立ちわたれさ夜更けぬとに　（四一六三）

右の歌においてまず抱かれる不審は、「三月」に七夕歌が詠まれた点である。七夕の夜のための「予作」と見るには、「三月」はあまりにも早すぎる。この不審については、末四巻に見られる家持の予作歌や追和歌が、すべて実用的な場の要請からではなく、家持の文芸的な営みの所産であるという見解[15]がある。この見方に立てば、右の「予作七夕歌」は、来たるべき七夕の日に披露されることが目的ではなく、それ以外の何らかの感興のもとに、七夕歌の体を借りつつ詠まれた歌と見ることができる。かような理解が妥当であるか、以下、その感興の内実を検証する。

当面の歌について、次の憶良の七夕歌、

彦星の妻迎へ舟漕ぎ出らし天の川原に霧の立てるは　（八・一五二七）

を心に置いて詠まれているという指摘[16]がある。前述のごとく、「予作七夕歌」の前に詠まれた「悲㆓世間無常㆒歌」は、憶良の「哀㆓世間難㆑住歌」を踏まえている。そうであれば、家持の思いは、そこからさらに憶良の七夕歌一五二七に及び、それを踏まえて「予作七夕歌」が詠まれることになったという流れが、ひとまず推測される。だが、このことを確認するためには、家持が「世間無常」を取り上げることをきっかけとして、何故、憶良の歌々の中でもとくに七夕歌を想起したのかという点を考える必要があろう。右の七夕歌一五二七を含む憶良の七夕歌群（八・一五一八～一五二九）は、養老八年（七二四）から天平二年（七三〇）に大宰府で詠まれた歌を核として構成されている。家持自身も父旅人の大宰帥任官に伴って大宰府に滞在していた。それら憶良の七夕歌は、家持の記憶の中にあったと見てまちがいない。

その七夕歌群の中の一五二〇～一五二二については、二星の「苛酷な宿命」と人の世の「すべなさ」とを結び合わせた作という見方が示されている。(17)「世の中のすべなきものは…たまきはる命惜しけど為《せ》むすべもなし」（哀二世間難一レ住歌）、「かくばかりすべなきものか世の中の道」（五・八九二～八九三、貧窮問答歌）等々、世の中をすべなきものととらえるのは憶良文学の根底に通う認識である。その態度は、憶良の七夕歌の「たぶてにも投げ越しつべき天の川隔てればかもあまたすべなき」（一五二二）にも貫かれているとみてよかろう。

家持が「世間無常」という思考に向き合い、憶良の「哀二世間難一レ住歌」を想起した時、連想は憶良の七夕歌一五二〇～一五二二に及んだのであろう。年に一度の逢瀬のみが許される天界の二星は、無常を嘆く人間と同じように、抗うことのできない宿命に支配されている。憶良の七夕歌一五二〇～一五二二や一五二七に思い及ぶことによって得られた二星への共感にうながされて、家持は、時ならぬ「三月」に七夕歌を詠んだのだと考えられる。

このように見ると、「予作七夕歌」が牽牛の立場の詠であることが、あらためて注目される。一首の主旨は、結句「さ夜更けぬとに」によると、七夕の夜、牽牛が渡河に臨む場面をうたう点にある。その牽牛の願い「霧立ちわたれ」は、『万葉拾穂抄』以下、多くの注釈が指摘するとおり、夜霧に紛れて逢瀬を遂げようとする心情を背景に持つと思われる。とすれば、ここでは、夜が明けるまでに「霧」の立つことが、二星の逢会の成就にとって必要な条件として詠まれているといえる。一夜のうちに「霧」が立たなければ、二星の負う宿命が、長い別離をもたらすことになる。そこに、上二句に「妹が袖我れ枕かむ」とうたわれるとおり、牽牛が織女との逢瀬を心待ちにする所以がある。上二句にこめられている牽牛のこうした願いは、そのまま家持自身が抱く思いであったのではなかろうか。というのは、家持の妻坂上大嬢が、当面の歌群が詠まれた天平勝宝二年の前年秋、越中に下向したと見られるからである。[18] 家持を取り巻くこのような状況を考慮すると、「世間無常」という宿命に悲嘆を深めてゆく時、家持の心には妻坂上大嬢に対する押さえがたい愛情が涌き起こったのではないかと思われる。この一首において、家持は、その愛情を牽牛の立場を借りてうたっていると見ることができよう。

以上、「予作七夕歌」が「悲二世間無常一歌」に端を発した感興によって呼び込まれるに至った道筋をたどってみた。その感興の核には、世の中の無常に相対した時に家持の心中に生じた妻への愛情があった。そうした思いを、憶良歌への追憶を拡げることによって七夕歌の体でうたおうとするところに、「予作七夕歌」の「興」があると考えられる。こうして「悲二世間無常一歌」と「予作七夕歌」とは、内面的関連によって結ばれていると同時に、ともに憶良に対する追慕と敬仰の念を内包する点で、同じ「興」の中に詠まれていると見なすことができる。

（4）勇士の名を振はむことを慕ふ歌

慕レ振二勇士之名一歌一首并短歌

ちちの実の　父の命　ははそ葉の　母の命　おほろかに　心尽して　思ふらむ　その子なれやも　ますらをや　空しくあるべき　梓弓　末振り起し　投矢《なぐや》持ち　千尋射わたし　剣大刀　腰に取り佩き　あしひきの

八つ峰踏み越え　さしまくる　心障《さや》らず　後の世の　語り継ぐべく　名を立つべしも　（四一六四）
ますらをは名をし立つべし後の世に聞き継ぐ人も語り継ぐがね　（四一六五）

右二首追㆓和山上憶良臣作歌㆒

右にあげたとおり、「慕㆑振㆓勇士之名㆒歌」は、左注に憶良の名をはっきりと掲げている。それ故、この歌が「山上臣憶良沈痾之時歌一首」と題する、

士《をのこ》やも空しくあるべき万代に語り継ぐべき名は立てずして　（六・九七八）

に追和する作であるという『万葉代匠記』以下の見解には疑問の余地がなく、憶良に対する家持の敬慕の念を明瞭に掲げて歌群の末尾に置かれているといえる。

このような見地から右の家持歌と憶良歌を捉えると、その両者の接点に「名」という語が据えられることが注目される。古代における「名」という語の意義については、鉄野昌弘氏は、史学や法制史研究の成果を踏まえつつ、「属性や隣接の事物による比喩までも含む、そのものを特徴づけ特定する文言を広く指す」のが「名」の基本的な性格であるとされる[19]。すなわち、家持にとっての「祖の名」とは、「その職掌や人格を端的に表現する称号やウヂナを中心とした、氏の名誉の伝承、語られる事績の集積」で、「神祖を始めとするそこまでの『祖』たちの不断の奉仕によって、維持され、増益されたものが、『生みの子』に受け継がれ、負われる、ということの反復によって、それは始原から現在まで伝えられてきた」ものだという。従うべき見解で、「名」への意識を視点として右の家持の長歌（四一六四）を見るに、憶良歌（九七八）の上二句を前段の末尾二句「ますらをや空しくあるべき」で承け、下三句を後段の末尾三句「後の世の語り継ぐべく名を立つべしも」[20]に配する構成を持つ。そして反歌（四一六五）は、その二つをまとめる形をとる。すでに指摘されているとおり、憶良歌をきれいに二分

して踏まえる形に、「名」へのこだわりが両者を結びつける要であることが示されているのである。そこに家持歌の歌の左注が憶良歌への追和を明示する所以があるのだと理解することができよう。

しかし、憶良歌の「士」[21]と家持歌の「ますらを」との間には、看過できない違いがあることにも留意しなくてはならない。[22]小島憲之氏は、憶良歌の「士」の表記や結句に見られる「立名」の志の由来を、次のような漢籍に求めている。

僕聞レ之、修レ身者智之府也、愛レ施者仁之端也、取与者義之表也、恥辱者勇之決也、立レ名者行之極也。士有二此五者一、然後可下以託二於世一、而列中於君子之林上。（漢司馬子長「報二任少卿一書一首」『文選』巻四十一）

士無二賢不肖一、皆楽レ立二名於世一。（後漢朱叔元「為二幽州牧一与二彭寵一書一首」『文選』巻四十一）

このような指摘を踏まえて、芳賀紀雄氏は、

又詔二五位已上一挙二賢良方正之士一。（『続日本紀』大宝三年七月五日詔）

詔曰、人稟二五常一、仁義斯重、士有二百行一、孝敬為レ先。（『続日本紀』養老四年六月二十八日詔）

などを合わせ見ることによって、憶良歌の「士」には「学識、徳行の意」が強く込められていること、「士」として「立名」にこだわる意識が「当代の官人にとって、きわめて現実的かつ共通のものとして存在していた」ことを指摘している。[23]これらによれば、自らの死を意識した病床で「士やも…」の一首を詠じて、あくまで名を立てることを願う憶良の強烈な自負を件の憶良歌に見て取ることができる。

こうした憶良歌の「士」に対して、家持歌の「ますらを」は、

巌すら行き通るべきますらをも恋といふことは後悔ひにけり　（十一・二三八六）

ますらをの聡き心も今はなし恋の奴に我れは死ぬべし　（十二・二九〇七）

のように、強く立派な男子の意味で、これに加えて、官人意識を伴って用いられるという指摘もある。(24) 家持歌の「ますらを」が、題詞の「勇士」に対応することを考え合わせれば、家持の抱く「ますらを」像とは、勇武をもって朝廷に仕える官人ということになろう。このことは、次の家持歌の表現によっても保証される。

…　ますらをの　心振り起し　剣大刀　腰に取り佩き　梓弓　靫《ゆき》取り負ひて　天地と　いや遠長に　万代に
かくしもがもと　頼めりし　皇子の御門の　…　（三・四七八）

ますらをの心思ほゆ大君の御言の幸《さき》を聞けば貴み　（十八・四〇九五）

前者は安積皇子挽歌（三・四七五〜四八〇）の第二歌群長歌、後者は「賀二陸奥国出レ金　詔書一一首并短歌」（十八・四〇九四〜四〇九七）と題する作の第一反歌で、ともに家持の表立った立場での詠である。こうしてみると憶良のいう「士」には人格の高さの意が強く、家持の「ますらを」には官人としての自負が多分に意識されているという違いがあることが知られる。家持が件の「慕レ振二勇士之名一歌」で憶良歌の「士」を「ますらを」に転じて承けたのは、両者のこのような違いを考慮してのことと思われる。

家持が官人意識をにじませつつことさらに勇武を鼓吹するのは、後年の家持の作「喩レ族歌」に、

…　おぼろかに　心思ひて　空言《むなこと》も　祖《おや》の名絶つな　大伴の　氏と名に負へる　ますらをの伴
（二十・四四六五）

とうたわれるとおり、古来の武門大伴氏の伝統を担う氏族意識が根強く家持の心底にある故であろう。その意識は、「ますらを」の例に挙げた二首にも通底するものである。だが、そのような自負心に支えられて発せられるのは、「ますらをや空しくあるべき」という自問である。ここには、有限の生を生きるという、「ますらを」ですら逃れることのできない宿命に対する自覚がある。この自覚は、同じ歌群にある「悲二世間無常一歌」に詠まれた、

無常の理に対する悲嘆と根を同じくする。世の中の諸相を凝視し、その中で自らもまた背負っている無常という宿命に悲嘆を深めてゆく時、その宿命を克服する方途として「慕レ振二勇士之名一」ことを願うのは、家持の「ますらを」意識の自然に赴くところであったと思われる。ここに、死を目前にしながら「立名」を願った憶良と、名門の氏族意識を根底に持つ家持との接点を認めることができる。

こうしてみると、家持の「慕レ振二勇士之名一歌」には、憶良への敬慕の念を基底に据えつつ、「立名」の志への共鳴と、「士」と「ますらを」の異なりに示される彼我の立場の相違とが同居していると見なければならない。当該歌のこのような性格は、仰ぐべき先達である憶良に正面から向き合い、その思考と表現とを受け止めた上で、自らはいかなる態度を持つべきかを深く自問し思索した結果、生み出されたものなのではなかろうか。憶良への共鳴と、それ故にこそ導かれる内省と、この二つの視点は、件の家持の長歌前段と後段の表現に、それぞれ反映している。以下、具体的に見ていくと、家持は「世間無常」という思いに向き合うことによって、「無常を具現する世間に接しつつ、家族の愛だけは、唯一の確固とした礎として積極的に認めようとする」[25]憶良の姿勢を想起したのではなかろうか。周知のとおり憶良には、「思二子等一歌一首并序」（五・八〇二～八〇三）や、「老身重病経レ年辛苦及思二児等一歌七首」（五・八九七～九〇三）など、子への愛を正面から取り上げる作がある。件の家持の長歌（四一六四）の前段において、「ますらを」に注がれる父母の愛情が、「おほろかに心尽して思ふらむその子なれやも」と主張されるのは、こうした憶良の姿勢に触発されてのことであろう。「なれやも」という反語による否定は、続く「ますらをや空しくあるべき」が父母の慈愛に支えられた決意であることを強調している。

このように憶良の姿勢に学び歌の表現を巧みに取り込みながら自らの思いを表出していく手法は、家持歌の後段にも認められる。しかし、そこでは憶良歌との相違が鮮明になる。件の後段は「勇士」の理想像が具体的にうたわれる部分で、家持なりの「ますらを」像が描かれているのだが、その後段の八句「梓弓…八つ峰踏み越え」については、憶良の「哀二世間難一レ住歌」の、

…　ますらをの　男さびすと　剣大刀　腰に取り佩き　さつ弓を　手握《たにぎ》り持ちて　…（五・八〇四）

を心に置くという『万葉集注釈』の指摘がある。当面の歌群で家持の歌想が展開してゆくにあたり、「哀二世間難一レ住歌」が重要な働きをなしていることから、この指摘は妥当なものと思われる。

ただし、家持は、当該の八句の他にも、先に挙げた巻三・四七八や、「…梓弓手に取り持ちて　剣大刀腰に取り佩き…」（十八・四〇九四）など、類同の表現を用いて「ますらを」の理想像を造型している。この表現に至り着く際に、家持は、右の憶良歌の表現を想起したのであろう。あたかも常套句のように繰り返される「ますらを」像への憧憬は、武門の一族としての家持自身の矜持の体現と見るべきであろう。家持にとって、「立名」の志を実現する理想の途は、

剣大刀いよよ磨ぐべしいにしへゆさやけく負ひて来にしその名ぞ　（二十・四四六七）

とうたわれるとおり、勇武を誇る氏の名をさらに高めることにほかならない。すなわち、家持は後段において、憶良と「立名」の願いを共有しつつも、その具体像に家持自身の理想をあてうたっているのである。こうして、家持独自の立場を鮮明に打ち出すことによって、長歌の前段と後段との末尾を合わせた反歌（四一六五）は、おのずと憶良への共感と家持自身の理想とを合わせ持つことになり、自らの立場と思考に即して憶良に向き合おうとする姿勢を示して、「慕レ振二勇士之名一歌」が締めくくられるのである。当該作品に対する以上の読解によれば、その左注にいう「追和」とは、憶良の思考に深い理解を示しつつ、家持の抱く「立名」の志をもって憶良に応えようとする試みであるといえよう。

述べてきたとおり、「悲二世間無常一歌」と「予作七夕歌」も、ともに憶良歌を念頭に置いて、それに導かれつつ家持の思考を独自にうたう作であった。しかしながら、この二作と「慕レ振二勇士之名一歌」とを比較すると、形式の上でも憶良の思考と表現の受け止め方の上でも、格段の深まりが認められるのである。かくして、「興中所レ作之歌」として括られている三つの作、「悲二世間無常一歌」、「予作七夕歌」、「慕レ振二勇士之名一歌」は、それぞれが憶良歌を踏まえる点では共通しながらも、その中の最後の作「慕レ振二勇士之名一歌」と、「悲二世間無常一歌」、「予作七夕歌」との性格の違いを考慮した上で、家持は、「慕レ振二勇士之名一歌」のみに、憶良への「追和」を明示する左注を掲げたのであろう。この左注によって、家持は「悲二世間無常一歌」以来、その心底にあった憶良への追慕を明らかにし、巧みな「追和」の手法のもとに憶良歌に応じることによって、一連の「興」をうたい収めたのだと思われる。

三　歌群の構成

以上、見てきたように、総題を掲げる歌群（四一五九〜四一六五）の歌は、老樹讃歌である「属二目物花一之詠」（四一五九）と、「悲二世間無常一歌」にはじまる「興中所レ作之歌」（四一六〇〜四一六五）とから成る。その中で、「興中所レ作之歌」に括られる三つの歌は、山上憶良への意識を根底に持つ点で共通し、一まとまりをなしている。

こうした四つの歌の位置づけに加えて、冒頭の老樹讃歌と、続く「悲二世間無常一歌」とは、恒久と無常という対比をなすと思われる。また、別の角度から四つの作品を見るに、「慕レ振二勇士之名一歌」に詠まれている立名の志は、古来の名門大伴氏の名を称揚し、後世に長く語り伝えようとする願いで、これは老樹讃歌における恒常不変の繁栄に対する賞讃を、人事の上からうたうものととらえられるであろう。とすれば、「興中所㆑作之歌」の最初の作「悲㆓世間無常㆒歌」と、最後の作「慕㆑振㆓勇士之名㆒歌」とは、ともに「属㆓目物花㆒之詠」に対する人事の詠と位置づけられる。その間に詠まれた「予作七夕歌」もまた、人事に関わる作である。以上を要するに、「つまま」をうたう四一五九の自然の恒常性を承けるようにして、「興中所㆑作之歌」では、視点を世間と人事とに転じて、「世間無常」という万物が持つ宿命が取り上げられる。その宿命への意識が、続く「予作七夕歌」を呼び込み、不変の定めを背負う天上の二星へと思いが及ぶ。そして結びにあたる「慕㆑振㆓勇士之名㆒歌」では、有限の生であるが故に不変の名を願う心根がうたわれる。このような願いを切実に持つことは、作者家持にとって、名門大伴氏に生を受けた者としての宿命であったといえよう。こうして、四つの歌は、冒頭から末尾までなめらかな流れで読むことができる。

　このことに関連して、「悲㆓世間無常㆒歌」の反歌二首が持つ異文も注目される。第一反歌（四一六一）の「一云」が「常なけむとぞ」と、やや間接的な表現で無常をうたうのに対して、本文は「常をなみこそ」と断定的な口ぶりになっている。第二反歌（四一六二）では、「一云」に「嘆く」とあるのに対して、本文は、「思ふ」とより思念的な表現をとっている。反歌二首の本文が、ともに異文よりも重い口調をとることによって、「予作七夕歌」と「慕㆑振㆓勇士之名㆒歌」とに詠まれている宿命への意識がいっそう際立って印象づけられる。こうした点を考慮すると、反歌二首の異文はともに家持の初案であるという指摘[26]が妥当で、本文への改作は、四つの歌全体の流れを見通した上でなされたものと考えられる。このようにして得られた一連の歌の構成は、家持にとって得心のゆく図であったのだろう。その自信が、四つの歌の前に総題を掲げるという形を導いたのではなかろうか。

こうした見方に立つと、四つの作（四一五九〜四一六五）が一連の流れを持つ歌群であることを示す指標として、総題をとらえることができよう。つまり、四つの作それぞれの詠まれた時が、総題に記された「三月九日」から次に現われる日付「三月二十日」（四一六六〜四一六八左注）の間のいつであるかにかかわらず、四つの歌全体が「三月九日」の作として提供されていると考えられるのである。日付け順に歌が配列されている末四巻の中では、複数の作品が内的関連を持ちつつ時間の流れに沿ってまとまりをなす場合がしばしば見受けられる。たとえば、本章第一節で触れた巻十九巻頭の十二首（四一三九〜四一五〇）は、その端的な一例であろう。越中秀吟と称されることの多いこの歌群は、本章で取り上げた出挙の歌群と同じく天平勝宝二年の作で、三月一日の暮から二日深更（三日未明）にかけて、家持の心中にわき起こる春愁と望郷の念を、越中の春の景物を取り混ぜて歌い上げた作品である。十二首には歌の配列に連作としての配慮が施されており[27]、その配列が家持の内面と緊密に結びついて全体が一つの作品として成り立っていると考えられる。その秀吟の七日後の「三月九日」の日付けの下にまとめられた出挙の歌群にも、やはり複数の作品が内的な関連を持ちながら連続し全体で一つの作品をなすという、家持の歌作りの手法が貫かれているとみて狂いはないであろう。

ただし、出挙の歌群の場合は、四つの作品全体が総題によって明確に一つにまとめられ提示されていることにも注意すべきである。先に、作品の出来映えに対する家持の自信を理由に挙げたが、さらに家持がこのような形式を取ったのは何故かを考えたい。理由は二つあると思われる。一つは、この歌群が全体を貫く主題を持っていることだと考えられる。具体的には、自然の永遠性、万物の無常、定めを負う七夕の二星、有限の生故に抱く立名の願いという、自然と人とが持つ宿命に対する意識がそれである。そしてもう一つの理由は、山上憶良への追慕の念である。述べ来たったように、「悲㆓世間無常㆒歌」以下の三作品は、憶良の思想と表現を意識して作られている。これらに対して、冒頭の「つまま」の歌は、一見するところ、憶良歌との接点は見当たらないように思われる。だが、この歌も改めて総題にいう「擬二出挙之政一行二於旧江村一道上…属二目物花一之詠」という文言を考慮すれば、憶良との接点が見えてくる。憶良の代表作の一つ、嘉摩三部作（八〇〇〜八〇五）は、「令レ反二或情一歌」、「思二子等一歌」、「哀二世間難一レ住歌」からなり、憶良が筑前国守の任として国内を巡行した折に嘉摩郡でまとめたものと考えられる。そうであれば、同じく国守の任である「出挙之政」によって管下の「旧江村」に出向いた折に、家持の脳裏には憶良の嘉摩三部作が思い起こされたのではないか。家持の場合、作品は「つまま」に象徴される自然の永遠性への感嘆と、それに触発された「世間無常」の嘆きという流れで連作が展開することになるのだが、事はむしろ、その展開の当初から、憶良への追慕の念があったと見る方が、実情に即しているのではないか。矚目の景から触発された思いと憶良への思いと、いずれが先んじてあったかは判断できないが、いずれにせよ、その二つが織りなす糸のようにして四つの作品を紡いでいったと見てよいであろう。この軸を持ちつつ四つの作品が内容的なつながりを持つからこそ、家持は、これらを一つの総題の下にまとめたのだと思われる。

　本節の最後に、末四巻の歌の配列という巻の構造の面から右に述べたことを検証したい。伊藤博氏の論[28]によれば、末四巻には、詠まれた日時を明らかにする歌（以下〇印で表す）と、その日時を記さない歌（以下×印で表す）とが、「〇＋×」の同居構造をなすという原則が貫かれ、この形は、末四巻の原形態である家持の歌稿保管のあり方に由来するという。当面の四つの歌は、「三月九日」という日付に統括される上に、内面的にも緊密なまとまりをなし、伊藤氏の論の一証となる。さらにこの歌群は、他の「〇＋×」の同居構造においても、日付がその歌の時間的な位置を示すのと同時に、〇と×との両者の内容上の関連をも示している可能性を持つことを示唆している。こうした日付と歌の連作性との緊密なかかわりは、家持が作歌に向かう態度として、歌を連作として詠もうとする強い要求と、時間に対する細やかな配慮とを持っていたことを告げている。とすれば、歌の連作と時間への関心とは家持の創作方法の発展を見定める上で、念頭に置くべき重要な事柄であると認められよう。さらにいえば、時間の流れに沿って継起する感興を自由に詠み継ぐことが、家持の内面において必要欠くべからざる要請としてあったからこそ、家持は歌稿の保管にも細心の注意を払ったのではなかろうか。そのような連作の試みと時間への配慮とが、日付によって歌の連作を統括するという歌群のあり方をもたらしたのであろう。
　本章で取り上げた総題を掲げる四つの歌は、日付と歌の連作とのこうした連繋が、末四巻の中で見事に結実した典型であると思われる。

注

（1）伊藤博「天平ひとつの文化」（『万葉集の歌群と配列　下』塙書房、一九九一年、初出一九九〇年）
（2）『大伴家持の歌群と編纂』（塙書房、二〇一〇年、初出一九九六年）
（3）この他にも総題を持つ歌として十九・四一七七〜四一八三、二十・四二九三〜四二九四があるが、前者は時鳥を扱う歌として一貫し、後者は贈和として組をなす。
（4）「家持の手法」（『万葉集の歌群と配列　下』塙書房、一九九二年、初出一九八四年）
（5）「天平勝宝二年三月、出挙の歌」（『大伴家持作品論攷』塙書房、一九八五年、初出一九七四年）
（6）「『興』と『無常』」（『大伴家持「歌日誌」論考』塙書房、二〇〇七年、初出二〇〇四年）
（7）鴻巣盛広『北陸万葉集古蹟研究』（宇都宮書店、一九三四年）
（8）『古典集成』
（9）山部赤人の「いにしへの古き堤は年深み池の渚に水草生ひにけり」（三・三七八）は「池」の縁語として「深し」が用いられているとも考えられるので、ここでは保留にしておく。

(10) 川崎庸之『記紀万葉の世界』（御茶の水書房、一九五二年）、山本健吉『大伴家持』（筑摩書房、一九七一年）
(11) 橋本達雄「活道の岡の宴歌」（注5書、初出一九七八年）
(12) 土橋寛「『見る』ことのタマフリ的意義」（『万葉』第三九号、一九六一年五月）
(13) 伊藤博「伝説歌の形成」（『万葉集の歌人と作品　下』塙書房、一九七五年、初出一九六四年）
(14) 井村哲夫「令反或情歌と哀世間難住歌」（『憶良と虫麻呂』桜楓社、一九七三年、初出一九六八年）
(15) 伊藤博「家持の芸」（『万葉集の表現と方法　下』塙書房、一九七六年、初出一九七一年）
(16) 『古典集成』
(17) 伊藤博「山上憶良の七夕歌十二首」（注1書、初出一九八七年）
(18) 大越寛文「坂上大嬢の越中下向」（『万葉』第七五号、一九七一年一月）
(19) 「古代の名をめぐって―家持の『祖の名』を中心に―」（注6書、初出一九九七年）
(20) 注5論文
(21) この「士」の訓には、「ヲノコ」と「ヲトコ」との両説がある。だが両者を見比べると、「ヲノコ」は勇猛さを強調する文脈に用いられることの多い語（二十・四三三一など）、「ヲトコ」は女に対する男性を示す文脈に用いられることの多い語（二十・四三三二など）であることと、憶良歌の「士」にこめられた自負とを考え合わせるなら、「ヲノコ」の方がより適切と考える。
(22) 「山上憶良の述作」（『上代日本文学と中国文学　中』塙書房、一九六四年）
(23) 「憶良の辞世歌」（『万葉集における中国文学の受容』塙書房、二〇〇三年、初出一九八六年）
(24) 上田正昭『日本古代国家成立史の研究』（青木書店、一九五九年、三六五頁）
(25) 注23論文
(26) 『古典集成』
(27) 注4論文
(28) 「万葉集末四巻歌群の原形態」（『万葉集の構造と成立　下』塙書房、一九七四年、初出一九六九年）

第三章　天平感宝元年のほととぎす詠

一　問題の所在

万葉集巻十八に、「独居二幄裏一遙聞二霍公鳥喧一作歌」と題する家持の長歌体の作品（十八・四〇八九〜四〇九二）がある。長歌一首、反歌三首からなるこの作品は、家持の創作手法を考える上で、二つの方面から注目される。

一つは、家持歌のみならず古代和歌全般にわたってその根幹を支えている、景物と心情との対応関係からである。後に述べるとおり、家持はほととぎすを好み多くの作を残しているのだが、本章で取り上げる長反歌は、家持がどのような態度で初夏の景物に向き合い、その情景をことばによって彫琢して独自の表現世界を切り開いたか、すなわち家持の創作手法における景と情の問題を究明する上で重要な性格を有している。そこで注意すべきは、題詞に「独居二幄裏一遙聞二霍公鳥喧一作」として示される作歌動機と、長歌という歌体との組み合わせである。万葉歌の歴史において花鳥を主題とする長歌を創出したのが、ほかならぬ家持であったことが金井清一氏によって指摘されている。[1] 氏のいわゆる「花鳥諷詠長歌」がそれで、かような家持歌の特質が「作歌時の心情・気分のすなおなあるいは抑制なき反映」にあるという。してみると、題詞の「独居」「幄裏」「遥聞」などの語に家持特有の繊細な感性の発露が認められることや、一見するところ、それとは質を異にするかのように、当該作品の長歌が国土讃美の伝統を受け継ぐ型と表現を備えていることなどが検討すべき問題として挙げられる。

もう一つの注目点は、いわゆる「歌日記」の体裁をとる万葉集の末四巻の中での当該歌の位置づけである。末四巻、すなわち巻十七から巻二十には、天平十八年（七四六）から天平宝字三年（七五九）に至る間の作品が収録されているが、その間にあって越中国守時代の家持の創作活動には三波にわたる高揚期があること、そのような創作意欲の起伏が家持を取り巻いていた状況と密接に関わることなどが、神堀忍氏によって指摘されている。(2) その創作の第二波が天平感宝元年（七四九）四月から七月にわたる作品群（十八・四〇八九～四一二七）である。(3) この時期に旺盛な作歌意欲をもたらす契機が同年四月一日に発布された『続日本紀』第十三詔の文言にあることは、衆目の一致するところである。件の詔書の中で大伴氏の先祖代々の功績が名指しで称揚され、「内兵《うちのいくさ》」（第十三詔）として天皇に近侍する武門の氏族であることが宣揚された。家持は、それに呼応して「賀㆓陸奥国出㆑金詔書㆒歌一首并短歌」（四〇九四～四〇九七）と題する長反歌四首からなる作品（以下、賀出金詔書歌という）を詠み上げている。長歌（四〇九四）は百七句からなる大きな構えで、その中に「…大伴の遠つ神祖の　その名をば大久米主と　負ひ持ちて仕へし官　海行かば水漬く屍　山行かば草生す屍　大君の辺にこそ死なめ　かへり見はせじと言立て　…」として、件の詔書の文言を直接取り込みつつ、続けて「ますらをの清きその名を　いにしへよ今のをつづに　流さへる祖の子どもぞ　…」とうたう。長歌の表現と第十三詔との対応が持つ意味は後述することとして、続く反歌を見ると、「ますらをの心思ほゆ大君の御言の幸《さき》を聞けば貴み」（四〇九五）、「大伴の遠つ神祖の奥城はしるく標立て人の知るべく」（四〇九六）と、天皇に仕える「ますらを」たる我の自覚と、遠祖以来、その役割を担ってきた氏族への誇りが重ねて表明されている。ここで家持は、大伴氏の名の誇りと、その名を代々受け継いでゆくことの大切さとを言葉を尽くして強調しているのである。

古代における「名」の意義については、前章に述べたとおりだが、それを踏まえて、件の賀出金詔書歌を捉えると、この長反歌は、鉄野昌弘氏が指摘するとおり、「皇統と大伴氏の一体的な連綿を歌う[4]」作品であり、そこに遠祖以来、天皇に近侍する「内兵」としての大伴氏の矜持を求めて、あふれんばかりの情熱をもって歌い上げた作品であるといえる。そうであれば、賀出金詔書歌を含む天平感宝元年四月から七月にわたる旺盛な創作意欲によって生み出された歌々は、家持の氏族意識の高まりを軸として大きな歌群をなすものと見ることができる。この時期に次々とものされた作品には、それぞれに濃淡の差はあれ、かような意識が通底していることを個々の作品の理解に当たっては意識すべきであろう。

本章で取り上げる「独居㆓幄裏㆒遙㆓聞霍公鳥喧㆒作歌」は、まさしく右に述べた家持の作歌活動の高揚期に詠まれた作品なのである。鉄野氏は、家持を取り巻くかような状況を踏まえて、当該歌については、「『陸奥国出金詔書』に接して中央政界での変化を感じ取り、越中に留まっていることに焦りを禁じえない家持を暗示するもの」が見出されるという見解を示している[5]。

本章では、当該作品及び、この時期の家持の作歌活動についてなされた先行研究の成果を参照しつつ、歌群形成の手法追究の一環として、当該作品について理解を試みる。これまでに述べたとおり、万葉集末四巻では歌々が家持の作品を中心として日時順の配列をとる。それ故に、作品と家持その人の起居動静とが連動しつつ、一つの流れを持つ総体をなし、より大きな作品世界を構成していると見られるからである。このような視点から、以下、このほととぎすを詠む家持の長反歌について考察を加えたい。

二　長歌の分析

独居二幄裏一遙二聞霍公鳥喧一作歌一首并短歌

高御座　天の日継と　すめろきの　神の命の　きこしをす　国のまほらに　山をしも　さはに多みと　百鳥の　来居て鳴く声　春されば　聞きのかなしも　いづれをか　別きて偲はむ　卯の花の　咲く月立てば　めづらしく　鳴くほととぎす　あやめぐさ　玉貫くまでに　昼暮らし　夜わたし聞けど　聞くごとに　心つごきて　うち嘆き　あはれの鳥と　いはぬ時なし　（十八・四〇八九）

反歌

ゆくへなくありわたるともほととぎす鳴きし渡らばかくや偲はむ　（四〇九〇）

卯の花のともにし鳴けばほととぎすいやめづらしも名告り鳴くなへ　（四〇九一）

ほととぎすいとねたけくは橘の花散る時に来鳴き響むる　（四〇九二）

右四首十日大伴宿祢家持作之

この家持歌は、天平感宝元年五月十日の日付を持つ。ほととぎすを詠み込む歌は、万葉集中では百五十余例を数えるが、わけても七十余首に及ぶ家持の多作ぶりは顕著で、それらの歌は、家持の作品世界の一つの柱をなす展開を見せている。その具体相についていては、

あしひきの山辺に居ればほととぎす木の間立ち潜《く》き鳴かぬ日はなし　（十七・三九一一）

と、すでに初期の作品において、「樹間の鳥の動きを簡潔明瞭に表わしている点に、作者の繊細にはたらく目と

感性[6]」が看取され、さらにそうしたほととぎす詠の積み重ねによって、家持は、

…　まそ鏡　二上山に　木の暗の　茂き谷辺を　呼び響め　朝飛び渡り　夕月夜　かそけき野辺に　はろはろに　鳴く　ほととぎす　立ち潜くと　羽触れに散らす　藤波の　花なつかしみ　…

（詠二霍公鳥并藤花一一首　十九・四一九二）

のような「より繊細な美的印象を獲得[7]」するに至ったという指摘が行われている。これらの論によって明らかにされているとおり、家持の多数のほととぎす詠は、視覚、聴覚にわたる繊細さへの志向を基調としているものと見てよく、件のほととぎすの歌もまた、その一例と見なすべき内容を持っている。すなわち、題詞の「独居」「幄裏」「遥聞」という表現が「繊細かつ磨ぎ澄まされた感覚を印象づけるべく[8]」用いられていること、長歌の中でほととぎすのもたらす情感が「あはれの鳥」と強調されていることなどは、右に述べた家持のほととぎす詠の展開と軌を一にするところといえよう。

しかしながら、一面においてこのほととぎすの歌は、繊細さへの志向という理解だけでは収まらない性格をも併せ持っている。まず長歌については、「高み座天の日継云々と大きく持ち出したのは、この歌の内容にふさはしからず、道具倒れの感が深い[9]」という批評が行われている。後半部の主眼であるほととぎすの造型も「あはれの鳥」とうたわれる情感への傾倒ぶりが強調されるものの、ほととぎすそのものについては、先掲の例のような細やかな描写に及んでいない。反歌については、第一反歌の上二句「ゆくへなくありわたるとも」といった仮想や、第二反歌の結句「名告り鳴く」という鳴き声の捉え方は、ほととぎすを詠むにあたってなじみのない表現である。これらに加えて、第三反歌では「ねたけくは」という、集中で他に例のない言葉が用いられている。

このように当面の作品は、家持の他のほととぎすの歌と共通する面を持ちつつ、一方ではそれらとは異なる独

自性を持つのだが、このことと関わって注意すべきは、家持がこのほととぎすの歌を皮切りに、天平感宝元年五月から七月にかけてたいへん積極的に作歌に取り組んでいることである。先に述べた、越中守時代における家持の長歌制作の第二波がそれで、この作品の独自性も、家持をとりまくさような状況の中で必然的にもたらされたものと考えられる。そこでまず長歌について見てゆくと、冒頭の八句「高御座天の日継と　すめろきの神の命の聞こしをす国のまほらに　山をしもさはに多みと」から想起されるのは、

やすみしし　我が大君の　きこしめす　天の下に　国はしも　さはにあれども　山川の　清き河内と　御心を　吉野の国の　…　（柿本人麻呂　一・三六）

すめろきの　神の命の　敷きいます　国のことごと　湯はしも　さはにあれども　島山の　宜しき国と　…（山部赤人　三・三二二）

のように、多くの国を提示して、その中でもひときわ優れた国に焦点を当てて讃美を寄せるという国ぼめの表現であろう。これらに共通する表現の型、すなわち〈多くのもの〉の中からひときわ優れた〈一つのもの〉を選んで讃えるという型は、元来、物ぼめの詞章として普遍的に用いられたものであるという。[10]「国のまほら」にある多くの「山」を提示する右の家持歌の冒頭部は、かような物ぼめの詞章に淵源を持つ国ぼめの伝統的な型を意識しているとの指摘[11]が首肯される。もっとも、長歌全体が直ちにその物ぼめの型にあてはまるのではない。しかし、長歌の構成については後述することとし、まずは冒頭八句の表現性に目を向けると、そこでの「国のまほら」への讃美は、「高御座天の日継とすめろきの神の命の」という四句を伴っていることが注意される。これと類同の表現は、集中に四例、次のようにいずれも家持によって用いられている。

葦原の　瑞穂の国を　天下り　知らしめしける　すめろきの　神の命の　御代重ね　天の日継と　知らし来

る　君の御代御代　…（賀出金詔書歌　十八・四〇九四）
高御座　天の日継と　天の下　知らしめしける　すめろきの　神の命の　畏くも　始めたまひて　貴くも
定めたまへる　み吉野の　この大宮に　…（為下幸二行芳野離宮一之時上儲作歌　十八・四〇九八）
蜻蛉島　大和の国を　天雲に　磐舟浮べ　艫《とも》に舳《へ》に　真櫂しじ貫き　い漕ぎつつ　国見しせして　天降《あも》りまし　払ひ平げ　千代重ね　いや継ぎ継ぎに　知らし来る　天の日継と　神ながら　我が大君の　天の下　治めたまへば　…（向ㇾ京路上依ㇾ興預作侍ㇾ宴応ㇾ詔歌　十九・四二五四）
…　蜻蛉島　大和の国の　橿原の　畝傍の宮に　宮柱　太知り立てて　天の下　知らしめしける　すめろきの　天の日継と継ぎてくる　君の御代御代　…（喩ㇾ族歌　二十・四四六五）

右から知られるように、「天の日継」は、いずれも神代以来、歴代の天皇によって受け継がれてきた皇位に関わって用いられているが、これについては、記紀や宣命などに見られる用語「アマツヒツギ」を承けつつ工夫された表現で、「皇位の神聖な継承者」(12)という意味を持つという。ならば、皇統の重みを讃えるこのような表現性は、これに伴って当面の例を含めて四例用いられている「すめろき」が、「遠祖の天皇を申奉る称なるを、皇祖より受継ませる大御位につきては、当代をも申事のある」（『万葉考槻乃落葉別記』）という意味を持つこととまさしく符合する。したがって、件のほととぎすの歌をはじめ、右の諸例は、神代以来、連綿と受け継がれてきた皇統の中に位置づけられる「すめろき」への讃美であるということができる。

さらに、こうした皇統讃美の表現に関わって注意すべきは、右四例の中で賀出金詔書歌（四〇九四）と「儲作」吉野讃歌（四〇九八）とが、それぞれ先掲の部分に続けて、次のようにうたっていることである。

…　大伴の　遠つ神祖の　その名をば　大久米主と　負ひ持ちて　仕へし官　海行かば　水漬く屍　山行か

ば　草むす屍　大君の　辺にこそ死なめ　かへり見は　せじと言だて　ますらをの　清きその名を　いにしへよ　今のをつづに　流さへる　祖《おや》の子どもそ　大伴と　佐伯の氏は　人の祖の　立つる言立て　人の子は祖の名絶たず　大君に　まつろふものと　言ひ継げる　言の官そ　…　（四〇九四）

…　もののふの　八十伴の男も　おのが負へる　おのが名負ふ負ふ　大君の　任のまにまに　…　かくしこそ　仕へ奉らめ　いや遠長に　（四〇九八）

前者の賀出金詔書歌の一節は、先に述べたとおり、第十三詔の文言を踏まえて詠まれている。次に掲げる部分がその該当の条である（訓み下し文に改めて示す）。

…また大伴・佐伯宿祢は、常も云はく、天皇が朝《みかど》守り仕へ奉る、事顧みなき人等にあれば、汝たちの祖どもの云ひ来らく、「海行かばみづく屍　山行かば草むす屍、王のへにこそ死なめ、のどには死なじ」と、云ひ来る人等となも聞こしめす。是を以て遠天皇の御世を始めて今朕が御世に当りても、内兵《うちのいくさ》と心の中のことはなも遣す。

右のように、詔書は、「遠天皇の御世」に始まる大伴氏の功績を讃え、それが今の世にあっても失われずにあることを確認する。これに応じてうたわれた賀出金詔書歌の一節では、大伴氏の「遠つ神祖先」以来、今に至るまで、「大君にまつろふもの」としての立場を守る「大夫の清きその名」の重みが強調されている。

後者の吉野讃歌は、賀出金詔書歌と同じく第十三詔に接して生まれた感興のもとに詠まれた作と考えられるが[13]、「八十伴の男」それぞれの名の自負に言及するところに、これまでの吉野讃歌に見られない特色がある[14]。家持が越中に身を置きながら、時ならぬ吉野行幸を思い描いて詠んだ所以については、壬申の乱で大きな功績を残した大伴氏にとって、吉野が「壬申年の聖地」と意識されていた土地なのであって、家持が件の第十三詔に接した時、

「なによりもまず家持の心に浮かんだのは、吉野への行幸とその晴れの日に応詔歌を詠進するという光栄のことであった」と説く神堀忍氏の見解に従うべきであろう。(15)つまり、ここでは、大伴氏にとって吉野という土地が氏の名の意義をもっとも端的に具現する場として家持に選び取られたのだと考えられる。

こうして、これら二つの作品には、第十三詔に触発されて生じた家持の氏族意識の高まりを見て取ることができるが、このような意識は、皇統讃美の表現を持つ先掲の四例の中で、大伴氏の名の重みとその継承とを、

…　おぼろかに　心思ひて　空言《むなこと》も　祖の名絶つな　大伴の　氏と名に負へる　ますらをの伴

（二十・四四六五）

とうたう「喩レ族歌」にも貫かれている。こうして見ると、家持がくり返しうたう「天の日継」への讃美は、神代以来の大伴氏の伝統に対する矜持と分かちがたく結びついたところに成り立っているものと考えられる。それ故、第十三詔に「内兵と心の中のことはなも遣す」と言明する手厚い待遇が、このような氏族意識を刺激して、大伴という氏族の名を負う自らをことさらに鼓舞する態度を必然的にもたらしたのだといえよう。ちなみに、賀出金詔書歌の左注は、「天平感宝元年五月十二日於二越中国守館一大伴宿祢家持作」と、年次の中途にもかかわらず年号を掲げるという異例の形をとる。(16)続く「越中国守館」云々という用語も、これと相俟って件の左注に格式の整った印象を加えている。これらは、賀出金詔書歌の制作に向かう家持の態度が、大君から任じられた国守の任をことさらに意識したものであることを示している。

しかし、冒頭部が氏族の名の自負に関わって重い意味を持つとすると、その重みゆえに今度は、長歌全体の中での件の八句の位置づけが問題となる。というのは、それが国ぼめの型を踏まえてうたい起こされているにもかかわらず、長歌後半部では讃美の対象がほととぎすへと移り、その結果、冒頭八句の国ぼめの重みを受けとめて

しかるべき表現が、構成の上で即座には見あたらないことになるからである。そこで、次には長歌全体の構成についで検討する。

先にも触れたが、国ぼめの型は、〈多くの国〉があるけれどもその中でひときわ優れた〈一つの国〉、という構図を基本としている。ところが、当面の歌は、優れた国土に存在する〈多くの山〉こそ提示されるものの、続く文脈は、その〈多くの山〉がある故に「百鳥」が来鳴く、と焦点を鳥に移すことになる。もっとも、そこで国土讃美の文脈が途切れてしまうかというと、そうではない。山々に鳴き声を響かせる多くの鳥の賑わいは、

天降《あも》りつく　天の香具山　霞立つ　春に至れば　松風に　池波立ちて　桜花　木《こ》の暗《くれ》茂に　沖辺には　鴨妻呼ばひ　辺つ辺には　あぢ群騒ぎ　…　（三・二五七）

のように、土地の繁栄を讃える国ぼめの常套的な表現として作用しているからである。こうして当面の歌は、国土讃美の文脈を保ちながら讃美の対象を鳥へと移し、これによって、一首の主眼である後半部のほととぎすが登場する下地が作られていると見ることができる。このような文脈で持ち出された春の「百鳥」は、国土の繁栄の象徴であると同時に、「霍公鳥ヲ賞スルカタメニ春ノ鳥ヲハサシオクナリ」（『万葉代匠記』精撰本）という役割を担って、「卯の花の咲く月立てば」以下にうたわれるほととぎすと長歌冒頭部とを繋いでいる。このように、春の「百鳥」に対する夏の「ほととぎす」という構図は、国ぼめの表現としてうたわれながら完結していなかった〈多くのもの〉の中の優れた〈一つのもの〉という讃美の型を、その対象を「鳥」に移して引き継いだ形をとっているると見ることができる。

つまるところ、当面の長歌については、前半部の春の「百鳥」と後半部の「ほととぎす」との対比が「多くの物の中から一つを取り出して強調する」という「物讃めの常式」を踏まえた構成をなしており、全体は「れっき

とした時鳥讃歌になっている」[17]と理解するのが適切であろう。当該の長歌における家持の独自性は、その点にあったと考えられる。「物讃めの常式」を根底に置きつつ国ぼめからうたい起こし、国土讃美の意図を貫きながら讃美の主眼をほととぎすへと転換させていったところに、先行の表現の型を踏まえながら、その単なる模倣に終わらない家持の新たな工夫を認めることができる。ほととぎすの、おそらくはこの年の初声[18]を聞いた感慨と、氏族の栄誉を誇る気持ちとを一首にうたい込めることが、件の長歌における家持の腐心の眼目であったのだと思われる。

だが、このように考えた場合、長歌の構成には見過ごすことのできないことがある。述べてきたように、一首が明らかに「物讃めの常式」を踏まえた構成をとりながら、その構成に固有の「国はしもさはにはあれど﹅﹅」（一・三六）という逆接の表現を持たないことがそれである。長歌の前半部は、「百鳥」の声の賑わいを示しつつ、そこに選ばれた〈一つのもの〉としてほととぎすをすぐには対置させない。替わって、後半部で焦点のほととぎすをうたう前に、「いずれをか別きてしのはむ」という二句を置くことで、それら多くの鳥の声の多様な響きのいずれもが心を惹きつける魅力を湛えていることを示して前半部を結んでいる。そこで、一首の主眼であるほととぎすをうたう後半部と国ぼめから春の「百鳥」の魅力を讃える前半部とが、それぞれに孤立したまとまりをなすかのような印象を与えることとなる。その結果、家持の氏族意識に関わる冒頭部の国土讃美と、後半の「あはれの鳥」ほととぎすの詠みぶりとが、内実において結びつかないかのように見えるのである。国ぼめとほととぎすへの愛着の表明とが同居するかような構成に対して、「表現の眼目である適当といふことを、完全に忘れ去つたことである」[19]といった批評が与えられているのも、故ないことではない。このことについて、先掲の金井清一氏の論は次のような見解を示している[20]。

…前半部にすでに天皇讃美の感情と春鳥愛好の感情とが明白に露出しているので、ほととぎすに対する愛好の情は一首全体から受ける印象の唯一の焦点となり難く、ほととぎすは作の後半部の主人公であるに過ぎない。

もっとも、長歌の構成については、別の見方もできるのではないか。歌の前半部に春の百鳥を、後半部に夏のほととぎすを詠むという構図は、額田王の春秋判定の長歌（一・一六）の構成を想起させる。件の額田王の歌は、周知のとおり、前半に春の花鳥を、後半に秋の黄葉を詠むという構成で春秋を対比してそれぞれの情趣を競い、秋を良しとする判断を下している。家持は、当面の長歌を構想するにあたり、季節の景物の持つ情趣を主題とする歌の先蹤として、額田王の春秋判定の歌に思い及ぶことがあったのではないか。ただし、家持の長歌の場合、述べてきたように、前半部の冒頭に据えられた国ぼめの詞章が相当の重きをなしているため、単純に春の百鳥対夏のほととぎすという構図で割り切って理解することができないのである。

前述のとおり、家持は、ほととぎすを「あはれの鳥」とうたい、人の心に訴えかける情感を持つ存在として強調している。ほととぎすに対するこうした認識は、ひとり家持だけに限ってのものではなく、

ひとり居て物思ふ宵にほととぎすこゆ鳴き渡る心しあるらし　（小治田広耳　八・一四七六）

…　卯の花の　咲きたる野辺ゆ　飛び翔《かけ》り　来鳴き響もし　橘の　花を居散らし　ひねもすに　鳴けど聞きよし　…　（詠二霍公鳥一一首　高橋虫麻呂　九・一七五五）

かき霧らし雨の降る夜をほととぎす鳴きて行くなりあはれその鳥　（同　反歌　一七五六）

五月山卯の花月夜ほととぎす聞けども飽かずまた鳴かぬかも　（十・一九五三）

などから知られるように、集中のほととぎすの歌一般の傾向であるといってよい。しかし、そうであるならば、

家持をはじめ古代人の抱くほととぎすの認識には国ぼめの表現との関わりは薄かったことになる。

おそらく家持は、「百鳥」対「ほととぎす」という図式で両者を対置するだけでは、いかに巧みに物ぼめの型を介して冒頭の国ぼめとほととぎすとを結ぼうとも、両者の間にはまだ径庭があることを承知していたにちがいない。だからこそ、家持は、ほととぎすをうたうためにもう一段の工夫を施したのではなかろうか。「百鳥」の声の賑わいをうたい、国土の繁栄を讃えながら、その讃美すべき内実に単なる数の多さによる賑わいを据えるのではなく、「聞きのかなしも」(21)という表現で、春の国土に響きわたる多くの鳥の鳴き声の醸し出す情感にそれを求める。いわば、量から質への転換が果たされ、それに重ねて、その声の一つ一つがそれぞれに固有の魅力を持っていることを、「いづれをか分きてしのはむ」と反語によって印象づける。こうして、〈多くのもの〉があるけれども、その中の〈一つのもの〉という構図そのままではなく〈多くのもの〉があり、〈その一つ一つのもの〉が心を惹きつけてやまない魅力あふれる対象であることを主張する、という形をとったのだと思われる。これと同じ手法は、

時ごとに　いやめづらしく　八千種に　草木花咲き　鳴く鳥の　声も変らふ　耳に聞き　目に見るごとに
うち嘆き萎えうらぶれ　偲ひつつ　争ふはしに　…　（十九・四一六六）

秋の花　種《くさぐさ》にあれど色ごとに見し明らむる今日の貴さ　（同・四二五五）

などの家持歌にも見られるものである。そこには、四時それぞれの花鳥の魅力を賞美するだけでは飽き足らず、それぞれの季節に含まれる多彩な花や鳥に対して、その一つ一つの個性にまで立ち入って細やかな視線を注ぎ、繊細で美的な情感を醸し出そうとする姿勢を見て取ることができるのである。

以上のように当面の長歌において、「百鳥」は、それらの多くの声が繁栄を象徴すると同時に、その声の賑わ

いが実は情感に訴えかける個々の魅力の総体であるという二面性を与えられているからこそ、後半部の「あはれの鳥」ほととぎすを登場させる繋ぎとして充分な機能を果たしているのだと考えられる。つまり家持は、「物讃めの常式」を踏まえつつ、それを国土讃美からほととぎす讃美へと巧みに転用するにあたり、その間に介在する「百鳥」に二つの性格を持たせることによって、一見無縁に見える国ぼめとほととぎすとを結び、その結果、ほととぎすの魅力を讃えることが国土の讃美につながるという構図を描いていると見るべきであろう。そうであればこそ、長歌末尾の七句において、「聞くごとに心つごきて　うち嘆きあはれの鳥と　いはぬ時はなし(22)」と、初夏の頃おい、ほととぎすの来鳴く情景に相対した時に常に沸き起こる感慨が強い語調でうたわれ、一首が結ばれることになる。こうして件の長歌は、家持のほととぎす詠の中で、唯一国ぼめの表現を伴う特異な形を取ることとなったのだと思われる。

三　反歌三首の分析

(1) 第一反歌

本節では反歌三首について検討を加える。述べてきたように当面の作品は、ほととぎすをうたいながら、そこに国土讃美としての意義を持たせたところに独自性があった。反歌三首についても、長歌に見られるそのような性格を念頭に置くことによって、初めて理解の届く側面がある。

まず第一反歌だが、これについては上二句「ゆくへなくありわたるとも」に解釈の揺れがある。古くは「行衛なく時鳥の有とも」（『万葉集抄』）や、「往クベキ方ハ無ク始終ココモトニ居ルトモ」（『万葉集新考』）のように、ほととぎすについての表現と解されていたが、(23)『口訳万葉集』以来、作者自身のことをいうものと見る見方が大勢を占めている。(24)たしかに、ここは、「『飛び渡る』でも『鳴き渡る』でもなく、『あり渡る』と云つているところは、人間である」（『万葉集注釈』）と思われ、『万葉集大成訓詁篇　下』が、

大崎の荒磯の渡り延ふ葛のゆくへもなくや恋ひわたりなむ　（十二・三〇七二）

…　ゆくへなみ　我がする時に　逢ふべしと　逢ひたる君を　…　（十三・三三八九）

を例として、「前途を見失つたやうな不安定な心的状態をいふもの」と説くのに従うべきであると思われる。

このような上二句に対して、下三句は、逆接の仮定条件「とも」を介して続くことから、「ゆくへなくありわたる」状態から自然に導かれる予想とは異なる事態をうたうものと解される。この第一反歌よりも観念的に人間の無常をうたう例ではあるが、家持の、

うつせみの常無き見れば世の中に心つけずて思ふ日ぞ多き　（十九・四一六二）

のように、身の無常ゆえに世事に執心し得ないことを嘆く歌などを参照すれば、当面の歌において「前途を見失つた」状態から予想されるのは、何事にも感興を覚えることができないといった醒めた心境であろう。しかし、それに反してほととぎすだけは特別な存在なのだという賞讃が「とも」を介して強調されているのである。

もっとも、さらに細かな情感の面に立ち入れば、右に見られる「や」については、疑問の意味を強く見る見方（『万葉集評釈』など）と、詠嘆と解する見方（『古典全書』など）とがある。(25)「や」については、「『われ』のことを詠嘆をこめて述べる」(26)という性格が指摘され、これに従えば、当面の例は、将来にわたってほととぎすの鳴き声に心を動かされるであろうことを詠嘆を込めて表現したものと解される。(27)

かくして一首全体は、行く末の分からない不安定な境遇に身を置くことを仮想して、そのような境遇でもほととぎすへの讃美を忘れることはないとうたうもので、こうした家持の姿勢に対しては、「ほととぎすの声に対する絶対の愛情をうたおうとしたもの」（『万葉集注釈』）という批評がまさにあてはまる。しかしながら、ほととぎすの声の情感を愛でるというだけならば、上二句に示された仮定は、「持つて廻つた云ひ方」（『万葉集評釈』）で、人事の上での不安感と風雅なものへの志向との結びつきには唐突な感があることは否めない。第一反歌に対する「誇張された風流心とでもいふべきもの」（『万葉集私注』）という批評も、そのような不調和を衝いての言であると思われる。

こうした上二句の表現性について、神堀忍氏は、当時の家持が藤原氏の台頭に不安を覚える状況にあったと見て、「家持の心に結ぼほれるものの投影[28]」があると説いている。しかし、「ゆくへなくありわたる」ことに右のような現実味を帯びた政治的不安感を見て取るのであれば、件の歌に限らず、この時期の他の作品の中にもそのような感情が現れてきそうなものである。ところが、七月七日の「七夕歌」（四一二五〜四一二七）に至る一連の歌群の中では、賀出金詔書歌といった力作を始め、家持の積極的な姿勢を示す作品は随所に見られるものの、不遇感や心の翳りを匂わせるような作品は、一つも見あたらないのである。したがって、ここは具体的な現実の不遇意識の投影と見るよりも、「得意の今、途方に暮れた時の時鳥に対する思いを仮想することで、時鳥礼讃の心を誇張している」（『古典集成』など）ものと理解すべきであろう。

すでに述べたように、ほととぎすは、家持にとって「あはれの鳥」であると同時に国土の繁栄を象徴するものであった。ここでのほととぎすの声は、大伴氏の名への自負に支えられた家持の官人意識に直接訴えかける響きを持つ、特別な存在としてうたわれているのである。このような意味において、第一反歌にうたわれるほととぎすは、大伴氏の名に対する家持の自負心を支える拠りどころという意義を与えられているといえよう。

（2）第二反歌

第一反歌は、国土讃美の心を下地に置きながらほととぎすを賞美しようとうたう点で、まずは長歌に見られる姿勢をそのままに受けとめて確認したものといえるが、上二句に見られるような観念的な態度に傾いた仮想は、具体性に乏しい恨みがある。これに対して、第二反歌は、「気分化して云つてゐる為に、低調の感があるものとなつてゐる」（『万葉集評釈』）と低い評価を受けているものの、長歌中程の卯の花との取り合わせを意識して花鳥の対を持ち出している点で、第一反歌よりも一歩具体的な詠みぶりになっている。

もっとも、ほととぎすと卯の花との取り合わせ自体は集中十九例を数え、「卯の花のともにし鳴けば」（四〇九二）という、ほととぎすを卯の花の連れ合いの如くに捉える擬人化も、万葉集の後期には、

ほととぎす来鳴き響もす卯の花の伴《とも》にや来しと問はましものを　（八・一四七二）

卯の花の散らまく惜しみほととぎす野に出で山に入り来鳴き響もす　（十・一九五七）

のように、一般的な趣向であったに過ぎない[29]。こうして見ると、当面の第二反歌を特徴づけているのは、むしろ結句の「名告り鳴く」であると考えられる。これについては、つとに『万葉集管見』が「此鳥己レカ名をなく故に、名乗トいふ也」という理解が一般だが、それでは家持は、何故、この第二反歌でこのようなほととぎすの特性を持ち出したのであろうか。これに関して、伊藤博氏は、上代から中世にわたって、ほととぎすが名告るという例を博捜して、ほととぎすを名告り鳥と認識することが、すでに近江朝において確立していたと指摘し[30]、「『名告り鳴く』ホトトギスという言い方が『名告り鳥』の鉱脈を契機として思い至った家持の独創表現であったこと

をはっきり告げるように思う」と述べている。

そこで、改めて家持歌の例を見てみると、当面の第二反歌のほぼ一ヶ月前に同様の例がある。都の坂上郎女からの「来贈」の歌二首（十八・四〇八〇～四〇八一）に応じた「越中守大伴宿祢家持報歌并所心三首」（四〇八二～四〇八四）の中で、次の例がそれである。

暁に名告り鳴くなるほととぎすいやめづらしく思ほゆるかも　（四〇八四）

ここでは「暁に名のり啼霍公鳥の、めづらしきにたぐへて、坂上郎女の、都より贈れる歌詞の、さてもうれしく、なつかしく思はるゝ」（『万葉集古義』）ことをうたっている。作歌の時期[31]から見て、ほととぎすの初声が心待ちにされる頃であるゆえの比喩と思われるが、さらに、「名告る」ことが重みを持った行為であることを考え合わせれば、坂上郎女からの来信が家持にとって得難く貴重なものであることをも匂わせているものと見てよかろう。このように時宜を得た比喩として「名告る」という表現を用いたところに家持の会心の工夫があった。だからこそ、家持は、同じ表現を一ヶ月後の当面の第二反歌において再び用いたのであろう。ただし、その第二反歌の場合は、「名告り鳴く」で比喩的に表現されるような対象を見出だすことができない。そこで、家持が当面の第二反歌において、ほととぎすの声をうたうのになぜ「名告る」という語に執したのかが改めて問題となる。

この点について、先掲の伊藤氏の論は、家持が、初夏に初声を響かせ「名告る」ほととぎすを尊んだこととともに、当該の長反歌において、「単なる風物ではなく、代々の天皇によって統治され来たった国のまほらを象徴する鳥（中略）尊き風土の申し子」（『万葉集全注巻第十八』）として、ほととぎすを称揚する意識が家持にあったという。これを参照しつつ、改めて問題の第二反歌を見るに、ほととぎすの声に対する「名告り鳴く」という捉え方が、「いやめづらしも」という肯定的な評価につながることが注意される。ここで家持は、ほととぎすの声を己の名を告げて鳴いているように聞いたのであり、ここでは、まさにそのように聞くことができるという点にこそ、「いやめづらしも」という、ほととぎすの声の得難い価値があったのだと思われる。そこで想起されるのは、この時期の一連の作品の中で、家持がしばしば大伴氏の名への自負を強調していることである。

そのような家持の心境を考慮すれば、時鳥の声を「名告り鳴く」と捉えた第二反歌の表現は、自らの名への自負心をほととぎすの声の上に重ね合わせて導かれたのではなかろうか。ここでのほととぎすの声は、家持にとって自負心を刺激して大伴氏の誇りを思い起こさせる響きを持つものであった。そうであれば、第二反歌の内容も第一反歌に見られるほととぎす賞賛の姿勢を受け継ぐといってよい。かくして第二反歌は、あたかも自分の心の内を知るかのように誇らしげに名を告げて鳴く上に、花鳥の取り合わせの情趣をも意識するように、卯の花と連れ立つように鳴き声を響かせ始めるという二つの要因が、「いやめづらしも」という感慨を誘ってやまないことをうたったものと解される。

（3）第三反歌

第二反歌が家持の喜びを反映して明るい雰囲気を湛えているのに対して、第三反歌では、一転して、ほととぎすの鳴き声を「いとねたけくは」と否定的な言葉で捉えている。これについては、「いとねたましきはなり」（『万葉代匠記』初稿本）、「ニクキ事ハとなり」（『万葉集新考』）という理解が大方だが、形容詞「ねたし」については、次のような理解が示されている。

ネタシが感覚に就いているのに対してはより情意に傾いて内面的なのがイキドホロシであると言えよう。ネタム、ネタシはキラフ、ソネム、ニクムの忌避や不快ということと、イキドホル、イキドホロシの鬱屈との

中間にある意義を有する。(32)

これを第三反歌に及ぼせば、第二句「いとねたけくは」は、ほととぎすに対して不快感を投げかけるというよりも、一首にうたわれている情景が家持の心を刺激して不満を鬱積させることをいうものと解される。つまりは、橘の花の散る時にほととぎすが鳴き声を響かせる、そのことが家持の心を波立たせ、晴れやらぬ思いを積もらせるというのである。

常であれば心待ちにされるべきほととぎすに対して、言葉の上では否定的な感情を投げかけるという詠み方は、鳴くべき時節が訪れたにもかかわらず、いっこうに来鳴くことのないほととぎすを恨む、

大伴家持恨二霍公鳥晩喧一歌二首　(八・一四八六～一四八七)

立夏四月既経二累日一而未レ聞二霍公鳥喧一因作恨歌二首　(十七・三九八三～三九八四)

などと同じ態度に立つものといえる。しかし、右の他にも二例見られる「怨二霍公鳥哢晩一歌」(十九・四一九四～四一九六)「恨二霍公鳥不レ喧一」(四二〇七～四二〇八)は、「霍公鳥者立夏之日来鳴必定」(十七・三九八三～三九八四左注)という前提に立って、いわば約束の期限を過ごしたほととぎすを、

あしひきの山も近きをほととぎす月立つまでになにか来鳴かぬ　(三九八三)

となじる詰問調の強さを持つ。これらでは、その強さゆえに、いまだ聞こえぬほととぎすの声への執着が強調されているのだが、当面の歌では、ほととぎすが鳴いているという喜ぶべき状態そのものが「ねたし」という感情をもたらすのである。そこには、鳴いていることに一定の満足を覚えつつ、それゆえにこそ心が鬱屈するという屈折がある。

ほととぎすの声が「ねたし」という感情をもたらす原因については、ほととぎすと橘の花とを一緒に楽しむこ

とができない故と見る向きがある（『万葉集全註釈』『古典全集』『古典集成』『万葉集全注』など）。その前提には、第三反歌が作歌の時点での実景を反映して詠まれているという見方がある。すなわち、「左注の五月十日は太陽暦の五月二十九日にあたり、卯の花は満開だが、橘は散りがたで橘とほととぎすとの取り合わせがうまくいっていないのである」（『古典全集』）という立場である。[33] しかしながら、これについては、集中の用例から知られる卯の花や橘の花期を考慮して、「反歌における節物との取り合わせは、いずれも、ほととぎすの初声を聞いた家持の想念のうちで、一挙に紡ぎ出された」[34]という指摘に注意すべきであろう。ならば、ここにあえて散る橘を持ち出したのは、それがほととぎすの魅力を際立たせる情景であると認識されていたからに相違ない。

ここで本節（2）で挙げた「卯の花の散らまく惜しみ」（十・一九五七）や、次の家持歌、

卯の花の過ぎば惜しみかほととぎす雨間も置かずこゆ鳴きわたる　（八・一四九一）

などを参照すれば、当面の第三反歌では、橘の花の散る中で鳴き声を響かせるほととぎすを、落花を惜しんで鳴いていると捉えていたものと考えられる。落花を惜しむ歌は、

春雨はいたくな降りそ桜花いまだ見なくに散らまく惜しも　（十・一八七〇）

我がやどの花橘は散りにけり悔しき時に逢へる君かも　（十・一九六九）

など集中に散見され、家持にも「惜二橘花一」と題する一首（八・一四八九）が残る。こうした盛りを過ぎつつある花を惜しむ心を増幅する契機としてほととぎすの鳴き声は作用するのである。そうであれば、橘の落花とほととぎすの声とがもたらす痛みにも似た愛惜の情が、「ねたし」の内実なのではないか。心の内に積もるその情感を、一見、否定的に見える「ねたし」に託すことで、当面の第三反歌は、ほととぎすへの愛着の深さを訴えかけているのだと思われる。

かくして、「いとねたけくは」という表現は、第三反歌にうたわれるほととぎすの声の響きが、長歌に「聞くごとに心つごきて　うち嘆きあはれの鳥と　いはぬ時なし」という、ほととぎすの一面を具体的な情感として表現したものと見ることができる。それは、第二反歌に歌われる「卯の花のともにし鳴けば」という喜びと、「あはれの鳥」という情趣において共通しつつ、対照的な情感を呼び起こす景として一対をなしているといえよう。

このように考えると、第三反歌にうたわれた情景も、あえて作歌の時点での実景の反映であると見ることにこだわる必要はあるまい。片や咲きにおう卯の花とほととぎすとの取り合わせを楽しみ、片や散りつつある橘を惜しむとうたうことで、その声を一つの風情として受けとめていることを「いやめづらしも」「いとねたけくは」という言葉で強調したのであろう。第二反歌、第三反歌は、ほととぎすの声が喚起する「あはれ」を、連れだって印象づけているものと解される。作品全体の流れを追えば、長歌において「百鳥の来居て鳴く声　春されば聞きのかなしも」と提示された情景は、第二反歌で「卯の花のともにし鳴けば」と季節の推移がうたわれ、第三反歌に至って「橘の花散る時し」として、初夏の花鳥を賞美する時がやがて終わりを迎えることが示される。ここには、国土の繁栄のありさまを、季節の進行に伴って移り変わる具体的な映像として描き出す構図を見て取ることができるのである。

四　歌群構成の手法

以上、述べてきたように天平感宝元年のほととぎすの歌の特徴は、ほととぎすに対する二面的な捉え方の接点に作品が成り立っているという点にある。すなわち、大君に仕えるものという家持の自負心に関連づけられた「国のまほら」の象徴としての側面と、家持のほととぎす詠の根底をなす風雅な情趣への志向に沿った「あはれの鳥」という側面との二つがそれである。これを長歌に即して見ると、「高御座天の日継と　すめろきの神の命の　聞こしをす国のまほらに」という神代から今へと至る皇統への讃美に支えられた国土讃美の文脈の中に、これまでもっぱら現実的な興味の対象であったほととぎすを呼び込んでその魅力を讃え、それが同時に秀逸な国土を治める「すめろきの神の命」を讃えることになるという、いわば二重の讃美を果たそうとしたものということができる。このような二面性は、さらに三首の反歌をもって反復される。まず第一反歌では、このような二面性を持つほととぎすへの不変の愛着がうたわれ、ついで第二反歌では、その意識の基盤をなす大伴氏の名に対する自負が、ほととぎすの「名告り鳴く」さまに重ね合わせられる。さらにそこに卯の花との取り合わせによる風雅な情趣を加えてほととぎすを讃え、第三反歌ではその華やかさとは対照をなすかのように落花の折に響くほととぎすの声の情趣が強調される、といった次第である。

　このように見ると、当面の作品においては、長歌という歌体が持つ伝統的な讃歌としての性格と、万葉集の後期に顕著に見られる「花鳥を自然の代表的景物の一として観照[35]」する花鳥歌との意識的な結びつけが行われているといえる。しかしながら、ここでは家持のほととぎす詠の基調をなす視覚、聴覚にわたる景の描写はあえて抑制されている観がある。しかもこの年の家持のほととぎす詠は、これ以降、さしたる展開を見せるには至らず終息してしまう。それゆえ、家持は、具象的な作品世界を切り拓くよりも、ほととぎすの持つ情感を「あはれの鳥」と総括的に捉えることによって、それを中心とする初夏の景に向き合う時に自らがいかなる姿勢でこれを受けとめるかという、いわば景に対する自らの態度を当面の作品においてまずは確認しようとしているように見受けられる。これは、すでに早く天平十三年（七四一）に交わされた弟書持との贈報において、「橙橘初咲霍公鳥翻嚶、対二此時候一豈不レ暢レ志、因作二三首短歌一以散二欝結之緒一耳」（十七・三九一一～三九一三題詞）と言明した姿勢を、歌の上で示したものと捉えることができる。

このような性格を持つ件のほととぎすの歌を経て、翌天平勝宝二年（七五〇）三月から四月にかけて、家持は、長歌体を用いて精力的にほととぎすを詠んでいる。巻十九前半部に展開されるそれらの歌々に至って、家持のほととぎす詠は、ひとつの境地に達したといってよい。それらについては、家持の想念のうちで思い描かれた情景を歌に詠むという手法が用いられ、それによって家持独特の表現世界が切り拓かれたという指摘[36]が行われている。その一群の歌に見られる表現世界は、美的で繊細な情感を強調する姿勢に貫かれ、あたかも前年のほととぎすの歌では踏み込んでうたわれることのなかった情景を、次々と具象化していったかのようである。そのようにほととぎすの来鳴く景を想念のうちでしつらえ、その情趣を心ゆくまで享受することをうたう手法は、述べてきた天平感宝元年のほととぎす詠を踏まえてこそ成熟するに至ったという一面を持つのではないか。

このような方向で家持独自のほととぎす詠の世界が切り拓かれる前に、この天平感宝元年の家持の歌作りは、件の歌でほととぎすに与えられていたもうひとつの意義、すなわち、皇統讃美に連なる繁栄の象徴としての意義を受け継ぐ方向で展開してゆくこととなる。当面のほととぎすの歌以降、家持の連続的な作歌がひとまず一段落する五月十六日の作（十八・四一一〇）までの様相を示すと次のとおりである。

①十日　独居二幄裏一遥聞二霍公鳥喧一作歌　（四〇八九～四〇九二）
②　行二英遠浦一之日作歌　（四〇九三）
③十二日　賀二陸奥国出レ金　詔書一歌　（四〇九四～四〇九七）

④十四日　為㆘幸㆓行芳野離宮㆒之時㆖儲作歌　（四〇九八～四一〇〇）
⑤同　為㆑贈㆓京家㆒願㆓真珠㆒歌　（四一〇一～四一〇五）
⑥十五日　教㆓喩史生尾張少咋㆒歌　（四一〇六～四一〇九）
⑦十六日　先妻不㆑待㆓夫君之喚使㆒自来時作歌　（四一一〇）

右の歌群の展開において、中心をなすのは③の賀出金詔書歌であるといってよい。第十三詔の文言を取り入れながら、とくに後半部において大伴氏の名に対する自負を繰り返し強調するこの作品が、この時期の家持の高揚した気分を如実に反映していることは先に述べたとおりである。これと同様の姿勢は、当面のほととぎすの歌①にも通底している。さらに③以降を見ると、本章第二節で触れたように、④もまた大伴氏の名へのこだわりが時ならぬ吉野行幸へと家持の思いを導いたものと思われる。こうして①・③・④は、大伴氏の名への自負に支えられた家持の誇らしげな気持ちを根底に持つ点で共通する性格を持つ。それのみならず、⑤の「願㆓真珠㆒歌」の左注に見える「依㆑興作」が④にも及ぶものと考えられることに留意すれば、④の吉野讃歌と⑤とがひとまとまりをなすことが予想される。続く「教喩歌」⑥と続編⑦とは、下僚である「尾張少咋」の不行跡を正面から咎めるというよりも、事件そのものへの興味が先立った「説話志向性」[37]を持つという。しかし、題詞の「教喩」の語や律、詔書の文言を引用する長い前文などは、家持の国守としての立場を踏まえての表現であろう。であれば、これまた大君に仕えるものという官人家持の意識と無縁の作品ではなく、ここにも③の賀出金詔書歌から引き続く家持の感情の高揚が認められる。

このように、①から⑦に至る歌群は、内面において関連を持ちながら詠み継がれていったものと見てよい。こうしてほととぎすの歌を冒頭に、大伴氏の名を誇る気持ちを軸に持ちながら、拡がっていく連想を順次作品として結実させていった結果が①から⑦の歌群（四〇八九～四一一〇）であるといえよう。そして、本章の冒頭に紹介した神堀氏の論[38]が指摘するとおり、家持のこのような作歌意欲は、この年の七月七日の「七夕歌一首并短歌」（四一二五～四一二七）まで持続し、全体が大きな歌群を構成していると見ることができるのである。そこで、章を改めて、この時期の家持の作歌意欲が向かう先について、さらに考察を加えたい。

注

（1）「大伴家持の長歌―花鳥諷詠長歌の機能とその成立契機―」（『万葉詩史の論』笠間書院、一九八四年、初出一九七七年）

（2）「家持における長歌―越中守時代を中心に―」（『澤瀉博士喜寿記念　万葉学論叢』同論叢刊行会、一九七二年）

（3）天平感宝元年七月に改元し天平勝宝元年となる。この年は閏五月を含むので、実質的にあしかけ四ヶ月にわたる旺盛な作歌活動が展開されたことになる。

（4）「賀陸奥国出金　詔書歌論」（『大伴家持「歌日誌」論考』塙書房、二〇〇七年、初出一九九五年）

（5）「『花鳥諷詠長歌』試論―独居㆓幄裏㆒遙㆓聞霍公鳥喧㆒作歌をめぐって―」（注4書、初出二〇〇〇年）

（6）稲岡耕二「家持の『立ちくく』『飛びくく』の周辺」（『万葉集の作品と方法』岩波書店、一九八五年、初出一九六三年）

（7）芳賀紀雄「大伴家持―ほととぎすの詠をめぐって―」（『万葉集における中国文学の受容』塙書房、二〇〇三年、初出一九八七年）

（8）芳賀紀雄「遥かなるほととぎすの声―家持の越中時代の詠作をめぐって―」（注7書、初出一九九三年）

（9）『万葉集全註釈』

（10）土橋寛「人麻呂における伝統と創造」（『日本古代の政治と文学』青木書店、一九五六年）

（11）『万葉集全注巻第十八』

（12）小野寛「家持の皇統讃美の表現―『あまのひつぎ』―」（『大伴家持研究』笠間書院、一九八〇年、初出一九七一年）

（13）注2論文

(14)『古典集成』、『万葉集全注巻第十八』

(15)「家持作『為幸行芳野離宮之時儲作歌』の背景と意義」(『関西大学国文学』第五二号、一九七五年九月)
　右の神堀氏の論が説くとおり、家持の吉野への連想は、「近時の大伴氏の政治的基盤の大きな部分が吉野にあったという自覚」に基づくと考えられる。これについて伊藤博「未逕奏上歌」(『万葉集の歌人と作品　下』塙書房、一九七五年、初出一九七〇年)は、家持の予作歌及び追和歌全体に対する検討を踏まえた上で、件の「儲作」歌が実際の吉野行幸を想定しての作ではなく、家持の感興の高まりによって生まれた作であるという指摘を行っている。

(16)巻十七から巻二十の中で日記的な様相を呈する天平十八年正月(十七・三九二二〜三九二六)以降の部分では、年号は、年次あるいは年号の変わり目か、各巻の冒頭に記されるのを原則とし、例外は、必然的な理由が認められる八例に限られる(伊藤博「万葉集末四巻歌群の原形態」『万葉集の構造と成立　下』塙書房、一九七四年、初出一九七〇年)。

(17)『万葉集全注巻第十八』

(18)注8論文

(19)『万葉集評釈』

(20)注1論文

(21)「かなし」は、悲哀の意といとしいという親愛の意とを持つ。この両義の関連について阪倉篤義『日本語の語源』(講談社、一九七八年)は、その二つがいずれも「志向する対象が今ここに不在であることから生じる」感情であって、「『悲し』が、しめやかに内向する感情であるのに対して、『愛(かな)し』は、激しく対象を志向する感情で、できうれば、そういう対象を自分のうちに取り込んでしまいたい、とまで感じる積極性を帯びている」と述べている。これを念頭に置いて当面の例を見ると、「聞きのかなしも」は、「春」の百鳥がさまざまな鳴き声を響かせる景に聴覚を介して相対し、その響きの持つ情感を共感をもって受けとめようとする態度を表していると考えられる。

(22)「あはれ」は、集中に九例あり、これに記紀歌謡での用例を含めてみると、句末に用いられる形が一般であると考えられる(内田賢徳「副詞『あはれ』について―『かざし抄』ノオト―」『帝塚山学院大学日本文学研究』第一二号、一九八一年二月)。語義については「はっきりと分析しきれない未分化の内容を持つ」(阪倉篤義『日本語の語源』)といわれ、「詠嘆と言えるような情感のうちに、それと不可分な事態に対する確認の意味を持っている」ゆえに、「その詠嘆の情感の質は、『あはれナリ』

と、その事態が反省されることへの方向性を秘めている」（先掲内田論文）という指摘が行われている。これらの論を参照すると、当面の家持歌の「あはれの鳥」は「感動詞というより、感動を引き起こす状態をいう用法で、形容動詞の形を生んでゆく過程にある」（鉄野昌弘「万葉集歌ことば辞典」『別冊国文学四六　万葉集事典』二〇〇三年）ものと考えられる。

(23) これと同様の解をとるものには、『代匠記』『万葉考』『万葉集略解』『万葉集古義』『万葉集全釈』『万葉集総釈』などがある。

(24) その中で『万葉集全註釈』は、「この二句は、一般の人に就いて云ひ、何事の為とも無いが、恋の物思を作者は思つてゐるのだろう」としている。しかし、後述のように、下三句が家持自身のことをうたうとみられることから、上二句も作者のことをいうと見るべきであろう。

(25) 前者の立場に立つものとして、『万葉集私注』『万葉集全註釈』『古典大系』『新編全集』『新大系』『和歌大系』『全解』がある。対して、後者と同様の立場をとるのは、『万葉集注釈』『古典全集』『古典集成』『万葉集全注』『全歌講義』などである。

(26) 澤瀉久孝「『か』より『や』への推移」（『万葉集の作品と時代』岩波書店、一九四一年）

(27) 「や…む」という語法については、木下正俊「『斯くや嘆かむ』という語法」（『万葉集論考』臨川書店、二〇〇〇年、初出一九七八年）に詳細な論がある。これによれば、

あらたへの布衣だに着せかてにかくや嘆かむせむすべをなみ（五・九〇一）

のように「や…む」を含む一人称主格の疑問文は、「こうも…することか、という意味で、自分の現在の状態を不満に思う気持」を表すという。ただし、当面の歌を含めて、「や…む」という語法に仮定条件が伴う場合については不本意という気持ちが認められないとして、右の論では例外的な扱いを受けている。

(28) 注2論文

(29) 芳賀紀雄「万葉集における花鳥の擬人化」（注7書、初出一九九二年）は、花鳥の擬人化が、特に万葉集の第三期以降、六朝から初唐にかけて盛んであった詠物詩の影響を受けて、歌の世界に定着していったという指摘を行っている。

(30) 「名告り鳴く」（『万葉歌林』塙書房、二〇〇三年、初出一九九八年）

(31) この作品の左注「右四日附〻使贈〻上京師〻」には、「四首」と伝える異文があり、また、「四月」の誤りと見る説もあるが、ここは、前後の日付のあり方から推して、元来、「四月四日」とあったものとする見方（『万葉集古義』など）が妥当と思われる。

（32）内田賢徳「古事記の『文』」（『上代日本語表現と訓詁』塙書房、二〇〇五年、初出一九九五年）
（33）湯浅吉美編『日本暦日便覧』（汲古書院、一九八八年）によれば、天平感宝元年五月十日は、太陽暦の五月三十日にあたる。
（34）注8論文
（35）井手至「花鳥歌の源流」（『遊文録　万葉篇二』和泉書院、一九九三年、初出一九七三年）
（36）田中大士「ほととぎす詠の成立―家持季節歌の性格―」（『国語国文』第五八巻第九号、一九八九年九月）
（37）金井清一「教喩史生尾張少咋歌の説話指向性」（注1書、初出一九七七年）
（38）注2論文

第四章　広縄を歓迎する宴歌

一　広縄帰任歓迎の長歌

前章で述べたとおり、越中守時代における家持の長歌制作には大きく三つの波があり[1]、天平感宝元年（七四九）五月十日の作（十八・四一八九～四一九二）から七月七日の作（同・四一二五～四一二七）までの間は、その波が第二の高まりを見せた時期である。そして、この時期に制作された作品群は、家持の官人意識の高揚と密接な関連を持つのだが、本章では、その中から家持のさような意識を如実に示している長反歌を取り上げ読解を試みたい。

国掾久米朝臣広縄、以二天平廿年一附二朝集使一入レ京。其事畢而天平感宝元年閏五月廿七日還二到本任一。仍長官之館設二詩酒宴一楽飲。於レ時主人守大伴宿祢家持作歌一首并短歌

大君の　任《ま》きのまにまに　取り持ちて　仕ふる国の　年の内の　事かたね持ち　玉桙の　道に出で立ち　岩
根踏み　山越え野行き　都辺《みやこへ》に　参《ま》ゐし我が背を　あらたまの　年行き返り　月重ね　見ぬ日さまねみ
恋ふるそら　安くしあらねば　ほととぎす　来鳴く五月の　あやめぐさ　蓬かづらき　酒みづき　遊びなぐ

れど　射水川　雪消溢《ゆきげはふ》りて　行く水の　いや増しにのみ　鶴《たづ》が鳴く　奈呉江《なごえ》の菅《すげ》の　ねもころに　思ひ結ぼれ　嘆きつつ　我《あ》が待つ君が　事終り　帰り罷りて　夏の野の　さ百合の花の　花笑みに　にふぶに笑みて　逢はしたる　今日を始めて　鏡なす　かくし常見む　面変《おもが》はりせず（十八・四一一六）

反歌二首

去年の秋相見しまにま今日見れば面《おも》やめづらし都方人《みやこかたひと》（四一一七）

かくしても相見るものを少なくも年月経れば恋ひしけれやも（四一一八）

二　作歌の背景

右の歌は、題詞に記されているとおり、朝集使として上京していた越中掾久米広縄の帰任を歓迎して作られた大伴家持の作品である。歓迎宴の主客久米広縄は、『正倉院文書』の天平十七年（七四五）四月二十一日「左馬寮移」に「少允従七位上久米朝臣広縄」と記されているが、その他には資料がなく、万葉集の中で家持の越中国守時代の掾（三等官）として経歴の一端が知られるのみである。広縄の名が現れる巻十七から巻十九にかけての記録から推察すると、天平十九年八月頃に、それまで越中掾であった大伴池主が越前掾に遷り、それと交替に広縄が越中掾となったらしい。池主と家持との交流の深さは、しばしば指摘されるところだが、広縄と家持についても、ふたりが詠み交わした歌（十九・四二〇七～四二一〇など）や宴席歌（十八・四〇五二～四〇五五、四〇六六～四〇六九、十九・四一九九～四二〇六など）のあり方から見て、ともに敬愛の情を持って接しあう間柄であったと思われる。

こうした広縄の人となりに関して、「すこぶる生真面目な人柄であったらしく、池主とはまた違った形で家持の大きな信頼を得ていた」という見解(2)は、家持と広縄の交流に新たな光をあてるものといえよう。

家持の越中守時代の作には、朝集使などの四度使に関わる餞宴や歓迎宴に際して詠まれた歌がいくつか見られる。それらの中で、長歌体の作品は右の広縄歓迎宴の歌のみであり、そこに家持の新しい試みのひとつを認めることができるのだが、作品そのものについては、従来、否定的な評価が多い。たとえば、「儀礼的で真実性が乏しい」（『万葉集全釈』）、「長々と喜悦の情を述べているが、冗長で、緊張を欠いている」（『万葉集全註釈』）、「外面的形式的な修辞のみが目立って、内心の感動といふ程のものは見えない」（『万葉集私注』）等々である。

しかし、先に述べたような作品制作の背景を考慮すると、近時、この歓迎宴歌について積極的な価値を見出す見解が示されていることも故なしとしない。その中でまず注目されるのは、件の作品の根底に都人への意識が存在するという『万葉集釈注』の指摘で、天平感宝元年五月から七月にかけての作品の様態から見て、同年の秋に家持自身が上京することが、五月初め頃にはすでに予定されていたという。たしかに家持は、この歓迎宴の三ヶ月後の八月に大帳使として上京し、十一月初め頃までに妻坂上大嬢を伴って帰任したらしい(3)。とすると、五月から七月にかけての賀出金詔書歌などの長歌群の制作は、都での披露をも考えてのことであろうし、「京に向かは む時」を想定しての儲作歌（十八・四一二〇〜四一二一）も、これまた上京の予定に導かれての所産と見ることができる。したがって、件の広縄歓迎の宴歌についても、そこに「官僚的気張り」と都人への意識とを認めて、「この種の歌としては四五句にもわたって異様なほど長大」であるのも、そのような家持の意識に由来すると説く『釈注』の見解は、首肯すべきものと思われる。さらに当該作品を正面から取り上げた論として、廣岡義隆「久米広縄慰労の家持預作歌について—遡る時と景物の表現—(4)」があり、件の長反歌に検討を加えた上で、「その作品構成に格別の意を払った作」との位置づけを行っている。こうして、歓迎宴歌の特質がさまざまな角度から究明されているところだが、例えば、題詞の表現や題詞と長反歌との関連性などについては、いまだ検討すべき余地が残されているように思われる。そこで、以下、この歓迎宴歌について、考察を試みたい。

三　題詞の用語と表現

この作品には四文から成る題詞が掲げられている。題詞前半の二文は、朝集使の任による広縄の上京と帰任のことを述べ、「仍りて」以下の後半で、広縄歓迎の宴が設けられ、それにあたって家持が件の作品を制作したという次第を記している。作歌の状況について伝えるべき事柄を過不足なく提示する、簡潔にして要を得た書きぶりであって、そこに家持の行き届いた配慮を認めることができるが、それのみならず、題詞の中の個々の表現にも広縄を迎えるにあたっての心遣いの深さを見て取ることができる。

件の題詞の中でまず注目すべきは、当の帰任歓迎の宴が「詩酒宴」と表現されていることである。「詩酒」は、

詩酒悦㆓風雲㆒　琴歌賞㆓桃李㆒　（梁荀濟「贈㆓陰梁州㆒」『文苑英華』巻二四七）

田園帰㆓旧国㆒　詩酒間㆓長筵㆒　（初唐王勃「三月曲水宴、得㆓煙字㆒」『文苑英華』巻二一四、『王勃集』は詩題を「得㆓煙字㆒」に作る）

のように文人の嗜む風雅な行いの象徴であり、したがって当面の「詩酒宴」には広縄歓迎の場をことさら雅やかに飾ろうとする意図が見られるのだが、実はこの表現は、すでに一度、家持自身によって用いられている。越中

守として赴任した天平十八年十一月に詠まれた「相歓歌二首」（十七・三九六〇～三九六一）の例がそれで、二首の左注には、「仍設二詩酒之宴一、弾糸飲楽」という表現が見える。「相歓歌」は、四度使（この場合は大帳使）の任にあった当時の越中掾大伴池主の帰任を迎えて催された宴での歌で、当面の広縄歓迎宴歌の場合と作歌の状況を同じくする。それ故、家持は、広縄歓迎宴歌を制作するにあたって、「相歓歌」を念頭に置いていたものと見てよかろう。

この「相歓歌」については、従来、家持の作歌歴の上で重要な意義を持つ作品と位置づけられ、さまざまな角度から論じられているところである。[5]それらの論によって明らかにされたところによれば、「相歓歌」では、歌友池主を迎える宴の記録としてふさわしく、景と情との相関を軸とする家持の文芸観を前面に押し立てて歌と左注との調和が図られているという。このような性格を持つ「相歓歌」に対して、広縄歓迎宴歌の場合は、『釈注』が題詞に用いられている「国掾」、「長官」などの官職名に着目しつつ、そこに「官僚的気張りが存する」と指摘しているように、越中掾であり、かつ、朝集使の任にある久米広縄に敬意を表すべく、表現や構成に工夫が凝らされているものと考えられる。

そこで題詞冒頭の「国掾」だが、家持の越中時代にあたる作品の題詞・左注では、越中国司については四等官の名称「守、介、掾、目」のみを記し、その上に国名を記さないのが通例である。これは四度使が関係する記述においても同様で、

守大伴宿祢家持、以二正税帳一須レ入二京師一　（十七・三九九〇左注）

餞二之朝集使少目秦伊美吉石竹一時、守大伴宿祢家持作之　（十九・四二二五左注）

などのとおりである。これらに対して、国司の職名の上に「国」という語を冠した用法は、当面の例ただ一例し

かない。それ故、件の「国掾」を考えるにあたり、類例として「越中掾」のように国名を冠する十一例を見てみると、そのうち五例は、都や越前と越中との間の歌のやり取りを記す場合（十七・三九三一〜三九四二など）であって、これらはそこに国名を明示する必然性を持つ。よって、その他の六例が手がかりとなるのだが、そこには、

越中守大伴宿祢家持　　書持挽歌（十七・三九五七〜三九五九）、相歓歌（十七・三九六〇〜三九六一）

越中国守之館　　臥病悲傷歌（十七・三九六二〜三九六四）、賀出金詔書歌（十八・四〇九四〜四〇九七）

など、家持にとって重要な意義を持つと目される作品が含まれている。これらの場合の職名の記し方は、作品の重みにふさわしい格式のある書式と意識されていたに相違なく、したがって、次に掲げる残りの二例にも、何らかの形で常よりも重い表現性を与えようとする家持の意図が働いていると考えられる。

右二首歌者、三形沙祢承ㆍ贈左大臣藤原北卿之語ㆍ作誦ㇾ之也。聞ㇾ之伝者笠朝臣子君、復後伝読者越中国掾久米朝臣広縄是也　（十九・四二二七〜四二二八左注）

右件歌者、伝誦之人越中大目高安倉人種麻呂是也　（十九・四二四〇〜四二四七左注）

『釈注』は、前者については「贈左大臣藤原北卿」が登場し、重みのある文脈で記されていること、後者については高安種麻呂が新任の大目であって、着任の際に八首もの遣唐使関係歌を伝誦したという格別の事情が存することなどに着目し、いずれの場合にも「越中国掾久米朝臣広縄」、「越中大目高安倉人種麻呂」という書式を取る必然性があることを指摘している。従うべき見解で、職名の上に国名を冠する書式は、その職名に重々しさを加える手段であったと見て大過ないであろう。かような書式は、それが家持以外の他者に向けられる場合には、当然のことながら相手への敬意の表明になる。当面の広縄歓迎宴歌の「国掾」も、そのような具体的国名を冠する場合と等しい表現効果を持つものと見てよかろう。件の題詞は、冒頭から広縄への敬意を明示する形で記され

ているのである。

この歓迎宴歌に広縄に対する気配りが示されていることと、広縄が任じた「朝集使」とは深い関わりを持つものと考えられる。四度使のひとつである朝集使については、史学の立場から考察が重ねられている(6)。それらを参照すると、朝集使には次のような特質と任務があることが知られる。

・朝集使の名称及び制度は、隋唐の制に淵源を持つ。
・任務の中心は、国郡司の考課を太政官に上申することにある。
・任務のひとつとして、朝儀や肆宴への参列がある。
・「朝集使者諸使之中、尤事重使也」（公式令、朝集使条の令集解所引穴記）と記されるように、四度使の中でももっとも重い任とされた。

これらの中で、当面の例に関わって注目されるのが、第三に挙げた朝儀への参列の任である。次のような場合がそれである。

（天平元年）三月癸巳。天皇御二松林苑一宴二群臣一。引三諸司并朝集使主典以上于二御在所一。賜物有レ差。　（『続日本紀』）

（弘仁）十三年春正月癸巳朔、皇帝御二大極殿一、受レ朝。京官文武王公以下、及蕃客朝集使等、陪レ位如レ儀　（『類聚国史』）

もっとも、延喜式（式部上）には、「凡国司五位已上、就二朝集使一入レ京者、皆聴レ預二節会一」として、節会への参加を五位以上に限定する規定が見える。しかし、右に挙げた「三月癸巳（三日）」の場合では、「諸司并朝集使主典已上」とある。これらによれば、少なくとも八世紀の段階では朝集使の内部で五位以上とそれ以下とを区別することはなかったと見るべきであろう。

越中掾であった朝集使久米広縄が上京していた天平二十年（七四八）十一月から翌年閏五月までの間は、まさに陸奥国の金産出による一連の儀式が都でとり行われた時期にあたる。天平二十一年四月一日には、「大臣百寮及士庶」（『続日本紀』同日条）を従えての東大寺行幸があり、十四日にも群臣を率いての東大寺行幸が再度行われ、年号が天平感宝元年と改元されている。右に述べた朝集使の任務に照らしてみると、諸国の朝集使は、通例の節会のみならず金産出にまつわるこれらの儀式に参列していた可能性がある。ことに一日の行幸では先述の第十三詔が下され、同日、家持が従五位下から従五位上に加階されているが、考課上申を任務の中心とする朝集使は、家持の昇叙にも直接の関わりを持っている。広縄は、一連の盛儀に沸く都のありさまを目の当たりにしたはずで、越中に帰任の後には、自らが見聞きした都の情報を、待ち受ける国司の面々のもとにつぶさにもたらしてくれるに相違ない。このような事情で、越中在地の国司一同、中でも国守である家持は、この年の朝集使広縄の帰任を常にも増して心待ちにする状況にあったと考えられるのである。

さらに朝集使の任務は、題詞後半に見える「長官之館」という表現とも関連を持つものと覚しい。「長官」「次官」などの呼称は、国司の場合での「守」「介」などのような各官職ごとの職名を総括して指し示す総称である。家持は、「越前判官大伴宿祢池主」（十九・四一七七題詞）「次官内蔵忌寸縄麻呂」（同・四二〇一左注）のように、他者を尊重するために総称を用いることはあっても、[7]自らのことを「長官」と称することは、当面の広縄歓迎宴歌の「長官之館」以外ではひとつもない。したがって、歓迎宴の場を「守館」（十九・四二三八）ではなく「長官之館」と改まった呼び方で記すことで、広縄歓迎の気持ちが格別であることを示そうとしたものと考えられる。このような表現上の配慮が行われた理由としては、そこに読者として都人を想定する「第三者意識」（『釈注』）が働いたことが作用していると思われるが、当面の題詞の理解にとって、もうひとつ触れておくべき事柄がある。朝集使の任務を定めた考課令冒頭の内外官条がそれで、そこには、次のような表現が見える。

凡内外文武官初位以上、毎《ニ》レ年当司長官、考《セヨ》二属官一。（中略）外国、十一月一日、附《テ》二朝集使《ニ》一申送《セヨ》。（中略）無《クハ》二長官一次官考《セヨ》。

右の条を参照すると、家持が件の題詞に「長官之館」という表現を呼び込むこととなった理由の一つに、朝集使に関する右の規定が家持の脳裏にあったという事情があるのではなかろうか。つまり、件の題詞は、あくまでも朝集使の立場を尊重して記されていると見るべきで、そこに込められた家持の真意は、越中国において「国掾」である「朝集使」久米広縄の帰任を迎えるべく、「当司」すなわち越中国司の「長官之館」に宴を設けた、そこでその「館」の「主人」である「守」大伴家持が帰任歓迎の歌を詠んだ、と理解すべきものと考えられる。ここに示されている家持のこのような態度は、国守としての立場から、広縄その人の官人としての立場を尊重することにほかならない。

四　長歌と反歌

まず長歌の内容に目を向けると、長歌は、『万葉集評釈』（窪田）が説くとおり、三段に分かれると考えられる(8)。すなわち、「都辺に参ゐし我が背を」までが第一段、「嘆きつつ我が待つ君が」までが第二段で、以下、末尾までが第三段となる。第一段では、「年の内の事かたね持ち」と、広縄が一年間の政務報告を担う朝集使として「都辺」に向かったことがうたわれる。それを承けるのが第三段の「事終はり帰り罷りて」で、以下、帰任歓迎の気持ちが都帰りの広縄の容貌を賞賛することを通して表現されている。

　広縄の官人としての任務に対する尊重とねぎらいとをねんごろに表現するこの流れに対して、広縄の不在を嘆く第二段は、一見するところ、右の『評釈』が「家持個人の私情」と見るように、前後の流れとは質を異にするように見受けられる。しかしながら、当の広縄歓迎宴は、「長官之館」で催された公的な行事である。四度使の餞宴に際して国司たちによる集宴が行われ（十七・三九九五〜三九九八）、また題詞に「会㆓集于守舘㆒宴」（十九・四二三八）と記す例が残ることから推して、帰任歓迎にあたっても、国司一同による宴が行われたと見るのが自然であろう。とりわけこの年の朝集使は、大きな関心を集めているところである。件の広縄歓迎宴は、必ずや国司一同が会しての宴であったに相違なく、そこで公表された当面の歌は、作品披露の場にふさわしく、国司一同を代表する立場に立つ姿勢によって貫かれていると見るべきであろう。作品を貫く国守としての姿勢が、広縄の官人としての立場に大きな敬意を払う題詞のあり方と調和することはいうまでもない。これに留意すれば、「月重ね見ぬ日さまねみ　恋ふるそら安くしあらねば」「ねもころに思ひ結ぼれ　嘆きつつ我が待つ君が」と、恋情を装ってうたわれる広縄への思いの深さは、「家持個人の私情」の表明であるとは思われない。第二段にうたわれる広縄への恋情は、越中国司たちの代表としての立場に根ざした表現であったに相違なく、したがって、朝集使広縄の任に重きを置く第一段から第三段への流れと、広縄その人への恋情をうたう第二段とは、けっして異なる性格を持つものではないと考えられる。

　こうしてこの広縄歓迎宴歌は、根底に広縄への親愛の情を置きながら、公的な場での歓迎の辞にふさわしく構想されていると捉えられるのだが、果たして、以下に述べるように長反歌の個々の表現にもその構想に見合う工夫を見出すことができる。広縄が朝集使として重責を負って上京した後、残された国司たちにとっては、不在の日が重なるにつれて「恋ふる」心が募ることとなる。そこで心に結ぼれる嘆きを鎮めるべく遊楽が行われるのだが、それは、「あやめぐさよもぎかづらき　酒みづき遊びなぐ」とうたわれるような、初夏にちなみの植物を身に飾っての雅宴であった。「あやめぐさ」については、雑令の諸節日条に節物としての規定があり、また、『続日本紀』には、「昔者五月之節常用㆓菖蒲㆒為㆑縵。比来已停㆓此事㆒。従㆑今而後、非㆓菖蒲縵㆒者勿㆑入㆓宮中㆒」（天平十九年五月五日条）という元正天皇の詔が載録されている。これらとともに、集中の「あやめぐさかづらにせむ日」（十・一九五五）などの例から推して、五月五日の節日には菖蒲を身に付ける風習が定着していたと見てよい。

それに対して、「よもぎ」は、集中、漢語として「蓬身」（五・八一二題詞）、「蓬客」（五・八五五～八五七題詞）、「蓬体」（十七・三九六九～三九七二前文）等の例があるが、歌中では当面の例が唯一例である。和名「よもぎ」にあたる植物は、「蓬兼名苑云蓬一名華艾也蓬華二音逢畢和名与毛木艾音五盖反」（『和名類聚抄』）と記されるが、ここに見られる「蓬」「艾」の実体および和名「よもぎ」との対応について、寺井泰明氏は、[9]「蓬」は荒地に生えるアカザ科の植物、「艾」はキク科に属し邪気を払う香草で現在のヨモギにあたるとされる。そして、これら元来別種の「蓬」「艾」が、すでに中国において早くから混用され、それに応じて日本においても混同されたまま用いられていたものという。右の『和名抄』は、そうした混用のありさまを示す例で、ここに見られるとおり、雑草「蓬」と香草「艾」とがいずれも和名「よもぎ」に対応している。

平安朝の和歌の世界に徴してみると、「よもぎ」は、雑草として荒れた庭などの情景をいう場合に用いられる例がほとんどで、これは右に述べた「蓬」の性質を反映するものだが、当面の家持歌の「あやめぐさよもぎかづらき」は、明らかにそれとは質を異にする用法である。むしろ、家持歌に関して参照すべきは、延喜式（左右近衛府条）で、そこには五日の宮中行事に関わって「薬玉料。菖蒲、艾〈惣盛二一輿一〉」との定めがある。これによれば、「艾（よもぎ）」は「菖蒲（あやめぐさ）」とともに五月五日の節句にちなみの節物として定着していたと見てよく、さらにこれら二種の植物と節日との結びつきは、先掲の寺井氏の論が指摘するとおり、次に掲げる『荊楚歳時記』など、中国の歳時記に由来すると見てよいであろう。

五月五日…、採レ艾以為レ人、懸二門戸上一、以禳《はらフ》二毒気一。以二菖蒲一或鏤《きざミ》或屑《けずり》以泛《うかブ》レ酒。

このように家持が当面の長歌で「あやめぐさ」とともに「よもぎ」を用いたのも、中国風の雅を取り入れた宮廷行事を連想させるねらいからであったのだと思われる。

かくして「あやめぐさよもぎかづらき　酒みづき遊びなぐ」は、鄙の地である越中にあって行われた遊楽がことさら風雅さを装って行われたことを強調する表現と捉えられるが、それによっても広縄不在の嘆きは鎮まるどころか募るばかりであるという。続く「射水川雪消溢りて　行く水のいや増しにのみ」は、その嘆きの深まりを越中の風物を取り入れた序詞によって表現している。この序詞は、ひと月ほど前の五月十五日の作「教二喩史生尾張少咋一歌」（四一〇六）に用いられた、「南風吹き雪消溢りて　射水川流る水沫の　寄るへなみ左夫流その子に」と類句をなす。しかしながら、両者の関係を同種の表現の単なる流用と見るのはあたらない。第二段後半部では、件の序詞に続いて「鶴が鳴く奈呉江の菅の　ねもころに思ひ結ぼれ」と重ねて序詞が用いられているが、これまた、「奈呉の海の奥を深めて」（十八・四一〇六）などから知られるように越中の風物に即した表現である。広縄の不在を嘆くところに、越中にちなむかような表現をあえて重ねて用いたのは、都人への披露を意識してのこと（『釈注』）であろうが、それとともに、歓迎宴歌の理解にとっては、これら二つの序詞が作品内部でいかなる表現効果を持つのかを確かめることが必要である。

しばしば「大君の任けのまにまに…天離る鄙に下り来」（十七・三九六二）などとうたわれるように、地方にある国司たちの心底には都対鄙の意識が伏流のように存在する。それは天皇の命によって地方を治めるという立場に必然的に伴う意識であったが、まして広縄上京の間には、国司たちの視線が常よりも熱心に都に注がれ、朝集使として都にいる広縄の存在は、常に家持たちの意識の端に上っていたことと思われる。件の二つの序詞が用いられているのは、まさしくその広縄の不在を嘆くところにあたる。これら二つの序詞は、巧みに越中の風物を織り込むことで、広縄を待ちつつ「酒みづき遊び和ぐ」という遊宴を行う一同が鄙の地である越中に身を置くことを、具体的な映像を伴って印象づける役割を果たしている。それは同時に、都にあって一連の盛儀を体験している広縄の晴れがましい様子を想起させるはずで、そうであればこそ、続く第三段でうたわれる広縄の容貌への称賛が、いっそう輝きを増して強調されることとなる。このように考えると、二つの序詞は、朝集使広縄の帰任を歓迎するという当該作品の目的に沿って、きわめて意図的に用いられていると見るべきであろう。

最後に反歌二首について触れておきたい。長反歌全体から見れば、それぞれ長歌第三段と第一反歌、長歌第二段と第二反歌とが対応すると考えられるが、以下、具体的に見てみよう。

まず第一反歌は、「去年の秋」以来、八ヶ月ぶりに「今日」目にする広縄の容貌を「面やめづらし都方人」と称えている。これは、長歌第三段の「夏の野のさ百合の花の　花笑みににふぶに笑みて　逢はしたる今日」を承ける表現だが、「にふぶ」については内田賢徳氏に次の指摘がある。[10] 観智院本『類聚名義抄』に「辴然　ニコヽニ　ニフヽニ」とあり、これに関して『時代別国語大辞典　上代編』が挙げる左太仲「呉都賦」（『文選』巻五）の「東呉孫王辴然而咍曰」に李善が「辴　大笑貌」と注していること、九条家本『文選』が「ニコヽニ」という古訓を掲げることが注意される。右の「咍」は「アザヤカニ笑うこと」であり、これらの例から当面の家持歌の例について見ると、「にふぶに笑みて」は、「『やあ、お久しぶり』といった風情のその笑いを『文選』の『囅然』に重ねていた」という。貴重な指摘で、「夏の野のさ百合の花の　花笑みににふぶに笑みて」には、都帰りの広縄が咲きにおう百合の花の如く輝くばかりの笑みを満面に湛えて再会の場に臨んでいるありさまが、まことに印象深く描き出されているといえよう。広縄の都人ぶりを工夫を凝らして賞賛する長歌第三段から第一反歌への展開は、まさに「真情による家持の独創的な表現」（『釈注』）と評して過言ではない。

ついで第二反歌は、冒頭で「かくしても相見る」と、待望の再会が「今日」実現したことを確認しつつ、それを「ものを」で逆説的に承けて下句に続けている。その下句「少なくも年月経れば恋しけれやも」は、長歌第二段でうたわれる広縄上京の間の恋情の深さを承けているが、ここにも家持の工夫がある。通例では「少なくも」を用いる場合は、「少なくも心の中に我が思はなくに」（十一・二五二三）のように、下に「なくに」が応じて、「ほんの少しだけ〜するものではない」という表現になる。ところが、件の第二反歌では、そうした類型に替えて「恋しけれやも」と反語をもって結んでいる。むろんこの工夫は、「ほんの少しだけ恋しかったであろうか、いや、恋しくてたまらなかったのだ」と、広縄への思いのほどを強調するために施されたものだが、このように作品全体の最後に至って、「年月経れば」という少なからぬ月日の間待ちわびていた気持ちが改めてうたわれることの意義は重い。すなわち、広縄その人への深い親愛の情を作品全体の結びに置くからこそ、広縄へのねぎらいと再会の喜びとが、けっして儀礼的な挨拶ではなく、それが国守家持をはじめとする国司みなの真摯な感情に根ざす表現であることを明白に主張することになるからである。

以上、広縄歓迎宴歌について、作品披露の場を念頭に置きつつ、家持の官人意識のありかたにも目を配り、見解を述べてきた。その結果明らかになったのは、この作品が、国司としての立場で催された歓迎宴で披露すべく制作された公的な帰任歓迎の辞であるということであり、そこにこそ件の作品が長歌形式を採用して作られた所以があると考えられる。最初に述べたとおり、このような作品が生み出された原因は、金産出に伴う状況が家持の官人意識を強く刺激したことであった。その意識の高まりに応じて、題詞には朝集使広縄を際立たせるべく工夫が施され、続いて「大君の任のまにまに」と高らかに歌い起こされる歌においても、任務へのねぎらいと親愛の情とが巧みに組み合わせられて作品全体が成り立っている。そのような作品の性格に即して見ると、広縄歓迎宴歌は、互いへの敬愛を支えとして結ばれた、国守家持を中心とする時の越中国司たちの交流の一端を鮮やかに示しているということができよう。このことは、当該の歓迎宴歌を含む天平感宝元年五月から七月にかけての大きな歌群（四〇八九～四一二七）が、官人家持の動静を基軸として展開していることを物語るものと考えられる。

注

（1）神堀忍「家持における長歌—越中守時代を中心に—」（『澤瀉博士喜寿記念　万葉学論叢』同論叢刊行会、一九七二年）
（2）『万葉集釈注』
（3）大越寛文「坂上大嬢の越中下向」（『万葉』第七五号、一九七一年一月）
（4）三重大学『日本語日本文学』第一一号（二〇〇〇年六月）
（5）鈴木利一「相歓歌二首—家持と池主出会いの宴—」（『国文学論叢』第三二輯、一九八七年）、田中大士「相歓歌の論—家持と池主の交流—」（『万葉集研究』第一五集、一九八七年）、奥村和美「『相歓歌』二首における家持の方法」（『国語国文』第六五巻第一二号、一九九五年）
（6）坂本太郎「朝集使考」（『日本古代史の基礎的研究　下』東京大学出版会、一九六四年、初出一九三一年）、直木孝次郎「朝集使二題—その起源と形式化について—」（『飛鳥奈良時代の考察』高科書店、二〇〇六年、初出一九七九年）
（7）本書第二部第一章

（8）当該の長歌の表記については、日本古典文学大系『万葉集』（四）所載の「校注の覚え書十三」に、この歌には特異な仮名遣いが目立つとの指摘がある。具体的には、「支、見、天、止、介、川、須」などの特殊な仮名の使用、ヤ行のエについてア行の「衣」を用いる、あるいは、甲類のソに乙類の「曽」を用いるという仮名遣いの違例などがそれである。同様の現象は、この長歌の場合を含めて、巻十八に五群存在する（四〇四四～四〇四九、四〇五五、四〇八一～四〇八二、四一〇六、四一一一～四一一六）。これらは、巻十八が伝来途上に受けた損傷を、天慶・天暦から平安中期の間に補修した結果、生じたもの（『古典大系』）で、その破損の原因については、家持の歌稿保管のあり方にまでさかのぼる可能性が指摘されている（『万葉集釈注』）。

（9）「『蓬』『蒿』『艾』と『よもぎ』」（『和漢比較文学』第四号、一九八八年十一月）

（10）「綺譚の女たち―巻十六有由縁―」（『伝承の万葉集』高岡市万葉歴史館、一九九九年）

第五章　宴における詠物歌

一　紀飯麻呂宅の宴歌

十月二十二日於㆓左大弁紀飯麻呂朝臣家㆒宴歌三首

手束弓《たつかゆみ》手に取り持ちて朝狩りに君は立たしぬ棚倉《たなくら》の野に　（十九・四二五七）

右一首治部卿船王伝誦之　久迩京都時歌　未㆑詳㆓作主㆒也

明日香川川門《かはと》を清み後れ居て恋ふれば都いや遠そきぬ　（四二五八）

右一首左中弁中臣朝臣清麻呂伝誦　古京時歌也

十月《かむなづき》しぐれの常か我が背子がやどの黄葉《もみちば》散りぬべく見ゆ(1)　（四二五九）

右一首少納言大伴宿祢家持当㆑時矚㆓梨黄葉㆒作㆓此歌㆒也

右は、天平勝宝三年（七五一）十月に行われた宴での作品である。知られているように、第三首の作者である大伴家持は、この宴の三ヶ月ほど前に越中国守から少納言に遷任し帰京している。飯麻呂宅での宴は、帰京後、家持が万葉集に名を見せる最初の機会だが、歌そのものの出来映えについては、「何等感銘のない報告的な歌。

凡作といふより外はない」（『万葉集全釈』）、「梨の紅葉があらはせなかつたのは…家持の力量不足」（『万葉集私注』）などと、厳しい評価が与えられている。

しかし、内容のみならず、右の宴歌が各々の歌に左注を付していることに目を向けると、それらは簡略な注であるとはいえ、注意すべき内容を含んでいると思われる。それらのうち、第一首と第二首の左注は、この二首が当日の詠ではなく、古歌の伝誦であることを示している。これに対して、第三首の家持歌の場合は、左注によって宴当日の矚目の詠であることが示され、作歌事情への言及が歌の内容そのものと密接に結びついている。ならば、一見するところ簡略な注ではあるが、この一文の存在は、一首の理解にとって看過できない意味を持つと見るべきであろう。そこで、以下、家持の歌を左注との関連において考察し、その上で、当該の宴歌三首の内実に迫りつつ家持の作歌手法を究明したい。

二　左注の表現性

まずは左注に記された「梨」について、集中の例を確認しておく。梨を詠み込む歌は、件の家持歌の他に三例見出される。次のとおりである。

黄葉のにほひは繁ししかれども妻梨の木を手折りかざさむ　（十・二一八八）

露霜の寒き夕の秋風にもみちにけらし妻梨の木は　（二一八九）

梨棗《なつめ》黍《きみ》に粟つぎ延ふ葛《くず》の後も逢はむと葵《あふひ》花咲く　（十六・三八三四）

右三首のうち、巻十の二首は「詠㆓黄葉㆒」歌群に収められており、もみじを詠むという点では秋を迎えた頃の梨の様態へ関心が向けられているといえる。しかしながら、諸注釈書が説くとおり、二首ともに「妻梨」には「妻無し」の意が掛けられていると見られ、したがって、第一首については、独身の作者が「わざとひがんで戯れているように詠んだものか」（『新編全集』）という見方が当たっていよう。続く第二首については、「『妻梨（無し）』の興に乗って、妻のいない梨の木は、秋風の寒さもひとしお身にしみて、黄葉したのだ、という気分」（『万葉集全注』）を詠んだものと解される。そうであれば、右の二首は、いずれも「妻梨（無し）」という言葉の面白みに引かれて「梨」が取り上げられたという側面が大きく、梨そのものに注目しての作とは言いがたい。また、第三首の巻十六の歌は、直前の「境部王詠㆓数種物㆒歌一首」（三八三三）と同じ趣向で、歌中に見える「棗」「黍」「粟」「葛」「葵」と並んで「数種物」のひとつとして「梨」が詠み込まれているに過ぎない。

つまり、巻十の梨の黄葉を詠む二首や巻十六の物名歌と、家持の「詠㆓梨黄葉㆒」歌との間には、梨の取り上げ方において径庭があり、両者を同質の作品として扱うことはできないのである。そうであれば、家持の一首を解釈するためには、「梨」という景物についてのみならず、「当㆑時矚㆓梨黄葉㆒作㆓此歌㆒」という、左注の表現全体についての理解が求められる。そこで注意されるのは、この一文の中で、「矚㆓梨黄葉㆒」と、「矚」を用いて見る行為を表現している点である。次に掲げるように、万葉集中ではとくに家持周辺にこの「矚」やそれに類する表現がしばしば用いられている。

右件歌詞者　依㆓春出挙㆒巡㆓行諸郡㆒　当㆑時当㆑所属目作之　（十七・四〇二一〜四〇二九左注）

更矚㆑目　（十八・四〇七九題詞）

天平勝宝二年三月一日之暮眺㆓矚春苑桃李花㆒作二首　（十九・四一三九〜四〇）

右一首少納言大伴宿祢家持矚二時花一作　但未レ出之間大臣罷レ宴而不二挙誦一耳　（二十・四三〇四左注）

まずは、これら題詞・左注の例について、六朝から初唐にかけての詩題に徴してみると、六朝の作に、

殷東陽〈興矚〉　（梁江淹「雑体詩三十首」其二十、『文選』巻三十一）

早出巡行矚二望山海一　（梁王筠　『文苑英華』巻一六二）

などがあり、さらに初唐に至ると、

冬中至二玉泉山寺一属二窮陰冰*閉崖谷無色*一及二仲春一行レ県復往焉故有二此作一（2）　（張九齢　『文苑英華』巻二三三）

始背二洛城一秋郊矚目奉二懐台中諸侍御一　（蘇味道　『唐詩紀事』巻六）

などが見出されるようになる。（3）

（4）「矚」の字義については、玄応『一切経音義』（大治本）に「照矚　之欲反、矚亦明也」（摂大乗論）とあるのが古く、意義は明らかなこととするが、慧琳『一切経音義』には、

観矚　鍾辱反、考声（5）云、視之甚也、衆目所レ帰曰レ矚、説文、視也、従レ目屬声。（起世因本経）

とあり、対象を注視する、注目を集めるという意であるとする。「屬」については、『説文解字』に「屬　連也、从レ尾蜀声」と見え、これは対象に連なること、また『篆隷万象名義』には「属　時欲反、注也」とある。用例を検ずると、「酌二玄酒一、三屬二于尊一、棄二余水于堂下階間一、加レ勺」（『儀礼』士婚礼）は、鄭玄注に「屬、注也」とあることから、酒を「尊」すなわち酒だるに注ぐ意である。「瘍医掌二腫瘍潰瘍金瘍折瘍之祝薬一」（『周礼』天官冢宰）は、鄭玄注に「祝当レ為レ注…注謂レ附二著薬一」とあることから、付着の意、「楽射レ之不レ中、又注」（『春秋左氏伝』襄公二十三年）は、杜預注に「注、屬二矢於弦一也」とあることから、矢を弦につがえる意であろう。これらの例によれば、「屬」は対象に向かっていき、そこに付着することを表すものと解される。ここから「坐者皆屬目

卑二下之一」（『漢書』巻七十七、蓋寛饒伝、顔師古注「屬猶注也」）のように、対象に視線を向けて注視するという用法が導かれる。次の、

暢為二元佐一、位居二僚首一…、改レ服著二黄褶一、出二射堂一簡レ人。音姿容止、莫レ不二矚目一、見者皆願二為尽一レ命。

（『南史』巻三十二、張暢伝）

は、張暢が注目を集め将来を嘱望されるという文脈だが、これと『漢書』の例とを照らし合わせると、「屬」と「矚」とは相通じる意を持つと見てよい。これらは、いずれも眼前の対象に視線を注ぎ目をとめるという場合に用いられており、家持周辺で用いられている「矚」などは、こうした漢詩文での「矚」、「屬（属）」の用法を反映するものと考えてよかろう。

その中で、「眺二矚春苑桃李花一」については、

憑レ軒俯二蘭閣一、眺屬散二霊襟一　（唐太宗「初春登楼即目観作二述懐一」『文苑英華』巻一七五）

などの例から、「眼前ではなく遠望する意」[6]と解される。しかし、その他の例では、「矚二時花一作」（二十・四三〇四）、「当レ時当レ所屬目作レ之」（十七・四〇二一〜四〇二九）など、眼前の物に目をとめ視線を注ぐ場合に用いられている例がほとんどである。であれば、当面の「矚二梨黄葉一」も、おそらく飯麻呂宅の庭に植えられていたと思われる梨のもみじに注意を向け、それをあえて作歌の題材として選び取るという詠物の姿勢を意識した注であると[7]いえよう。家持が作歌活動の初期の頃から、詠物詩の手法や表現の積極的な摂取に努め、それによって独自の歌境を深めていったことについては、芳賀紀雄氏の論[8]に詳しい。氏は、中国文学の研究成果[9]を踏まえて、斉梁代以降に盛行を見た詠物詩の特徴を挙げて、「文会における題詠的性格、遊戯的な発想と技巧、客観的な細密描写でありながら雰囲気暗示的であること、艶情との合体、『物』への感情移入ないし擬人法的表現」などの諸点を指

摘する。そして、それらが「素材・語句の面ではともかくも、手法的にはかなり変質したものになっていよう」とした上で、「なんらかの意味で家持を刺激してやまなかったものと思われる」と述べている。首肯すべき論であり、これに従って件の「矚二梨黄葉一」を見ると、そこに認められる姿勢は、芳賀氏の論に指摘される詠物歌の方法と大きく関わりを持つものと考えられる。

三　漢籍における「梨」

（1）六朝詩文の「梨」

以上のように見てくると、「梨」という景物の選択についても漢詩文との関わりが問題となる。この点で、『万葉代匠記』（精撰本）が夙に晩唐陸亀蒙の「村辺紫豆花垂次　岸上紅梨葉戦初」（「江南二首」其二、『唐甫里先生文集』巻十二）を挙げているのは示唆に富むが、万葉集への影響を考える場合、まずは初唐以前を対象とすべきであろう。そこで、以下、六朝の詩文に現れる「梨」を見ると、早い時期のものとして次の例が挙げられる。

神異経曰、東方有レ樹。高百丈、敷張自転。葉長一丈、広六尺。名曰レ梨、其子径三尺、剖レ之白如レ素。食レ之地仙、可レ入二水火一。（『芸文類聚』菓部上・梨）

爰定二我居一、築レ室穿レ池。（中略）竹木蓊藹《をうあい》、霊果參差《しんし》。張公大谷之梨、梁侯烏椑《うひ》之柿。（晋潘岳「閑居賦」、『文選』巻十六）

前庭樹二沙棠一　後園植二烏椑一　霊囿繁二若榴《じゃくりう》一　茂林列二芳梨一[10]（潘岳「金谷集作」、『文選』巻二十）

第一例は、梨の実を仙人の食とするもの。第二例の「張公大谷之梨」は、李善注に、

広志曰、洛陽北芒山有二張公夏梨一、甚甘。海内唯有二一樹一。大谷未詳。

というように、続く「烏椑之柿」と同様、伝説上の霊果のことである。第三例の「金谷」は、洛陽の西北にあった石崇の別荘、金谷園のことで、潘岳ら当時の文人たちが城陽大守として赴く石崇を送別する会を開いたという。右は、その席で作られた五言詩の一節だが、園に植えられた珍木を「沙棠」「烏椑」「若榴」と列挙する中に「芳梨」も加えられている。これらの霊果としての梨は、それぞれ、後の時代の詩に、

大谷来既重　岷山道又難　擢折非レ所レ悋《そしル》　但令レ入二玉盤一　（梁沈約「応レ詔詠レ梨」、『文苑英華』巻三二六）

玉壘称二津潤一　金谷訪二芳菲一　詎疋二龍楼下一　素蘤映二朱扉一　（梁劉孝綽「詠二梨花一応レ令」、『芸文類聚』菓部上・梨）

などと詠まれ、その霊妙さが讃えられている。また、庾信には、

接レ枝秋転脆　含消落更香　擎《ささげお》二置仙人掌一　応レ添二瑞露漿一　（「奉レ梨」、『庾子山集』巻六）

がある。清倪璠『庾子山集注』が『三輔黄図』を引いて、「御宿園出二大梨一、落レ地則破。(11)其取レ梨、先以二布嚢一承レ之、号曰二含消一」というように、ここに見える「含消」も漢の武帝の庭園である御宿園にあった大梨のことで、これも伝説上の梨のひとつである。以上は、霊果としての梨の例だが、次の、

射馬垂二双帯一　豊貂《ほうてう》佩二両璜《りやうくわう》一　苑寒梨樹紫　山秋菊葉黄　（北周王褒「九日従駕」『初学記』歳時部下・九月九日）

は、秋の情景を彩る景物として梨の実を取り上げている。

しかしながら、梨に関して詩の世界で早くから好まれていたのは、秋に熟するその実ではなく、次の二首に見られるように春に咲く白い花であったらしい。

翻レ堦没二細草一　集レ水間《まじル》二疏萍《そひやう》一　芳春照二流雪一　深夕映二繁星一　（斉王融「詠二池上梨花一」『古文苑』巻九）(12)

露庭晩翻積　風閨夜入多　縈《めぐり》レ叢似二乱蝶一　払レ燭状聯レ蛾　（斉劉絵「和二池上梨花一」、同右）

右の二首は『古文苑』に並んで収められており、後者は前者王融の詩に和した作だが、いずれも池や庭に舞い散る梨の花を細やかな視点で描写している。このような梨の花への嗜好は、

風光遅舞出二青蘋《ひん》一　蘭条翠鳥鳴二発春一　洛陽梨花落如レ雪　河辺細草細如レ茵
（梁蕭子顕「燕歌行」『玉台新詠』巻九）(13)

城隅路接二伊川駅一　河陽渡頭邯鄲陌　可レ憐年少把手時　黄鳥双飛梨花白
（初唐王宏「従軍行」『全唐詩』巻三十八）(14)

斗酒渭城辺　壚頭酔不レ眠　梨花千樹雪　楊葉万条煙　（盛唐李白「送別」『李太白文集』巻十五）

のように六朝から唐代にわたり、多数の例を見る。

このような花に対する関心の高さとは異なって、梨のもみじについては、用例が少なく、詩では次のような例が見出されるに過ぎない。

列レ茂河陽苑　蓄レ紫濫觴隈　飜レ黄秋沃若　落レ素春徘徊　（沈約「西地梨」『芸文類聚』菓部上・梨）

ここにいう「河陽苑」は、「崇有二別館一在二河陽之金谷一、一名梓沢」（『晋書』巻三十三、石崇伝）から、前掲の潘岳「金谷集作」と同じく石崇の別荘、金谷園のことと知られ、「列レ茂」は、潘岳詩の「茂林列二芳梨一」を踏まえて、霊妙な梨の実が豊かに実る秋の景をいうものと解される。続く「蓄レ紫」は、沈約「詠二新荷一応レ詔」（『芸文類聚』草部下・芙蕖）に「寧知寸心裏　蓄レ紫復含レ紅」とあり、梨や荷（はす）の花の雄しべをいう。したがって、第二句は、河陽苑で梨の花が咲く春、流れのほとりで宴を催しているさまを思わせる。後半の第三句「沃若」は、次

のように『毛詩』を出自とする語。

桑之未レ落　其葉沃若　于嗟鳩兮　無レ食二桑葚一　（衛風「氓」）

右は、女性の容色を桑の葉のありさまに喩えているところで、「沃若」は、「沃若猶沃沃然」（毛伝）、「桑之未レ落之時其葉則沃沃然盛」（正義）とあり、つやつやとして潤っていること。すなわち、「桑之未レ落謂二其時仲秋一也」（鄭箋）とされるように、秋たけなわの頃に、桑の葉がつやつやと茂っているさまをうたっている。これに倣えば、先の沈約の「飄レ黄秋沃若」は、秋に美しく色づいた梨のもみじをいうものと考えられる。対する第四句は、春に梨が白い花を散らす情景を描くが、その「徘徊」は、雪について、

其為レ状也、散漫交錯、氛氳《ふんうん》蕭索。藹藹浮浮、瀌瀌《へうへう》弈弈。聯翩飛灑。徘徊委積。

（宋謝恵連「雪賦」『文選』巻十三）

と、空中を回るように降り積もることをいう例がある。これと同様に、件の句の「徘徊」は、梨の白い花があたりを巡るように流れ散るさまを表すものと解される。こうして「西地梨」は、第三句が第一句を承けて、秋に梨の葉が美しくもみじして翻る情景を、第四句が第二句を承けて春に白い梨の花が流れるように散る情景をうたい、河陽苑の春秋の景を艶やかに描き出しているといえよう。

（2）家持歌の「梨」

唐代に入ると、

曙宮平楽遠　秋沢広城寒　岸葦新花白　山梨晩葉丹　（初唐鄭愔「貶降至二汝州広城駅一」『唐詩類苑』人部・貶謫）

客舎梨葉赤　鄰家聞レ擣レ衣　夜来嘗有レ夢　墜レ涙縁思レ帰　（盛唐岑參「楊固店」『岑嘉州詩』巻二）

陳レ迹随二人事一　初秋別二此亭一　重来梨葉赤　依レ旧竹林青　（盛唐杜甫「客旧館」『杜詩詳注』巻十二）

のように、梨のもみじを詠ずる詩が散見するようになる。このような展開の中で、沈約の「西地梨」一例のみとはいえ、六朝期の詩に梨のもみじを取り上げる作があることは注目すべきことといえよう。しかしながら、家持の目に触れた可能性のある詩文の中で、梨のもみじを取り上げる例は、沈約「西地梨」のみしか見出されず(15)、しかも、そこで梨の葉は「飜レ黄秋沃若、落レ素春徘徊」と、春の情景に対置されているのであって、梨のもみじそれ自体を詠物の対象としているのではない。このような事情を考慮に入れれば、沈約の詩が飯麻呂宅の「梨黄葉」に注目する契機になったのだとしても、家持がそれを詠歌の対象として選び取ったのは、詠物歌の積み重ねで得た観察眼に拠るものと考えるのが穏当であろう。

　してみると、件の家持歌において、眼前の梨のありさまを「わが背子がやどの黄葉散りぬべく見ゆ」と表現していることが注意される。この「散りぬべく見ゆ」に関して、中西宇一氏は、次のような指摘を行っている(16)。

　これは「あなたの家の黄葉は、時雨にあって今にも散りそうに見える」というのであり、現実の「黄葉」自体のうちに「散りぬべき」様相が見えるというのである。すなわち、「黄葉散りぬ」は未だ現実として現れていない、非現実としての推定的な事態であるが、「黄葉」が「散りぬべき」ことは、現実の「黄葉」の様態からみて必然的な結果的事態として予想・推定されるというのである。いわば、「散りぬべき」ことを必然的な結果として導くべき原因を、すでに「黄葉」自体がもっているとするものである。

集中に見られる、

我がやどに盛りに咲ける梅の花散るべくなりぬ見む人もがも　（五・八五一）

秋萩を散り過ぎぬべみ手折り持ち見れども寂《さぶ》し君にしあらねば　（十・二二九〇）

などの「べし」、「ぬべし」の例に照らして、右の指摘は従うべき見解で、これによれば、当面の下句「散りぬべく見ゆ」には、眼前の梨のもみじを細かな観察によって捉え、その様態をありのままに描写しようとする姿勢を見て取ることができる。

もっとも、この「散りぬべく見ゆ」について、『万葉集全注』は、「まさに散りそうになっているが、もみじとしてはしぐれに濡れて極限の美しさにあることをいうのであろう」という理解を示している。それ故、件の一首は「もみじの美に寄せた主人への賛歌」であるとされ、『万葉集釈注』もこれと同様の方向を取る。しかしながら、もみじが散り際にあることと色づきとの関係は必ずしも分明ではなく、家持が眼前のもみじの美しさを詠んだとする右の『全注』などの見解には疑問が残る。

この家持歌を特徴づける表現として、右に述べた「散りぬべく見ゆ」とともに、第二句の「しぐれの常か」を挙げることができよう。集中のしぐれを詠む歌を見てみると、

九月のしぐれの雨に濡れ通り春日の山は色づきにけり　（十・二一八〇）

十月しぐれにあへる黄葉の吹かば散りなむ風のまにまに　（八・一五九〇）

などように、「晩秋九月の『しぐれ』が『もみち』を促し、初冬十月には、その『もみち』を散らせるという固定化[17]」が認められる。家持歌の「十月しぐれの常か」は、ひとまずこうした暦月としぐれとの固定化の流れに沿っての作と位置づけられるが、それとともに、しぐれともみじとの関係について、「しぐれを嘆くことと平行する形で、しぐれを嘉することは新しく興った傾向」で、「概ね寧楽京遷都を境にして…この促す関係の型が成立していると見られる[18]」という指摘にも注意を払う必要があろう。集中では、しぐれによってもみじが散ることを「惜し」とする歌、あるいはそれが現出する美しさを「色づきにけり」と感嘆する歌が一般だが、件の家持歌

は、そのどちらのあり方にも属さず、「散りぬべく見ゆ」と眼前の「梨黄葉」の「今にも散りそうに見える」ありさまを描き出すのみで、「散らまく惜し」などといった心情を直接吐露することはない。

　こうした家持歌の手法は、眼前の情景を「（しぐれの）常か」と捉えていることとも関わりを持つと思われる。「常か」は、

　川の瀬のたぎちを見れば玉かも散り乱れたる川の常かも　（九・一六八五）

とある他は用例に恵まれず独特な表現なのだが、『万葉集新考』が「ツネカはサガカといはむにひとし」と説くとおり、「しぐれのならわし、習性」をいうものと思われる。したがって、当面の「しぐれの常か」は、「シクレスル時ノサタマレル事歟トナリ」（『万葉代匠記』精撰本）の意で、いま家持の眼前でしぐれがもみじを散らそうとしているありさまを、初冬に降るしぐれの「習い」と見ての表現であると解される。[19]ここには、晩秋から初冬へと向かう時節にふさわしい、そこにあるべき姿として眼前の景を把握する態度がある。このような季節と景物との結びつきに対する認識が、先に見た「散りぬべく見ゆ」という、対象への凝視に基づく「必然的な結果的事態」への推定を、より確かなものと感じさせているのだといえよう。

四　宴と詠物歌

　最後に、これまで検討を加えてきた家持の歌と、当該の宴の場との関わり方について述べていきたい。この点については、川口常孝氏に次のような見解がある。[20]

紀飯麻呂の宴の歌で、神経のよく行きとどいたはずの家持が、主人の家の「梨の黄葉」（左注）を〝散りそうに見える〟と歌っている。これでは挨拶にも何もなりはしない。

右は、五年にわたる越中での生活を終えて帰京した家持が、中央政界の冷たい空気を感じ取り、心の拠りどころを失いかけていたため、「事物の衰微を口にのぼしている」のだとする。たしかに、家持が政治的状況に刺激を受けてしばしば歌を詠んでいることは、周知のとおりである。しかしながら、当面の一首の理解にとっては、家持を取り巻くそのような状況を呼び込むことよりも、当該宴歌三首の中での位置づけをまずは考えるべきであろう。

そこで第一首の船王の伝誦歌に目を向けると、左注の「久迩京都時歌」から恭仁京時代の作と知られる。歌の地名「棚倉の野」は、京都府相楽郡山城町あたりで恭仁京にほど近いところ。そこに「君」が「狩り」にお立ちになるというのである。この「君」については、『万葉代匠記』（精撰本）以来、聖武天皇とする説が行われている。(21)これに関して宴の参加者の経歴を見ると、紀飯麻呂は天平元年（七二九）従五位下、船王は神亀四年（七二七）に従四位下に叙せられているのが初見であることから、その頃、二十歳代前半であったと見れば、生年は、大宝〜慶雲の頃（七〇一年〜七〇七年頃）と推測され、大宝二年（七〇二）生の清麻呂と同年代となる。家持は、養老二年（七一八）生と推定されるので、(22)これら三人は、家持よりも十五歳ほど年長であったと考えられる。したがって、件の四人にとって、恭仁京時代（七四〇年〜七四四年）とは、官人としての体験を近しい記憶として持つ時代であったといってよい。それを考慮して第一首の「君」に人物を当てるとすれば、やはり聖武天皇その人のこととする方が穏当なのではないかと思われる。

聖武天皇説に対して、吉村誠氏は、「紀飯麻呂家宴歌三首―宴席歌の主題―」(23)において安積皇子とする説を提示しているが、これについては後ほど検討する。ついで、第二首に目を移すと、ここでは歌われている内容と左注の「古京時歌」という説明とをどのように整合させて理解するかで見解が分かれている。歌の「後れ居て恋ふれば都いや遠そきぬ」については、飛鳥京から藤原京へと見る説、飛鳥京から藤原京、さらに平城京へと見る説、藤原京から平城京へと見る説の三通りが提示されているが[24]、ここは、

難波辺に人の行ければ後れ居て春菜摘む子を見るが悲しさ　（八・一四四二）

妹が門いや遠そきぬ筑波山隠れぬほとに袖ば振りてな　（十四・三三八九）

などの例から見て、飛鳥京に居残った者の立場から、藤原京そして平城京へと都がますます遠のいてしまったことへの感慨を歌ったものと解するのが適当であろう。そうであれば、一首は、藤原京から平城京へ遷都が行われて以後の作ということになる。

一方、左注の「古京」は、現在の都に対する、それ以前の都をいう一般的な名称[25]で、これを「奈良京」とする『万葉集古義』を除くと、飛鳥京もしくは藤原京という見解が示されている[26]。したがって、歌の内容から導かれる作歌時と左注の示す作歌時とがかみ合わないのだが、はたして、件の左注は、厳密な事実考証として記されているのであろうか。もし厳密な姿勢を貫くのであれば、少なくとも第一首の「久迩京都時歌」と同程度の具体性を持つ注記が施されてもよいはずである。第二首の注記が「古京時歌」と、具体名ではなく漠然とした表現になっていることから推して、ここは、件の歌がかつて遷都が行われた頃の作であることを大まかに示したものと見てよいのではないか。その場合、一首の内容が、藤原京時代の末に平城京に遷都が行われた頃、古京飛鳥に居残った人の感慨を詠じたものであることから「古京時歌」と記したのだと思う[27]。

さて、それでは当面の三首と宴の場との関連を、どのように見るべきであろうか。これについて先掲の吉村氏

の論を紹介すると、件の宴は、参加者の経歴から見て安積皇子や橘諸兄と親交のあった人たちの集いで、三首の宴歌は「懐古」という主題で統一されているという。具体的には、第一首は、「往年の恭仁京、特に安積皇子を讃美した歌であり、追懐の性格を持っている」歌で、第二首は、「恭仁古京追懐の連想から飛鳥古京の歌を持ち出した」ものとする。さらに第三首は、家持自身も名を連ねる「橘朝臣奈良麻呂結集宴歌十一首」（八・一五八一～一五九一）での大伴池主の作、

十月しぐれにあへる黄葉の吹かば散りなむ風のまにまに（八・一五九〇）

を踏まえており、「その背後の奈良麻呂結集宴と、同時に安積皇子を中心とした青春時代を思いやっていると見なすことも出来る」と見る。よって、「過去の時点へ家持の思考が及んでいたという点で、懐古という要素の強い歌であると認めることが出来る」というのが、その要点である。

右の考えに立つ根拠として、氏は、紀飯麻呂が天平十六年閏正月の安積皇子薨去に際して喪事監護の任に当たったこと[28]や、天平十五年四月の紫香楽行幸の期間に橘諸兄とともに恭仁京の留守官となっていること、また、船王については、橘奈良麻呂を餞した時の宴や、諸兄が奈良麻呂宅で開いた宴に同席していることなどを挙げている。しかし、これらを根拠として、当面の宴に会した四人が「いずれも安積皇子、橘諸兄を中心とした集まりの中に座を占めていた可能性が高い」と見るのには、無理があるのではないか。恭仁京、飛鳥古京時代の古歌の披露は、往時への回想によってのことで、それによって参加者は、過ぎ去った時代への追懐の念を呼び起こされたであろう。そうであっても、三首の歌が懐古の情という主題で統一されているとまでは考えられず、また、その場での追懐の念は、安積皇子ひとりに焦点を結んでいくものではないと思う。体験を共有する恭仁京時代への追懐は、さらに遠い藤原京時代への思いを呼び込み、それによって一座の人々は、時の移り変わりに対する感慨

を深くしたに相違ない。ならば、その宴歌の末尾に置かれている家持の作は、前に位置する二首の伝誦歌と、どのように切り結ぶのであろうか。本章の最後にこの問題について、家持の詠物歌制作の手法という面から考えてみたい。

本章第二節で挙げた芳賀紀雄氏の論(29)は、家持の詠物歌として次の「秋歌三首」について綿密な考察を加えている。

秋の野に咲ける秋萩秋風になびける上に秋の露置けり　(八・一五九七)
さ雄鹿の朝立つ野辺の秋萩に玉と見るまで置ける白露　(一五九八)
さ雄鹿の胸別《むなわ》けにかも秋萩の散り過ぎにける盛りかも去ぬる　(一五九九)

氏の指摘を参照しつつ右の三首の表現に注目すると、第一首では同語を意識的に反復する漢詩の手法に倣って「秋」を四回繰り返しつつ、視点を末尾の「露」に絞ってゆく。第二首では当時の一般的な趣向によって萩を鹿の妻と見立て、萩の上に置く露に視点を当てる。ここでは「さ雄鹿の朝立つ野辺の」に後朝の情が匂わされつつ、視点は細やかに萩の上の「白露」を捉える。露は別れを惜しむ萩の涙を連想させ、ここに漢語の翻読語「白露」を用いることで、一首には雅やかな雰囲気が添えられる。第三首は「胸別けにかも」「盛りかも去ぬる」と疑問を並立した上で、萩を押し分け歩み出す鹿と、それによって散る萩の花とが鮮明に描き出されている。

こうして件の「秋歌」は、三首の連なりのうちに時間の推移を意識させながら、秋野の情景を微細に描き出しているのである。氏の指摘するとおり、家持はこの連作で、「『萩』『露』『鹿』という、当時にあって仲秋八月の代表的な節物」を選択して「秋たけなわの野辺の情趣を繰り広げること」を意図したと見ることができよう。このような読解に基づいて芳賀氏の論は、「わけても第一・二首において、景物に対する詠物詩的な手法を模倣し、かつ物と物との取りあわせをもって気分化に意を注ごうとする態度」が認められるという。首肯すべき見解で、ここに家持の詠物歌が備えている手法の一つの典型があると考えられるのである。

ここで、当面の紀飯麻呂宅での家持の宴歌に立ち戻ると、件の歌にも右に述べた家持の詠物歌の手法が如実に認められることが知られる。以下、具体的に見ると、家持歌は微細な視点によって、眼前の「梨黄葉」に即して、そのありさまを描写することに徹している。そのような手法によって、「我が背子がやどの黄葉」の姿が、あたかも目の当たりに迫るかのように浮き彫りにされるのだが、「散りぬべく見ゆ」という認識の中には、梨のもみじの上で今まさに過ぎ去ろうとしている時間を、鋭く見出す視線がある。いわば、過去を追懐する二首の伝誦歌がもたらした時の推移に対する感慨が、眼前の景物が示す必然的な様態の上に、現在のこととして捉え直されているのである。それとともに、その感慨は、「十月しぐれの常か」という表現と相俟って、いっそうの深みを獲得する。晩秋から初冬にかけての時節には、事物の移ろいが最も強く感じられることは、いうまでもない。今まさに散ろうとしている「梨黄葉」のありさまを、毎年繰り返される「習い」であると捉えることによって、眼前の情景は、その時節に固有の情感を、そこに凝縮して帯びることになるのである。かくして、詠物的な視点によって詠じられた梨のもみじのありさまは、それ自体の姿を鮮明に印象づけるのみならず、秋から冬への季節感を強く伴って、時の移ろいに対する感慨を呼び起こしたものと思われる。

眼前の梨の黄葉という物の様態を通して、それにまつわる情感を言外の余情として醸し出す詠み方は、詠物詩の影響を受けつつ深化していった家持の詠物歌の手法が、まさに円熟の境地を迎えたことを示している。家持は、こうした当該歌の真価を自らよく見極めていたのではないか。それ故にこそ、家持の歌は、恭仁京、そして藤原京時代へと思いを馳せる船王、中臣清麻呂の伝誦歌二首に連なる作として、件の宴歌の末尾に置かれたのであろう。このように考えると、紀飯麻呂宅での宴の場において家持歌が披露された時、眼前の景物の描写がもたらす情感は、「事物の衰微」という負の価値を持つものではなく、宴の場の雰囲気とも調和した、晩秋から初冬という季節に固有の情趣として一座に受けとめられたのだと思われる。宴の場で伝誦された古歌が呼び起こした、過ぎ去ったものへの懐古の情を一方で受け止めつつ、その情調を主人の庭の矚目の景を詠ずる歌に転じて深めた家持の手腕は、注目に値する。かくして、紀飯麻呂宅での梨のもみじを詠む一首は、作品披露の場においても、また、家持自身の作歌歴の上でも、その真価が発揮された作品であると認めることができるのである。

　以上、家持が培ってきた詠物歌の手法が確固とした境地を得るに至ったことを述べてきた。そうであれば、その手法は、家持の歌作りの場においてさまざまな面で応用されていることが予想される。そこで、このような視点から、さらに章を改めて家持の作品世界についての考察を進めたい。

注

（1）第五句は、この他に「散りぬべし見ゆ」（『万葉集全註釈』）、「散るべく見ゆる」（『万葉集新考』、『新大系』）などの訓が行われているが、ここでは、『万葉集大成訓詁篇　下』の説に従い、「散りぬべく見ゆ」を採用する。この場合、二句切れと見る『万葉集評釈』（窪田）などの説と、「常か」の結びが流れていると見る『古典全集』の説とで理解が分かれるが、そのいずれでも、一首の理解に大きな差異はないと思われる。

（2）「氷*」—「水」『全唐詩』（復興書局、民国六十六年刊、康熙四十六年印行の揚州詩局刊本の影印）、「色*」—「景」『曲江張先生文集』（四部叢刊）。

（3）これらに加えて、

同会二河陽公新造山池一聊得二寓目一　（北周庾信『庾子山集』巻三）

奉二和驪山高頂寓目一応レ制　（李嶠『文苑英華』巻一七〇）

などの「寓目」も、「請与二君之士一戯、君憑レ軾而観レ之、得臣与寓レ目焉」（『春秋左氏伝』僖公二十八年）の杜預注に「寓、寄也」とあるのを参照すれば、対象に目をつける意と解されるので、「矚目」などと同様の用法であると見なされる。

（4）「矚」「属」の字体については、『干禄字書』に「属屬上通下正」とあることから、「矚」「屬」が正字。

（5）「考声」は、唐張戩《ちょうせん》『考声切韻』（巻数未詳）で、中宗の代（七〇五年〜七〇九年）の撰（上田正『切韻逸文の研究』汲古書院、一九九六年）。

（6）小島憲之「むつかしき哉　万葉集―春苑桃李女人歌をめぐって―」（『文学史研究』第三五号、一九九四年十二月）

（7）『日本書紀』には、「詔、令二天下一、勧二殖桑・紵・梨・栗・蕪青等草木一」（持統紀七年三月十七日条）という記事が見え、「梨」が「栗」などと並んで作物として植えられていたことが知られる。

（8）「歌人の出発―家持の初期詠物歌―」（『万葉集における中国文学の受容』塙書房、二〇〇三年）。及び同書の中で「Ｉ万葉集における中国文学の受容」、「Ⅲ大伴家持」に収められている諸論考による。

（9）網祐次「永明文学の詠物」（『中国中世文学研究　南斉永明時代を中心として』新樹社、一九六〇年）、同「詠物詩の成立」（同書、初出一九五五年）、小尾郊一「詠物の詩」（『中国文学に現れた自然と自然観』岩波書店、一九六二年）、高橋和巳『詩人の運命』第八章（河出書房新社、一九七二年）

（10）李善注に「毛詩曰、王在二霊囿一。広雅曰、石榴、若榴也。西京雑記曰、上林有二芳梨一」という。

（11）辛氏三秦記曰、漢武帝園、一名樊川、一名御宿、有三大梨如二五升瓶一、落レ地則破。其主取二布嚢一承レ之、名曰二含消梨一（『初学記』果木部・梨）

（12）『古文苑』は、「旧本不レ載二王中書詩一今添入」と注する。

（13）「洛陽梨花落如レ雪　河辺細草細如レ茵」について、『文苑英華』は「落」を「白」、「細草細」を「細草青」に作る。清呉兆宜の『玉台新詠箋注』は下の「細」字に「一作レ組」と異文を記す。これらの異同について清紀容舒『玉台新詠考異』は「于レ義為レ愜《けふ》而未レ詳レ所レ本」とする。

（14）揚州詩局刊本（注2参照）においても、本文に異同はない。

（15）梁昭明太子『錦帯十二月啓』に、次の例が見える。

夷則七月

素商驚レ辰、白藏屆レ節。金風曉レ振、偏傷二征客之心一、玉露夜凝、直泫二仙人之掌一。桂吐二花於小山之上一、梨翻二葉於大谷之中一。故知節物變衰、草木搖落。（『全梁文』巻十九）

ただし、兪紹初『昭明太子集校注』は、「詞気不レ類二六朝一、亦復不レ類二唐格一…、後来附会、題為二統作一耳」とし、昭明太子に仮託された作というが、なお定かではない。

(16)「べしの推定―様相的推定と論理的推定および意志」（『古代語文法論』和泉書院、一九九六年、初出一九六九年）。

(17) 芳賀紀雄「万葉集における花鳥の擬人化」（注8書、初出一九九三年）

(18) 内田賢徳「万葉しぐれ考」（『上代日本語表現と訓詁』塙書房、二〇〇五年、初出一九九三年）

(19) これに関連して、大伴書持の「春雨に萌えし柳か梅の花ともに遅れぬ常のものかも」（十七・三九〇三）を、春の景物である梅と柳について「この二つは共に季節に後れず現れる常のものなのだろうか」（『万葉集大成訓詁篇　下』）といったものと取れば、季節と景物との結びつきを「常」という感覚で捉える例として参考になる。

(20) 川口常孝「心悲しも独りし思へば」（『万葉集物語』有斐閣、一九七七年）

(21)『万葉集古義』、『万葉集全釈』、『万葉集全註釈』、『万葉集注釈』、『万葉集釈注』など。

(22) 佐藤美知子「万葉集中の国守たち」（『万葉』第一一二号、一九八三年）

(23)『上代文学』第四七号（一九八一年十一月）

(24) 飛鳥→藤原（万葉拾穂抄、万葉集略解、万葉集新考、万葉集総釈）
飛鳥→藤原→平城（万葉代匠記初稿本（三手）、万葉集古義、万葉集全註釈、古典集成、新大系、万葉集全注、万葉集釈注、和歌大系、全歌講義、全解）
藤原→平城（万葉代匠記精撰本、万葉集全釈、万葉集注釈、古典大系、新編全集）

(25)「古京」の例として、歌の表記を含めて次のような場合がある。

たち変り古京《ふるきみやこ》となりぬれば道の芝草長く生ひにけり（六・一〇四八）

壬辰、将軍吹負屯二于乃楽山上一。時荒田尾直赤麻呂啓二将軍一曰、「古京是本営処、宜二固守一。将軍従レ之。則遣二赤麻呂・忌部首子人一、令レ戍二古京一。赤麻呂等詣二古京一…」（天武紀上・七月三日条）

其落処者、今呼雷岡〈在古京小治田宮之北者〉。（日本霊異記上巻第一縁）

(26)　飛鳥京（万葉拾穂抄、万葉集略解、万葉集新考、万葉集総釈、万葉集私注、万葉集評釈（窪田）、古典集成、万葉集全注、万葉集釈注、全解、注23吉村論文）
藤原京（万葉代匠記精撰本、万葉代匠記初稿本（三手）、万葉集全釈、万葉集全註釈、万葉集注釈、新大系、和歌大系、全歌講義）

(27)　伊藤博「記名意識と万葉集」（『万葉集の歌群と配列　下』塙書房、一九九二年、初出一九八五年）は、清麻呂が明日香古京に身を置くことがあったという仮定の下に、四二五八歌の「古京時歌」は「古京に在りし時の意」で、「この一首は、清麻呂自身の歌を誦したために、〝作主未詳〟の類の記載がないと見るのが無難だと思われる」との案を示している。しかし、直前四二五七の注記「久迩京都時歌」から見て、「古京時歌」は、四二五八が作られ歌われたのが「古京」の時代であることをいうものと見るべきであろう。この場合、清麻呂は大宝二年（七〇二）の生であるから、四二五八は、清麻呂自身の歌とは考えにくい。四二五八が四二五七と異なって〝作主未詳〟の注記を持たない理由はよく分からないが、『万葉集私注』の「歌の意味からすれば『古京時歌』も古京時代の歌ではなく、古京時代の流行歌の意が前の場合よりもはつきりして居るやうである。」という見方も、成り立つ余地があると思う。

(28)　安積皇子の喪事監護には、飯麻呂とともに刑部卿であった大市王（天平十五年六月三十日～同十八年四月十一日まで在任）が任じている。ちなみに『続日本紀』には「喪事監護」の記事が二十三回見えるが、多くの場合、より高位の者が監護の任に当たり、それが慣行となっていたらしい（新日本古典文学大系『続日本紀五』宝亀二年二月二十二日条脚注）。

(29)　注8論文

第六章　天平勝宝七歳八月の肆宴歌二首

一　問題の所在

八月十三日在㆓内南安殿㆒肆宴歌二首

娘子らが玉裳裾引くこの庭に秋風吹きて花は散りつつ　（二十・四四五二）

右一首内匠頭兼播磨守正四位下安宿王奏㆑之

秋風の吹き扱き敷ける花の庭清き月夜に見れど飽かぬかも　（四四五三）

右一首兵部少輔従五位上大伴宿祢家持　未㆑奏

右は、天平勝宝七歳（七五五）秋八月に行われた肆宴での歌として、万葉集巻二十に記録されている作品である。二首の内容で目を引くのは、家持歌の「吹き扱き敷ける花の庭」であろう。これに関して、散り敷いた花の美しさを詠むことの独自性に着目した新垣幸得氏の論[1]があり、さらに田中大士氏[2]は、新垣氏の見解を参照しつつ、家持周辺の肆宴歌にも考察を及ぼして、右の家持歌の特質を明らかにしている。たしかに、「吹き扱き敷く」や

「花の庭」は、他に例が見られない表現で、それがほかならぬ「肆宴」という場の詠で用いられているところには、作者家持の意図が存すると見てよかろう。このように考える場合、件の「花の庭」が漢語「花（華）庭」の訓読語であるという芳賀紀雄氏の指摘[(3)]は重要である。しかしながら、この語が、右の家持歌を肆宴の場での詠としていかに成り立たせているかについては、これまで充分には言及されていないうらみがある。そこで、以下、件の肆宴歌について安宿王の歌も含めて検討を加え、万葉の末期に位置する肆宴歌としての意義を考えてみたい。

二　肆宴歌二首の場

二首の表現の検討に先立って、題詞・左注に記された詠作事情を確認しておく。まず、題詞についてだが、肆宴の場所とされる「内南安殿」に関しては、大安殿と見る説（『万葉集注釈』、『古典全集』など）があり、また、先に挙げた田中氏の論では「内安殿」にあたるというが、史料を検じても、特定の殿舎に当てる根拠は見出されず、結局のところ、関野貞氏が指摘[(4)]するとおり、「明らかならず」というほかはない。

これを宴の日付から見た場合、もしも、八月十三日近辺に、節会などに伴って宴が開かれるような恒例の行事が行われていたのであれば、その場所として大安殿を想定することができるが、『続日本紀』などに徴してみても、そのような行事があったという形跡は認められない。結果、題詞から知られるのは、この肆宴が「観月にふさわしい月」（新垣氏前掲論文）のある頃に、内裏の中の殿舎で行われた、おそらくは臨時の行事であり、その宴の中で和歌を詠じ披露する機会が設けられていたというにとどまる。

二首のうち、安宿王の歌は「奏之」とされ、家持の歌は「未奏」(5)であったという相違はあるものの、肆宴に際しての歌を詠ずること自体、作者にとってたいへん名誉な機会であったことは想像に難くない。そのような機会を得た意気込みは、二首に付された左注の書きぶりに反映している。すなわち、この肆宴歌の左注は、安宿王、家持ともに官職名と位階とを掲げる形を取るのだが、諸注が指摘するとおり、作者名に冠して位階を掲げるのは、集中では特異な書式である。このような書式が採用されるに至った経路として、二通りが考えられる。一つは、編集に利用された原資料に位階が記されており、その形を、そのまま取り入れたという場合。もう一つは、編集に際して、この宴自体を特別に扱い位階を記したという場合である。後者については、題詞から知られる状況以外に判断する材料がなく、末四巻に見られる他の宴歌との特別な違いは見出しにくい。したがって、当面の肆宴の場合も、原資料の形を取り込んだ結果であるという見方が妥当であろう。

そこで、当面の例の理解にとって参考になると思われる巻十七以降で、作者表記に位階を記している例を抜き出してみると次の通りである。

a　即賜二入唐大使藤原朝臣清河一　参議従四位下遣唐使　（十九・四二四〇題詞、元・宮・細・無「参議…使」ナシ）

b　勅二従四位上高麗朝臣福信一遣二於難波一賜二酒肴入唐使藤原朝臣清河等一御歌一首并短歌
（十九・四二六四〜四二六五題詞）

c　廿五日新嘗会肆宴応レ詔歌六首　（十九・四二七三〜四二七八、次は各歌の左注）
右一首大納言巨勢朝臣　右一首式部卿石川年足朝臣　右一首従三位文屋智努真人　右一首右大弁藤原八束朝臣　右一首大和守藤原永手朝臣　右一首少納言大伴宿祢家持

d　二月七日相模国防人部領使守従五位下藤原朝臣宿奈麻呂　進歌数八首、但拙劣歌五首者不レ取二載之一

（二十・四三二八～四三三〇左注）

e　右八首昔年防人歌矣、主典刑部少録正七位上磐余伊美吉諸君抄写、贈㆓兵部少輔大伴宿祢家持㆒
（二十・四四二五～四四三二左注）

f　右件四首上総国大掾正六位上大原真人今城伝誦云尓　年月未詳　（二十・四四三六～四四三九左注）

g　右一首主人散位寮散位馬史国人　（二十・四四五八左注）

右の七例で、c・gは、当時、官職を持たない人物である故、「従三位」「散位」と記したのであろう。このうち、cは当面の宴と同じく肆宴の例だが、文屋智努以外には、位階を記さず官職名のみを挙げており、表立った宴の場合でも、位階は掲げないという原則が貫かれていることが知られる。その他の場合を見てみると、aは脚注として入唐使藤原清河の職名と位階を示した例である。dは防人部領使の名を記載するところで、このような場合には、

牒云云。謹牒。
年　月　日　其官位姓名牒　（公式令）

という書式が定められており、『正倉院文書』に、

当国防人部領使史生従八位上岸田朝臣継手［上一口従一口］（駿河国正税帳、天平十年度）

などの事例が残る。よって、dの場合は、各国の部領使が進上した歌の記録に「官位姓名」が記されており、それをそのまま取り込んだ結果と考えられる。次のeの場合も、磐余諸君が昔年の防人歌を「抄写」し家持に贈った記録に、官位を付した署名があったのではないかと思われる。

これに対して、fの場合は、伝誦歌四首の記録を誰が作成したのかが明らかではないが、その第四首（四四三

九）は、左注に、伝承者大原今城や家持の祖母石川郎女が、元正太上天皇の詔に応じて、病床にある水主内親王に贈るために件の歌を詠んだという次第を記している。このように作歌事情を子細に語る記録は、伝承者である今城その人が作成したと見るのが穏当なのではなかろうか。そうであれば、fの場合も、四首の伝承歌を記した記録にあった署名を、そのまま反映したものと考えることができる。

さて、残るはbのみだが、bの題詞を掲げる歌（十九・四二六四～四二六五）は、いわゆる宣命書によって記されているところである。これについては、当時の日常的な表記の方法によって写し取られたものという指摘[6]や、当時の宮廷には一定の宣命型の歌があり、それに披露の場に応じて手を加え適合させることが行われていたことを示すものという指摘（『万葉集釈注』）がある。今、そのいずれが妥当かを判断する用意はないが、宣命書で記された歌が、集中、この一首のみであることから見て、この場合も万葉集に採録される以前の原資料にあった書式をそのまま取り込んだ結果と考えるのが適切ではないか。そうであれば、bについても、他の六例と同様の事情を想定することができよう。

以上を要するに、散位にある人物以外では、いずれも原資料のありかたを改めることなく採用した結果、それぞれの人物に官職名と位階とを併記する書式が用いられていると考えられる。ならば、当面の肆宴歌の場合も、これらの例と同様に、そもそもの肆宴歌の記録にあった書式を、そのまま採用したという事情が想定される。このことに関連して想起されるのは、家持に対して他人から歌が送られた場合、その歌の表記を書き改めず、そのまま保存している例（十九・四二〇九～四二一〇）が見られることである。これを踏まえて当面の例を考えると、肆宴歌の原資料がその筆録者の側から家持に提供され、家持がその好意を尊重して、提供された原資料にあった歌の表記や作者名の表示をそのまま保存したという事情が考えられるのではないか。この場合、前掲の公式令に見られるように、官職名と位階とを記すのは、公的な意識を伴った書式であるといってよい。そのような書式をあえて残す形で万葉集に取り入れたところに、この肆宴の場を尊重する意識を見て取ることができると思われる。

三　安宿王の肆宴歌

安宿王は、当面の肆宴歌（四四五三）のほかに、次の二つの宴に名が見える。

　七日天皇太上天皇皇大后在㆓於東常宮南大殿㆒肆宴歌一首
印南野の赤ら柏は時はあれど君を我が思ふ時はさねなし
　右一首播磨国守安宿王奏　古今未詳　（二十・四三〇一、天平勝宝六年正月）

八日讃岐守安宿王等集㆓於出雲掾安宿奈杼麻呂之家㆒宴歌二首　（二十・四四七二〜四四七三、天平勝宝八歳十一月）

右のうち、前者の肆宴は、白馬節会の宴で、『続日本紀』にも「天皇、御㆓東院㆒、宴㆓五位已上㆒」という記録が見える。従五位上少納言の任にあった家持も、おそらくは肆宴に参加していたことと思われる。後者の宴では、出雲守山背王の歌（四四七二）が出雲掾安宿奈杼麻呂によって披露されているが、この山背王は、安宿王と同じく長屋王を父とする同母弟である。題詞にいう「二首」は、この山背王歌と、それに「後日追和」した家持歌（四四七三）を指す。これらの宴歌の記録から、家持と安宿王、山背王ら兄弟との親交を見て取ることができる。(7)

　当該の宴での安宿王の歌は、
玉しける禁庭に高貴の方々が居並び給ふ間を、楚々として羅綺にも堪へぬ美人が、往きつもどりつしてゐると、吹く秋風に萩の花が乱れ散るといふ情景は、まことに優麗そのものといってよい。（『万葉集全釈』）という批評に代表されるように高い評価を得ている。さらに『万葉集釈注』は、「歌は、優雅な風物、『玉裳』『秋風』『花』を取り合わせて、肆宴の主を暗に讃美したもの」として、詠み込まれている景物の取り合わせによって、讃美の歌となり得ているとの見解を示している。

たしかに、柿本人麻呂の、

嗚呼見《あみ》の浦に舟乗りすらむをとめらが玉裳の裾に潮満つらむか　（一・四〇）

をはじめ、家持の、

…　娘子らが　春菜摘ますと　紅の　赤裳の裾の　春雨に　にほひひづちて　通ふらむ　時の盛りを　いたづらに　過ぐし遣りつれ　…　（十七・三九六九）

に至るまで、「玉裳」や「紅の裳」は、「娘子」の魅力を引き立たせる衣装として歌われており、まさしく「娘子」の「時の盛り」を印象づけている。

また、「秋風」については、額田王の、

君待つと我が恋ひ居れば我がやどの簾動かし秋の風吹く　（四・四八八）

に関して、六朝、初唐の閨怨詩に見られる「秋風」の影響が指摘され(8)、おそらくは第三期（七〇〇年代前半）の作と思われる、

秋風の清き夕に天の川舟漕ぎ渡る月人壮士《をとこ》　（十・二〇四三）

秋風は涼しくなりぬ馬並めていざ野に行かな萩の花見に　（十・二一〇三）

では、「秋風」の持つ清涼な感覚が、七夕の夕べや萩の咲く野の雰囲気を爽やかに印象づけている。これらの例

は、「秋風」の吹く情景が持つ好もしい情趣が、広く共有される美質であったことを伺わせる。

ただし、安宿王の歌について、優美さとともに讃美の意識を認めるならば、「秋風吹きて花は散りつつ」と、落花の情景が歌われている点に注意する必要がある。前掲の田中氏の論は、「散る花は一般的に惜しむべきものとして詠まれるが、一方で美的情景として詠まれることもある」[9]という。これは、当面の肆宴歌での「花」が具体的に特定の花を指すものではないとする理解に基づく指摘だが、集中では萩が秋の花としてきわめて強く意識されていることを考慮すると、肆宴歌二首が詠む「花」は、やはり諸注が指摘するとおり、萩と見るのが穏当であろう。たしかに萩は、

秋田刈る刈廬の宿りにほふまで咲ける秋萩見れど飽かぬかも　（十・二一〇〇）

さを鹿の心相思ふ秋萩のしぐれの降るに散らくし惜しも　（十・二〇九四）

のように、咲くことを愛で、散ることを「惜し」と歌われるのが一般である。しかし、安宿王の歌が、それらと同じように、落花に対する愛惜の情を中心に据えて、「花は散りつつ」と歌ったのだとすると、讃美の念を基調とする肆宴の場での歌としては、ふさわしくない性格を持つことになる。

そこで、安宿王の歌と同じく花や葉が散るさまを「つつ」止めで表現している場合を見ると、次のような例がある。

ほととぎす花橘の枝に居て鳴き響もせば花は散りつつ　（十・一九五〇）

「詠鳥」歌群の中の一首で、「花は散りつつ」に込められているのは、「橘の花を散らすほどに鳴き立てる時鳥の声をいとおしみつつ、それほど鳴き立てなくてもと詰問している」（『万葉集釈注』）という、ほととぎすへの感情が主であろう。だが、その情をもたらす、鳴くほととぎすと散る橘の取り合わせは、「光景そのものが既に美

しい気分である」（『万葉集評釈』）と評される。この歌についての「模様化された自然である」（『万葉集私注』）という指摘は、実景の如何に関わらず、鳥が鳴き声を響かせる中で花が散りかかるありさまが、好もしい一つの構図として成り立っていることを示唆している。このような型への嗜好を土壌として、

ほととぎす楝の枝に行きて居ば花は散らむな玉と見るまで（十七・三九一三）

…　はろはろに　鳴くほととぎす　立ち潜くと　羽触れに散らす　藤波の　花なつかしみ　…（十九・四一九二）

などの家持歌が生み出されるに至ったのであろう。これらの表現からは、先掲田中論文が指摘するように、花が散るありさまを「美的情景」と捉える態度が、万葉の末期には成熟していたことが伺われるのである。

以上のような表現の展開を背景において当面の安宿王の歌を捉えると、この歌も、秋風によって花が散るありさまに風雅な情趣を認めて、その美しさを描くべく詠まれた一首であると見なすことができる。これを肆宴との関連でいうならば、美しく着飾った女官たちが軽やかに歩む庭で、秋風のまにまに萩が散りこぼれる、このような情景こそが晴れがましい場にふさわしいとする作者の讃美の念が、見事に結実しているといえよう。かくして、落花の景に対する情感を、肆宴の場にふさわしい表現として歌った点に、王の歌の新しさがあるのだと思われる。

四　家持の肆宴歌

（1）「扱き敷く」の表現性

家持の用いた「花の庭」について、芳賀紀雄氏は、漢語「花（華）庭」には庭をほめていう場合と、文字通りの花の庭をいう場合とがあることを指摘する。[10] 前者の例として、

成都貴二素質一　酒泉称二白麗一　紅紫奪二夏藻一　芬芳掩二春蕙一　映日照二新芳一　叢林抽二晩蒂一　誰為下種二三株一　終焉競中八桂上。不レ譲二円邱中一　粲潔華庭際（梁褚澐「詠柰詩」『初学記』、果木部、柰）

未レ求二裁作瑟一　何用二削成珪一　願寄二華庭裏一　枝横待二鳳棲一（隋魏彦深「詠桐詩」『初学記』、果木部、桐）

などが挙げられている。前者では、霊妙な薬草のある「円邱」の対となる「華庭」も、庭をほめる表現と解される。また、後者では、霊木とされる桐の生じる庭を、「華庭」として讃えている。これに通じる用法として、葬儀の場である庭を特別な空間と見る、次の例も加えうるであろう。

潜二形幽櫬《シン》一、寧《やすんズ》二神旧宇一。室虚《むなしク》風生、牀塵帷挙。自レ我不レ見、載《すなはチ》離《ふル》二寒暑一。雖二則乖隔一、哀亦時叙。啓レ殯今夕、祖《はじム》レ行明朝。雨絶二華庭一、埃滅二大宵一。（晋潘岳「為二諸婦一祭二庾新婦一文」『芸文類聚』、礼部上、祭祀）

右は祭文の例だが、「櫬、棺也、从レ木親声」（説文解字）とあり、死者の棺を安置し、その周りで死者を悼む儀礼を行っている場面かと思われる。「啓レ殯今夕」以下は、そのありさまが語られる部分で、「大宵」は、「其二瞑于大宵之宅一」（淮南子、精神訓）から、長い夜の意。その対となる「華庭」は、葬儀の場を畏敬をもって表した語と考えられる。

後者の花の咲く庭の場合としては、

花庭麗景斜　蘭牖《らんいう》軽風度　落日更二新妝《しんさう》一　開簾対二春樹一　鳴鸝《り》葉中響　戯蝶花間鶩《はス》　調レ瑟本要レ歓　心愁不レ成レ趣　良会誠非レ遠　佳期今不レ遇　欲レ知幽怨多　春閨深且暮（梁徐悱妻劉令嫻「答外詩二首」其一、『玉台新詠』、巻六）[11]

をはじめ、初唐に至る例が挙げられている。もっとも秋の例については、これも芳賀氏の挙例に見える、

明月青山夜　高天白露秋　花庭開二粉席一　雲岫敞斜二（針）楼一　石類二支レ機影一　池似二泛レ槎流一　暫驚二河女一鵲　終狎二野人一鷗　（初唐李嶠「同賦山居七夕」、『文苑英華』巻一五八）

のほかは、用例を見出しがたい。とはいえ、これらの例は、いずれも家持が目にした可能性がある故、家持の「花の庭」が漢語「花（華）庭」に基づくことは動かないと思われる。

それでは、家持は、こうした漢語の「花（華）庭」を、いかなるねらいをもって件の肆宴歌に取り込んだのであろうか。家持歌の「花の庭」は、下に「吹き扱き敷ける」を伴うが、「吹く」「扱く」「敷く」という動詞三語を重ねる表現は、他に例がない。この三語の連なりは、秋風が花の盛りをいま過ぎつつある萩の枝に吹き寄せて、花が庭に散り敷くありさまを細やかな観察眼で把握し描き出しているのである。ここには、本書第五章で取り上げた紀飯麻呂宅での家持歌（十九・四二五九）の場合と同様の微細な視点がある。そうであれば、当該歌の上三句もまた、家持の詠物歌の積み重ねによって導かれた独自の表現であると見ることができる。

しかしながら、当面の肆宴歌は、詠物の態度に徹するというよりも、細やかな視点によって捉えられた情景を肆宴という場にふさわしい表現として描き出しているところに眼目があると考えられる。そこで、この三語のうち、まず「扱く」について見てみると、古辞書では、「揃稲　伊祢古久」（天治本『新撰字鏡』、巻十二）、「揃　音剪　ソロフ　ノコフ　ムシル　コク桒　搣也　断也　剪古」（観智院本『類聚名義抄』、仏下本七五）とされ、稲や桑の葉を「こそぎ取る」という強い動きを表している。よって花を「扱く」というのは、一見するところ、歌の情趣を損ねるかのように思われるのだが、前掲の田中氏の論[12]は、

引き攀《よ》ぢて折らば散るべみ梅の花袖に扱入れつ染まば染むとも　（八・一六四四、三野石守）

…　はろはろに　鳴く霍公鳥　立ち潜くと　羽触れに散らす　藤波の　花なつかしみ　引き攀ぢて　袖に扱入れつ　染まば染むとも　（大伴家持「詠㆓霍公鳥并藤花㆒一首并短歌」、十九・四一九二〜四一九三）

など、花を「扱き入る」という表現に風雅な意識を見て取り、当面の「吹き扱き敷ける」についても、「風雅を解する風がことさらに花をしごいて、地に美しく敷きつめたのだととりなした表現」との理解を示している。

示唆に富む見解だが、肆宴の歌としての性格を見る場合、ここで参照すべきは、当面の「（吹き）扱き敷く」と同じ表現を持つ、次の作であろう。

玉敷かず君が悔いて言ふ堀江には玉敷き満てて継ぎて通はむ〈或は玉扱き敷きてと云ふ〉

（元正太上天皇、十八・四〇五七）

「太上皇御㆓在於難波宮㆒之時歌七首」のうちの一首で、注意されるのは、この「玉敷く」が、元正上皇を迎える場をそれにふさわしく飾ることをいう点である。これに先の、花を「扱き入る」という表現を合わせ見るに、梅（一六四四）や藤（四一九二）の花について「袖に扱きれつ」と歌うのは、それが「散りぬべみ」という散り際にあって、枝もたわわに咲きにおう状態にあるからであろう。すなわち、これらは、豊かに咲く花をどっさりと袖にしごき入れる、という意で、時節の花が咲きにおう情景に対するこの上ない愛着を示しているのだと思われる。それ故にこそ、「扱き入る」動作が、風雅な意識を伴うのではないか。このように「扱き入る」が量的な豊さに基づくのであれば、右の歌の「一云」に見える「扱き敷く」は、それを空間的な充足に及ぼしたものと解されよう。このような見方が妥当であることは、一云の「玉扱き敷きて」が、本文において「玉敷き満てて」と、充足の意味を明確にする形に改められていることからも保証される。

「玉敷く」という用例は、家持周辺では、先の元正上皇の作と同時の、

堀江には玉敷かましを大君を御船漕がむとかねて知りせば　（十八・四〇五六、橘諸兄）

の他に、

葎《むぐら》延ふ賎しき宿も大君の座《ま》さむと知らば玉敷かましを　（十九・四二七〇、橘諸兄）

松蔭の清き浜辺に玉敷かば君来まさむか清き浜辺に　（十九・四二七一、藤原八束）

などを見る。しかし、用例は、それにとどまらない広がりを持つ。次のごとくである。

あらかじめ君来まさむと知らませば門に宿にも玉敷かましを　（六・一〇一三、門部王）

玉敷きて待たましよりはたけそかに来る今夜し楽しく思ほゆ　（六・一〇一五、榎井王）

思ふ人来むと知りせば八重葎覆へる庭に玉敷かましを　（十一・二八二四、作者未詳）

玉敷ける家も何せむ八重葎覆へる小屋も妹と居りせば　（十一・二八二五、作者未詳）

玉敷ける清き渚を潮満てば飽かず我れ行く帰るさに見む　（十五・三七〇六、遣新羅使大使）

このように、皇族の詠作から作者未詳の問答歌にまで及び、歌われる場も畿内を離れた旅の途上の場合がある。このような広がりから推して、場を讃美する表現として、「玉を敷く」という歌い方がすでに一つの型をなしていたと見なすことができる。

さらに、ここで考慮すべきは、「玉」と「花」とが連想的に結ばれる場合が家持周辺に見出されることである。次の作は、天平十三年（七四一）四月初頭に弟書持と家持との間で交わされた贈報（十七・三九〇九〜三九一三）の中の二首である。

玉に貫く楝《あふち》を家に植ゑたらば山ほととぎす離れず来むかも　（三九一〇、大伴書持）

ほととぎす楝の枝に行きて居ば花は散らむな玉と見るまで　（三九一三、大伴家持）

書持が五月の薬玉に貫くものとして「楝」を取り上げたのに対して、家持は、ほととぎすがその花を散らすと、あたかも花びらが「玉」のように見えるだろうと、弟の問いかけに応えている。二人の贈報は、初夏の景をめぐって、互いの細やかな気遣いに満ちているが、ここで交わされた歌々の背後には、詠物詩の影響が見て取れることが明らかにされている(13)。そうであれば、これらの作品は、単に初夏の実景を叙したにとどまらず、「対二此時候一詎不レ暢レ志」（三九一一〜三九一三題詞）という明確な意志に貫かれて、取り上げるべき景物とその組み合わせとを入念に選んで詠まれていると見なければならない。右の家持歌において、落花の景を美しいものと捉えることを契機として、「花」と「玉」とが結びつけられているのも、それによって繊細で美的な構図を描き出そうとする家持の工夫のひとつと見なされるのである(14)。

かく考えると、当面の肆宴歌において、「花が散り敷いた庭」を歌ったのは、そこに「玉を敷いた庭」への連想が必然的に伴うことを意図してのことであったのではないか。そうであるからこそ、「吹き扱き敷ける花の庭」は、一面に散り敷いた萩の花で飾られた庭の美しさを描きつつ、一方では、玉ならぬ美しい花を敷き詰めた庭として、肆宴の場に即した讃美の表現になり得ているのだと思われる。

（2）「清き月夜」の表現性

家持歌に先立つ安宿王の一首が花の散る情景を詠んでいる故、その後では、花が散っての後の情景を詠むということにならざるを得ない。家持の歌の眼目は、花の散った情景をいかにして肆宴の場にふさわしい情景として表現するか、という点にかかってくるのだが、家持は、「吹き扱き敷く」と歌うことで、花がすっかり散らされた後の情景へと、一気に場面を移している。そこに「花の庭」という華やかな表現を据えることによって、一首は、強い動きを印象づける「吹き扱き敷く」から一転して、ふたたび優美な雰囲気を獲得するに至る。その要となる「花の庭」は、基づくところの漢語の性格をよく見極めた上で用いられているといってよい。なぜならば、漢語「花（華）庭」は、前述のように二つの用法を持つ故に、家持の歌にあって、散り敷いた花で飾られた庭の美しさと、肆宴という特別な場への讃美とを同時に表現するために、まことにふさわしい性格を持つと考えられるからである。家持の「花の庭」には、歌の場に即した、きわめて周到な配慮が働いているといえよう。

さらに家持歌は、その庭を照らす「清き月夜」を描き出す。これについて、『万葉集評釈』（窪田）は、「肆宴が夜に入つたままに、夜の禁苑の眼前のさまに限り、『娘子ら』はゐず、秋風も吹き止んで、秋風に散らされた満地の萩の花を、折柄の月光が、美しく清らかに照らしてゐる」という。たしかに、肆宴の日付が八月十三日であることと、庭を照らす月を歌うこととは対応するのだが、この一首の理解にとっては、肆宴の歌として「清き月夜」を詠み込むことの意義を見て取る必要があろう。

そこでまず参照すべきは、家持の「秋歌四首」（八・一五六六～一五六九）との関連を指摘する橋本達雄氏の論(15)である。この四首を明確な構成意識に基づく連作と見る橋本氏の論は、その第四首、

雨晴れて清く照りたるこの月夜またさらにして雲なたなびき　（一五六九）

が、美的な観賞の対象として「月」を捉えている点で特徴的であること、そして当面の肆宴歌の「清き月夜」も、そのような観賞的態度の延長線上に位置づけられることなどを指摘する。さらに鉄野昌弘氏は、右の歌が秋の雨後の月を歌うことに関して、

夕霽風気涼、閑房有㆓余清㆒、開㆑軒滅㆓華燭㆒、月露皓已盈　（宋謝瞻「答康楽秋霽詩」『芸文類聚』、天部下、霽）

のような詩の発想と表現に学んだものとの指摘を行っている。(16)家持において、漢詩文、わけても詠物詩の方法の

摂取がきわめて自覚的に行われている[17]ことを踏まえれば、右の両氏の理解は、まず間違いのないところであるといえよう。

この「秋歌四首」は、左注に天平八年（七三六）の作と記している。それ故、月の清明なありさまによって美的な情景を構成するという詠みぶりが、家持の出発期の作から意識的に試みられていることが知られるのだが、その背後には万葉歌に特徴的な「月」のとらえ方があると考えられる。内田賢徳氏[18]は巻十春雑歌の「詠レ月」歌群の一首、

　春霞たなびく今日の夕月夜〈不穢照良武《きよくてるらむ》〉高松の野に　（一八七四、作者未詳、〈　〉は原文）

のように、万葉歌において、月の清さを「けがれのない純一なさま」と捉える感覚があり、このような月の捉え方が導かれてくる一因には、必ずしも直接的な対応とは言い切れないものの、

　洞房殊未レ暁、清光信悠哉　（梁沈約「応二王中丞思遠詠月一」、『文選』巻三十）

などのような「詩の表現との交渉」があったとされる。

これを参照して家持の作を見渡すと、「月」を詠む特徴的な作として、「宴席詠二雪月梅花一歌一首」と題する次の一首が注目される。

　雪の上に照れる月夜に梅の花折りて送らむはしき子もがも　（十八・四一三四）

この「詠二雪月梅花一」について、芳賀紀雄氏は、三種の題材を取り合わせる点が特異で、そこに漢詩文、特に詠物詩の影響が認められることを周到に証している[19]。このような指摘を踏まえて、前掲の内田氏の論は、家持の「攀二橘花一贈二坂上大嬢一歌一首并短歌」（八・一五〇七～一五〇九）に説き及び、そこに見られる「『清き月夜』の下の橘の花というモチーフ」が、

照レ雪光偏冷、臨レ花色転春　（梁庾肩吾「和二徐主簿望レ月詩一」、『芸文類聚』、天部上、月）

図レ雲錦色浄、写レ月練花明　（初唐駱賓王「秋晨同二淄州毛司馬秋九詠一」「秋水」、『駱賓王文集』）

などに拠るとの理解を示している。

このような背景を考慮すると、当面の家持歌で、萩の散り敷く「花の庭」を清らかな「月」が照らす情景を詠んでいるのは、漢詩文の表現にたびたび接することで磨かれた感性が導いた表現であったと見てよい。これに加えて、万葉歌に見られる「庭」を照らす「月」という表現について、それらが漢籍の影響の下にあるという指摘(20)にも注意すべきであろう。その中にあって、家持の場合、漢詩文の摂取のあり方が、個々の表現の段階にとどまらず、その方法の理解にまで及んでいることは、右の諸論考によって明らかである。そうであれば、件の一首は、「秋風」「庭」「月」という個々の景物の取り合わせに意を用いて、詩文の世界の持つ情調そのものを取り込み、新たな美意識に彩られた世界を創出しているといってよい。ここに漢籍、とくに詠物詩の表現と方法に早くから関心を寄せて自らの作歌手法に錬磨を重ねて至りついた実りの一つがある。ただし、そこには漢詩文の影響だけではなく、和歌の表現としての必然的な事情が作用していることも押さえる必要がある。というのは、件の一首は、あくまでも肆宴の場での詠として作られたのであり、それ故に、讃美をこととする歌の伝統を厳しく意識していると考えられるからである。そこで、次にこの点について検討を加える。

五　肆宴歌二首の讃美表現

家持歌の第五句「見れど飽かぬかも」が、

やすみしし　我が大君の　きこしめす　天の下に　国はしも　さはにあれども　山川の　清き河内と　御心を　吉野の国の　花散らふ　秋津の野辺に　宮柱　太敷きませば　…　みなそそく　瀧の宮処は　見れど飽かぬかも　（幸二于吉野宮一之時柿本朝臣人麻呂作歌、一・三六）

を嚆矢として、宮廷讃歌の常套句として定着していることは周知のとおりである。家持においても、当面の肆宴歌の他に、

大宮の内にも外にも光るまで降れる白雪見れど飽かぬかも　（大伴家持応レ詔歌一首、十七・三九二六）

などの例があり、讃美の詞章としての性格は、この「降れる白雪見れど飽かぬかも」にも通底する。件の応詔歌は、「天平十八年正月、白雪多零、積レ地数寸也」（十七・三九二二～三九二六前文）という大雪を契機として、元正太上天皇のいます「中宮西院」で催された肆宴での詠である。同時に詠まれた左大臣橘諸兄らの四首ともども矚目の景として「雪」を詠むのは、肆宴歌の第四首、葛井諸会の、

新たしき年の初めに豊《とよ》の年しるすとならし雪の降れるは　（三九二五）

が歌うように、雪を瑞祥と見なしてのことと考えられる。[21] すなわち、この一連の雪の肆宴歌では、豊かな実りを予祝する「瑞《しるし》」（十九・四二五四）である雪が、「見れど飽かぬ」讃美の対象として意識されているのである。

こうして、「見れど飽かぬかも」が讃美の詞章として家持に至るまでうけ継がれていることを踏まえて見ると、当面の肆宴歌の「清き月夜に見れど飽かぬかも」に関して、次の一首が想起される。

靫懸くる伴の男《を》広き大伴に国栄えむと月は照るらし　（七・一〇八六）

作者未詳の作だが、諸注が説くとおり、大伴氏との関連が想定される歌で、月光が、それの照らす「大伴」の

地に栄えをもたらすというのである。[22] ここでの月の光には、「大伴」ゆかりの人々の繁栄を願う心が託されており、それが「照るらし」と確信をもって表明されるのは、「大伴」が「靫懸くる伴の男広き」優れた地だからであろう。清澄な月光に高い価値を置く意識と、照らし出される土地に対する尊重の念とが釣り合い、繁栄をたしかなものとして予祝している。家持もまた、この歌をよく承知していたことは、いうまでもない。

これに倣えば、当面の家持歌においても、月が照らし出す「花の庭」は、まさしく「見れど飽かぬかも」に即応する性質を持つはずである。しかるに、ここで家持が取り上げたのは、秋風が余さず枝からしごき取って散り敷いた庭の、静かな光景であった。これは、優美ではあるが、『万葉集評釈』（窪田）がいうように、肆宴の場とその主宰者たる天皇への「賀の心」を表すには、不似合いな面を持つとも考えられる。にもかかわらず、それが讃美の表現として十全に機能している契機は、ほかならぬ「花」の散り敷いた「庭」の独自性にある。

前述のとおり、「花の庭」は、「花」と「玉」との連想によって、肆宴の場を、玉を敷いた庭のように見立てる役割を果たしている。ここで前掲の元正太上天皇の詠（四〇五七）が、「玉扱き敷きて」（一云）と「玉敷き満てて」（本文）という異同を持つことを、あらためて想起したい。ここでは、この異文のありかたが、難波堀江の行幸の場で、何が願われていたかを如実に示していることが重要である。すなわち、件の歌では「玉」をしごき取って敷くことが、場を「玉」で敷き満たすことであり、そして、それこそが行幸の場としてふさわしい、満ち足りた空間をもたらすのだ、というのである。そうであれば、太上天皇の歌と同じ表現を持つ「吹き扱き敷ける花の庭」も、やはり、充足への願いを根底に持つと見るべきであろう。先述のとおり、家持の歌で、「玉」ならぬ「花」は、「秋風」によって、萩の枝から余さず奪い取られ、庭一面に敷き詰められている。かくして現出した「花の庭」は、そこにあるべき時節の花の豊かな存在を鮮明に印象づけながら、眼前の庭が肆宴の場にふさわしく満たされていることを表現し得ている。その讃美の要というべき位置に、漢籍に由来する「花の庭」という語が巧みに据えられているのである。そこに降りそそぐ「清き月夜」は、ちょうど、先掲の作者未詳歌で月が大伴の地の充足を照らし出すとうたわれたように、清澄な性質をもって宴の「庭」に讃美するにふさわしい充足があることを明らかにする。こうして、一首は、肆宴の場を讃えているのだといえよう。

安宿王、家持ともに萩の散るさまを詠む故、それは、おそらく肆宴の場での実景でもあったのだろう。しかしながら、眼前の情景について、何を捉え、それをいかに表現するかは、作者の態度にかかっている。表現された情景は、けっしてその場のありのままを写し取ったものではないはずである。当面の肆宴歌二首に即していえば、安宿王は、娘子、玉裳、落花によって、賑わいに満ちた肆宴の場を歌った。それは、前述のとおり、宮廷の庭にあるべき華やかさを現出させて優美である。そして、その情趣に触発されたかのように詠まれた家持の歌は、肆宴の場の優れた性質を際だたせる姿勢をいっそう露わに見せる。すなわち、秋風、落花、月光の取り合わせは、おのずと清らかで美的な情景を描き出し、それに重ね合わせるかのように、肆宴の場が美しい花で充分に満たされた空間（花の庭）であることを印象づける。さらに、それを承けて結句に据えられた「見れど飽かぬかも」という讃美の詞章は、この歌が肆宴の場、ひいては宴の主宰者への賀歌そのものであることを、如実に示している。

以上に述べたように、安宿王と家持の肆宴歌二首は、事物の美しさや清らかさが充足するありさまの中に讃美すべき対象を見出している。ここに、万葉末期の嗜好を反映させながら、肆宴の場にふさわしい讃美の型を切り拓いた、宮廷讃歌の新しい展開を認めることができる。

注

（1）「平城宮花月の宴」（『語文』第四六輯、一九七八年）

（2）「秋風の吹き扱き敷ける花の庭」（『伊藤博博士古稀記念論文集　万葉学藻』塙書房、一九九六年）

（3）「万葉集と中国文学」（『万葉集における中国文学の受容』塙書房、二〇〇三年、初出一九九二年）及び「時の花―勝宝九歳秋の家持―」（同書、初出一九七八年）

（4）「平城京大内裏考」（『東京帝国大学紀要』工科第三冊、一九〇七年）

（5）家持歌の左注「未奏」に関して、同様の注記は、この他に「未奏」一例（十九・四二七二）、「不奏」三例（二十・四四九三、九四、九五）が見え、すべて家持の作に用いられている。これらについて、「未奏」とは、宴に参加していたが歌を詠ずる機会がなかったので、後日に詠んで記録上に加えた意、「不奏」とは、宴のために歌を予作していたが、その場で詠ずる機会がなかった意であるという（伊藤博「未遂奏上歌」『万葉集の歌人と作品　下』塙書房、一九七五年、初出一九七〇年）。たしかに、「不奏」の場合は、「初子の日」（四四九三）、「白馬の節会」（四四九四）など年中行事に関わる作で、そのための歌をあらかじめ用意しておくべき必然性があるが、「未奏」には、そのような事情は見られない。したがって、当面の肆宴歌の場合も、原資料には宴の当日に披露された安宿王の歌のみが載っていて、家持は、それを入手した後、自作を添え書式を整えて万葉集に採録したという事情が想定される。ただし、万葉集中の「未」については、実現することが予想されながら、それが実現しなかったことを表すという指摘（王秀梅「万葉集における訓字表記『未』字をめぐって」『万葉』第一九二号、二〇〇五年四月）にも留意すべきであろう。これに拠って当面の四四五四の場合を考えると、八月十三日の肆宴では歌を詠ずる機会が設けられており、家持もそれに応じるつもりでいたが、結局、何らかの事情で披露できずに終わったということになる。この場合、当面の一首は、肆宴の場で詠んだという可能性も考えられる。

（6）東野治之「『万葉集』と木簡」（『長屋王家木簡の研究』塙書房、一九九六年、初出一九九六年）

（7）橘奈良麻呂の変で、安宿王は連座し流罪、山背王は変を密告したとされる。北山茂夫『万葉集とその世紀　下』（新潮社、一九八五年）は、天平勝宝七歳五月十一日の丹比国人宅での宴（二十・四四四六～四四四八）について、反藤原仲麻呂派の集いという政治的意味が色濃いと指摘する。また、木本好信『大伴旅人・家持とその時代』（桜楓社、一九九三年）、同『奈良時代の人々と政争』（おうふう、二〇〇三年）は北山氏の指摘を受けて、同月十八日（四四四九～四四五一）、十一月二十八日

（四四五四〜四四五六）と続く橘諸兄、奈良麻呂関係の宴において、家持に対して仲麻呂打倒の企てへの積極的な勧誘が行われたと見る。その上で、このような流れの中にあって、当面の肆宴歌が記録されており、そこで家持が「自作のほかに安宿王のを採ってる」（『大伴旅人・家持とその時代』）ことに言及し、その後の家持の動静については、天平勝宝九歳正月の諸兄薨去を境に、反仲麻呂派と袂を分かつようになったという見解を示している。

（8）井手至「秋風の嘆き」（『遊文録　万葉篇一』和泉書院、一九九三年、初出一九八八年）

（9）注2論文

（10）注3書

（11）これについて、清呉兆宜の『箋注』が、「蕭子範家園三日賦、庭散二花蘂一」と注する。梁蕭子範の賦は、次の如くである。

惟二茲嘉月一、悦二此時良一、庭散二花蘂一、傍挿二筠篁《ゐんくわう》一、灑《そそギ》二玄醪《げんらう》於沼沚《せうし》一、浮二絳棗《かうさう》於泱泱《あうあう》一。（『芸文類聚』、歳時部中、三月三日）

この注を参照すると、「花庭麗景斜」と家持歌の「吹き扱き敷ける花の庭」との対応が想定されるところだが、『箋注』の解釈は、目下のところ、それ以前に遡ることができない。件の詩については、「鳴鸝葉中響　戯蝶花間鶩」などから見て、やはり花の咲く庭というものと考えられる。

（12）注2論文。

（13）鉄野昌弘「詠物歌の方法―家持と書持―」（『大伴家持「歌日誌」論考』塙書房、二〇〇七年、初出一九九七年）

（14）花と玉との結びつきは、次の二首の間にも認められる。

玉梓の妹は玉かもあしひきの清き山辺に撒けば散りぬる　（七・一四一五）

或本歌曰

玉梓の妹は花かもあしひきのこの山蔭に撒けば失せぬる　（一四一六）

挽歌の部に属する作で、散骨の光景を詠むものかという。ここでは、「妹」への愛情が、その遺灰を「玉」（一四一五）とも「花」（一四一六）とも見せるのであろう。時代は下るが、『新撰万葉集』にも次に掲げるように「雪」を媒として「散る花」と「雪の散る」さまとが結びつけられている例がある。

かき散らし散る花とのみ降る雪は雲の都の玉の散るかも　（一九三）

素雪紛紛落蕊新、応三斯白玉下二天津一　（一九四）

(15)「秋歌四首の創造」（『大伴家持作品論攷』塙書房、一九八五年、初出一九七九年）

(16) 鉄野昌弘「大伴家持―憧憬の歌人―」（和歌文学講座3『万葉集Ⅱ』勉誠社、一九九三年）

(17) 芳賀紀雄「歌人の出発―家持の初期詠物歌―」（注3書、初出一九八〇年）

(18)「見えないものの歌―万葉歌の空間性―」（『伊藤博博士古稀記念論文集　万葉学藻』塙書房、一九九六年）

(19)「家持の雪月梅花を詠む歌」（注3書、初出一九九四年）

(20) 宋成徳「月を詠む万葉歌と中国文学」（『国語国文』第七七巻第六号、二〇〇八年六月）

(21)『万葉代匠記』（初稿本・精撰本）が、宋謝恵連「雪賦」（『文選』巻十三、『芸文類聚』、天部下）の「盈レ尺則呈二瑞於豊年一、袤《あがレバ》レ丈則表二沴《わざわひヲ》於陰徳一」などを引いて雪と中国の瑞祥思想との関連を指摘する。

(22) 注20の宋論文は、『芸文類聚』所引の緯書をあげて、一〇八六に見られる月の詠み方にも漢籍の影響が認められることを指摘している。

第二部　歌巻編纂と万葉集の成立

第一章　職名表記から見た万葉集編纂

一　二系統の職名表記

万葉集には、さまざまな職名を持つ官人たちが多数登場する。それらの中には、官職名を表記するにあたって、「長官」「次官」「判官」という呼称を用いている場合がある。次に掲げる九例がそれである。

（1）右内匠大属桉作村主益人、聊設二飲饌一、以饗二長官佐為王一。未レ及二日斜一、王既還帰。於レ時、益人怜二惜不レ厭之帰一、仍作二此歌一　（六・一〇〇四）

（2）国掾久米朝臣広縄、以天平二十年附二朝集使一入レ京。其事畢而天平感宝元年閏五月二十七日、還二至本任一。仍長官之館設二詩酒宴一楽飲。於レ時主人守大伴宿祢家持作歌一首并短歌
（十八・四一一六〜四一一八、天平感宝元・閏五・二十七）

（3）判官久米朝臣広縄之館宴歌一首　（十八・四一三七、天平勝宝二・正・五）

（4）四月三日贈二越前判官大伴宿祢池主一霍公鳥歌　（十九・四一七七〜四一七九、天平勝宝二・四・三）

（5）贈二水鳥越前判官大伴宿祢池主一歌一首并短歌　（十九・四一八九〜四一九一、天平勝宝二・四・六〜九）

（6）十二日遊二覧布勢水海一舟二泊多祜湾一。望二見藤花一、各懐レ述作歌四首
（十九・四一九九～四二〇二、天平勝宝二・四・十二、二首略）

次官内蔵忌寸縄麻呂　（四二〇〇）

判官久米朝臣広縄　（四二〇一）

恨二霍公鳥不一レ喧歌一首　（右と同一の宴）

判官久米朝臣広縄　（四二〇三）

（7）二十二日、贈二判官久米朝臣広縄一霍公鳥怨恨歌一首并短歌
（十九・四二〇七～四二〇八、天平勝宝二・四・二十二）

（8）二月二日、会二集于守館一宴作歌一首

右、判官久米朝臣広縄、以二正税帳一応レ入二京師一。仍守大伴宿祢家持作二此歌一。但越中風土、梅花柳絮三月初咲耳。
（十九・四二三八、天平勝宝三・二・二）

（9）五日平旦道レ上。仍国司次官已下諸僚皆共視送。於レ時射水郡大領安努君広島門前林中予設二餞饌宴一。于レ此大帳使大伴宿祢家持、和二内蔵忌寸縄麻呂捧レ盞之歌一一首　（十九・四二五一、天平勝宝三・八・五）

右九例のうち、まず（1）内匠寮は、神亀五年八月一日に設置された令外の官である。しかし、その際に、内匠寮には、職員令に定められている他の寮についての職名表記と同様に、「頭」「助」「允」「属」という固有の呼称が与えられている。よって、諸注に指摘されるとおり、ここでは、「内匠頭」について「長官」という表記を用いていると解される。つづく（2）から（9）は、国司の第一等官から第三等官を「長官」「次官」「判官」と記す場合である。国司については、周知のとおり、職員令において、「守」「介」「掾」「目」という固有の呼称が

定められている。

以上の九例を除くと、集中では、特定の官職名を記す場合、たとえば、国司について、

遠江守桜井王、奉二天皇一歌一首（八・一六一四）

大目秦忌寸八千島之館宴歌一首（十七・三九五六）

のように、その官職に固有の呼称を用いることを確かな原則としている。したがって、件の九例（1）から（9）は、集中で一般に行われているそのような職名表記のあり方から見て、異例のことに属するのである。

もっとも、（1）から（9）に見られる「長官」「次官」「判官」もまた、令に明記されている用語であることに変わりはない。職員令の冒頭、神祇官条には、次のような規定がある。

伯一人。掌《ラムコト》神祇祭祀。（中略）余長官判《コト》レ事准《ヘヨ》レ此《ニ》。大副一人。掌《ジ》同レ伯《ニ》。余次官不《ルハ》レ注《サ》二職掌《ヲ》一者、掌同二長官《ニ》一。少副一人。（中略）大祐一人。掌糾二判《ラムコト》官内《ヲ》一（中略）余判官准レ此。少祐一人。（中略）大史一人。掌受《リテ》レ事《ヲ》上抄《セムコト》。（中略）余主典准レ此。少史一人。（中略）神部三十人。卜部廿人。使部三十人。直丁二人。

右に見える「余…」という表現によると、「長官」「次官」「判官」「主典」（以下、便宜、長官系統と称する）は、令に定める各官職の第一等官から第四等官までのそれぞれを、包括的に指し示す総称であると考えられる。それ故、（1）から（9）のように、長官系統の職名表記を各官職に固有の表記に換えて用いたとしても、指し示す実体は、結局のところ同じことになる。しかし、集中の職名表記の様相を見る限り、長官系統の呼称を特定の官職について用いる場合は、先に掲げた九例以外にはない。[1]

したがって、例外となる（1）から（9）においては、そこにあえて長官系統の呼称を呼び込まねばならなかった何らかの必然性があるに相違ないと考えられる。ならば、長官系統の職名表記は、上代において、どのよ

うな意識をもって用いられているのであろうか。以下、そのことについての吟味を経た上で、当面の九例において、長官系統の職名表記が意味するところを考えてみたい。

二　職名表記の表現性

先に引用した神祇官の条をはじめとする令の記述の中で、長官系統の職名表記は、三十三の条文に用いられている。そのうちの二十九例までが、

凡内外文武官初位以上、毎《ニ》レ年当司長官、考《セヨ》二其属官《ヲ》一。応《クハス》レ考者、皆具録《シテ》二一年《ノ》功過行能《ヲ》一並《ニ》集《メテ》対《ヒテ》読《メ》。（中略）無《クハ》二長官一次官考《セヨ》。（考課令、内外官条）

のように、総称としての用法で占められる。この傾向によれば、ひとまず、四等官のおのおのを包括的に指す場合には長官系統の呼称を用い、各官職を具体的に指す場合には固有の呼称を用いるという意識的な書き分けを認めることができよう。

ただし、これには若干の例外があることにも留意する必要がある。すなわち、

凡元日、国司皆率《テ》二僚属郡司等《ヲ》一向レ庁朝拝《セヨ》。訖《リナバ》長官受《ケヨ》レ賀。設《クルコトハ》レ宴者聴《セ》。（儀制令、元日国司条）

に見える「長官」は、総称としての用法ではなくて、国司について用いられていると解される。右に述べた職名表記の書き分けに従えば、ここは、国司に固有の「守」という呼称をもって記さなければならないところである。令の記述自体に見出されるこうした例外は、長官系統の呼称と固有の呼称との書き分けが、必ずしも厳密には行

われていなかったことを示している。つまり、令の記述に見られる職名表記については、長官系統の呼称と固有の呼称との異なりを根底に置きながら、場合によっては、長官系統の呼称を個々の官職に用いるという柔軟性があることを認める必要があろう。

二種類の職名表記に対するこのような書き分け意識は、『続日本紀』の中にも投影されている。いま例数のみを示すと、『続日本紀』に見える長官系統の職名表記は、令外の官(2)を除いて七十六例を数える。そのうちの約四分の三にあたる六十例が、総称としての用法によって占められている。この傾向によれば、令の場合と同様に『続日本紀』においても、総称としては長官系統の呼称を用い、個々の官職には固有の呼称を用いるという書き分けが行われていると見てよかろう。しかし、ここでも、特定の官職名を記すのに固有の職名表記に換えて長官系統の呼称を用いる場合が十六例ある。数の上では四分の一程度にとどまるものの、この十六例については、令の記述に見られる職名表記の柔軟性が、実際の使用にあたって拡大した故の用法とも解し得るであろう。これに従えば、官職名を表記する際に、長官系統の呼称と固有の呼称との間にさほどの明確な書き分けが行われておらず、両様の表記がほぼ等しい性格を持つ呼称として扱われていたという見方も成り立つ余地がある。

そこで、件の十六例が現れる箇所に注目してみると、そのうちの十五例までが、次に掲げるような場合に偏ることが知られる。

詔二七道諸国一。（中略）宜下国司長官自執《リ》二幣帛《ヲ》一、慎致《テシ》二清掃《ヲ》一、常為《ニス》中歳事《ト》上。（神亀二・七・十七）

太政官処分、比年諸国司等交替之日、各貪《リテ》二公廨《ヲ》一、競起《ヒチテ》争論《シ》、自失《ラフ》二上下之序《ヲ》一、既虧《ク》二清廉之風《ヲ》一。於《テ》レ理《ニ》商量《スルニ》、（中略）其法者長官六分。次官四分。判官三分。主典二分央生一分。（天平宝字元・十・十一）

制、銓二衡《シ》人物《ヲ》一、黜二陟《スルハ》優劣《ヲ》一、式部之任。（中略）宜下論《ズル》二勲績《ヲ》一之日《ニ》、無《クハ》二式部長官一者、其事勿《ル》上レ論《コト》焉。（和

銅六・四・二十五）

すなわち、件の十六例は、右に示したように、詔勅もしくは「太政官処分」「制」という文脈の中で用いられており、例外は一つしか存しないのである。しかも、それら十五例は、右の三例のようにもっぱら職名のみを提示する役割を果たすだけで、具体的な人名にかかわることはない。ところが、各官職に固有の職名表記は、

勅曰、得《ル》二大和国守従四位下大伴宿祢稲公等奏《ヲ》一称《ク》、（下略）。（天平宝字二・二・二十七）

刑部卿百済王従三位敬福薨《ズ》。（天平神護二・六・二十八）

のように、長官系統の呼称とは異なって、特定の文脈に限られることはない。また、右のように「大和国守…大伴宿祢稲公」「刑部卿…敬福」と、具体的な人名にかかわることも任官記事をはじめとして枚挙にいとまがない。

こうしてみると、『続日本紀』において長官系統の職名表記は、各官職に固有の呼称と等しい意識をもって通用されているわけではなく、限られた条件のもとで固有の呼称に換えて用いられているといえよう。このことは、長官系統の職名表記が、実際の使用にあたっても、依然として四等官のおのおのを指し示す包括的な性格を色濃く負っていたことをうかがわせる。その包括性ゆえに、長官系統の呼称は、たとえば個人名に冠するような具体的な叙述にはなじまない、硬質な呼び方と捉えられていたものと考えられる。

したがって、特定の官職について「国司長官」という場合、その官職は、文脈の中でいくぶんかの堅苦しさを伴った重みを帯びることになるであろう。『続日本紀』において、個別の官職について長官系統の呼称を用いる十六例が、一例を除いて詔勅や「太政官処分」「制」という威儀を感じさせる箇所に偏るのも、そのような職名表記の表現性と無縁であるとは思われない。

もっとも、いま除外した一例は、天平四年八月十七日設置の節度使について、

諸道節度使事既訖《ニヌ》。於レ是令《シム》三国司主典已上《ヲシテ》掌二知其事《ヲ》一。（天平六・四・二十一）

と、その停廃を述べる記事であり、これまでに見た十五例のように限られた文脈の中で用いられているわけではない。したがって、右の「国司主典」は、長官系統の呼称「主典」を、例外的に国司に固有の呼称「目」に換えて用いたものと見るより他はなかろう。だが、これとても、具体的な人名にかかわる内容ではなく、先の十五例と一脈通じるところがある。それ故、この一例においても、長官系統の呼称が持つ硬さは、損なわれることなく保たれていると見てよかろう。

　このように見てくると、万葉集に現れる職名表記が、前節にあげた（1）から（9）の九例を除いて、令に定める各官職に固有の呼称をきわめて忠実に用いているのも、万葉集に限っての姿勢ではないことが知られる。個々の職名を記す場合には固有の呼称によるのが当時の一般的な表記法であり、万葉集において具体的な詠作事情を記す場合にも、固有の呼称を用いることが自然に行われていたものと思われる。

　とすれば、（1）から（9）に見られる長官系統の職名表記は、集中でますます際立った存在として浮かび上がってくる。それら九例は、表現の上での効果を周到に考慮した上で、それぞれの題詞・左注に呼び込まれた職名表記であるにちがいない。そこでのねらいは、長官系統の表記が持つ総称としての硬さを題詞・左注の中に持ち込むことによって、個々の職名に改まった重みを加えることにあったと見てよいであろう。その九例のうち、長官系統の呼称によって官職そのものを強調する（2）「長官之館」及び（9）「国司次官已下諸僚」の二例は、『続日本紀』の場合に準じて考えることができる。ところが、残る七例（1）、（3）～（8）は、すべて特定の人名に関して長官系統の呼称を用いている。この形は、『続日本紀』には見られない用法である。しかし、述べてきたところによれば、これら七例のねらいは明らかであろう。長官系統の職名表記が重みのある性質を持つことから、それを特定の人名に冠することによって、七例は、おのずと特定の人物を尊重する姿勢を示すことになる。このような形で、長官系統の呼称が持つ硬さを題詞・左注において有効に活かしているところに、人名にかかわる右七例の特徴を認めることができよう。

叙上の九例において、長官系統の呼称がこうした周到な意図をもって用いられているとすると、それらの呼称は、なぜ件の九例に限って呼び込まれることとなったのかが疑問となる。この問題を考えるにあたって、（1）から（9）の九例のうち、（2）から（9）の八例が、巻十八・十九に偏在していることが注目される。その八例は、いずれも越中国守であった大伴家持及びその周辺の官人たちの作品についての用例である。家持の存在が巻十八・十九を含む末四巻の形成に深くかかわっていることは、衆目の一致するところである。その点を考慮すれば、巻十八・十九に見られる八例（2）～（9）は、職名表記の担い手として家持の存在を想定することができる。これに対して、巻六にある一例（1）「長官佐為王」は、それが誰の手になる表記であるのかを明らかにすることができない。したがって、巻六の一例に比べて、末四巻にある八例については、長官系統の職名表記を呼び込むに至った理由を探りやすいように思われる。

その八例（2）～（9）の中でも、ことに（3）～（7）までの五例について、塩谷香織氏[3]は、それらが巻十八から巻十九にかけて連続的に用いられていることに着目している。述べてきたとおり、長官系統の職名表記がけっして無作為に用いられたのではない以上、（3）～（7）の五例に見られる連続性もまた、偶然に生じたものとは考えられない。それ故、その五例（十八・四一三七～十九・四二〇八）を含む巻十八・四一三六から巻十九・四二〇八までが、末四巻の形成途上で一群をなしていたと説く塩谷氏の論は、長官系統の呼称の由来を探る上で、重視すべき見解であるといえよう。しかし、氏の論を踏まえて（3）～（7）にわたる部分を見ると、それら五例の持つ連続性については、なお検討すべき点が残されていると思われる。

このような状況にある件の五例（3）～（7）に対して、末四巻の残る三例（2）（8）（9）には、右に見たような連続性はなく、それぞれが孤立的に散在している。よって、この三例については、さしあたり、家持が長官系統の呼称の持つ重みを有効に活かそうとしていることは察せられるものの、具体的な事情にまでは踏み込みがたい。末四巻以前に一例のみ孤立している巻六の（1）に至っては、真相の究明はなおのこと困難である。そこで、本稿では（1）及び（2）（8）（9）についての追究はひとまず措くこととして、以下、連続的に現れている末四巻の五例（3）～（7）を対象にして考察を進めることにしたい。その五例は、日付の上では天平勝宝二年（七五一）正月五日から四月二十二日までの間にわたっている。

三　職名表記の連続性

前節で見た（3）～（7）に至る職名表記の様相を、その前後に位置する歌の様相も含めて表示すると、次の表のとおりになる。

この表から知られるように、（3）～（7）にわたって、久米広縄と大伴池主には「判官」、内蔵縄麻呂には「次官」という職名表記が常に用いられている。当時、久米広縄と内蔵縄麻呂は越中国司、また大伴池主は越前国司の任にあった。これらに対して、越中国守であった家持の職名は、一貫して「守」という国司に固有の呼称によって記されている。つまり、（3）～（7）に至る範囲では、長官系統の職名表記は、家持以外の人物に

	番号	職名	年（西暦）	月	日
	18 四一三四	大伴宿祢家持（題詞なし）	天平勝宝元（七四九）	12	（なし）
	四一三五	少目秦伊美吉石竹 守大伴宿祢家持		12	（なし）
(3)	四一三六	守大伴宿祢家持	天平勝宝二（七五〇）	1	2
	四一三七	判官久米朝臣広縄 守大伴宿祢家持		1	5
	四一三八	主帳多治比部北里──(ア) 守大伴宿祢家持		2	18
	19 四一三九			3	1
	四一六四～四一六五	追和山上憶良臣──(イ)		3	9～19
(4)	四一七七～四一八三	判官大伴宿祢池主		4	3
(5)	四一八九～四一九一	判官大伴宿祢池主		4	6～9
	四一九九	守大伴宿祢家持			
	四二〇〇	次官内蔵忌寸縄麻呂			
	四二〇一	判官久米朝臣広縄			

限って、ほぼ連続して用いられているのである。

もっとも、このような職名表記の連続性を認めるにあたって、気がかりな部分が四つある。この表の中に、（ア）「主帳多治比部北里」（四一三八）、（イ）「山上憶良臣」（四一六四～四一六五）、（ウ）「久米朝臣継麻呂」（四二〇二）、（エ）「講師僧恵行」（四二〇四）としてあげたところがそれである。

この四例のうち、まず（イ）の山上憶良は、すでに故人であり、職名表記を持たないのも納得がゆく。ただし、この例に限って、人名について「氏＋名＋姓」という表記法をとっている。このことについては、後に述べる。（イ）と同様に職名表記を持たない（ウ）については、これを含む宴歌（四一九九～四二〇六）の

(6)	四二〇二	久米朝臣継麻呂――(ウ)		4	12
	四二〇三	判官久米朝臣広縄			
	四二〇四	講師僧恵行――(エ)			
	四二〇五	守大伴宿祢家持			
	四二〇六	守大伴宿祢家持			
(7)	四二〇七〜四二〇八	判官久米朝臣広縄〔家持贈〕		4	22
	四二〇九〜四二一〇	掾久米朝臣広縄〔広縄和〕		4	23
	四二一一〜四二一二	大伴宿祢家持		5	6
	四二一三	（題詞なし）		5	6〜26
	四二一四	聟南右大臣家藤原二郎			27
	〜四二一六	大伴宿祢家持			
	四二一七	（月名のみ）		5	（なし）
	四二一八	（月名のみ）		5	（なし）

中で、他の人物がすべて職名を有していることから、継麻呂は官人ではなく、「広縄の男などにや」（『万葉集古義』）と見るのが穏当であろう。また、同じ宴の中に見える（エ）の「講師」は、『万葉集新考』以来、国分寺に置かれた国師との関連が説かれている。であれば、これは四等官制にあてはまる官職ではない。したがって、（イ）（ウ）（エ）は、職名表記という視点からは、いずれも（3）〜（7）の場合と質を異にする例として当面の考察から除外してよかろう。

　ところが、これら三例に対して、（ア）の「主帳」は、郡司の第四等官に対する職名表記であり、四等官制に属する官人の一員として見れば、当面の（3）〜（7）に見られる国司と共通する職制の中に位置づけることができる。ここで郡司と国司とを同列に扱うとすれば、（3）〜（7）に至る職名表記の連続性は、この主帳を境にして、いったん跡切れると見なければならない。(4)

そこで、両者の性格を令の規定によって見比べてみる必要がある。その際に想起されるのは、次に掲げる郡司についての任用規定である。

凡郡司、取《リテ》下性識清廉《ニシテ》、堪《ヘタラム》二時務《ニ》一者《ヲ》上、為《ヨ》二大領少領《ト》一。強幹聡敏、工《ナラム》二書計《ニ》一者《ヲ》、為《ヨ》二主政主帳《ト》一。其大領《ニハ》外従八位上、少領《ニハ》外従八位下叙《セヨ》之。其大領少領、才用同《ジクハ》者、先取《レ》二国造《ヲ》一。（選叙令、郡司条）

右から知られるように、郡司は令制以前からの国造制に由来を持ち、地方での現地採用を旨とする官である。これによれば、郡司は同じ四等官制によって構成されているとはいえ、中央から派遣される国司とは明らかに性格を異にするといえよう。そういえば、位階についても、郡司は必ず外位に叙せられる外長上官とされている。しかも、第一等官、第二等官である大領、少領については、右の選叙令にそれぞれ外従八位上、外従八位下と定められているものの、第三等官以下である主政、主帳については、令の中に何らの規定もない。ということは、郡司は、国司と性格を異にするのみならず、官位相当を原則とする令の枠組み自体に収まりきらない性格を有しているように思われる。したがって、当面の（3）〜（7）に至る職名表記が記される際にも、国司と郡司との性格の異なりは、厳しく意識されていたにちがいない。はたして、『類聚三代格』に見える、

勅、諸国郡司五位以上、相二逢《ハバ》当国主典以上《ニ》一者、不レ問《ハ》二貴賤《ヲ》一皆悉下《リヨ》レ馬《ヲ》（下略）。（神亀五・三・二十八、巻七）

という記事は、国司と郡司との間に一線を画する態度を明示している。このような事情を考慮すれば、国司の職名を「次官」「判官」と記す（3）〜（7）の場合とは別に、（ア）に限って郡司に固有の「主帳」という呼称が採用されているのは当然であったといえよう。

以上に述べてきたところにより、（ア）「主帳」、（エ）「講師」及び職名を持たない（イ）（ウ）を除外すると、（3）～（7）に至る範囲には、家持以外の人物には長官系統の職名表記を用い、家持については国司に固有の「守」を用いるという構図を見て取ることができる。すでに述べたとおり、それらの長官系統の表記のねらいは、特定の人物に敬意を示すことであった。とすれば、この構図は、すなわち、職名表記によって、家持以外の人物を常に尊重しようとする姿勢にほかならない。そこでは、家持は一貫して敬意の対象から外されているのである。よって、こうした形で職名表記に工夫を施した担い手は、家持その人以外ではあり得ないと見て狂いはないであろう。つまり、（3）～（7）に至る天平勝宝二年正月五日から四月二十二日までの四ヶ月にわたって、家持は、歌の記録の上で、自己と他とを明確に区別して他を尊重する姿勢を貫いていることになる。いうまでもなく、そのような一貫性がまったく無意識のうちに形成されるはずはない。

このこととかかわって、末四巻には職名表記とは異なる手法を用いて、家持が他者尊重の姿勢をあらわにしている例が、まま見受けられる。その手法とは、徳田浄氏の指摘[5]にある人名表記についての尊称法である。すなわち、末四巻には、

大蔵大輔甘南備伊香真人　（二十・四四八九）

のように、姓を氏名の下に記す表記法がある。これに対して、家持については徹底して、

右中弁大伴宿祢家持　（二十・四四九〇）

のように、姓を氏と名との間に記す形がとられている。こうした二種類の表記法が混在する現象は、家持が姓を氏名の下に記す表記法を用いて家持以外の人物に敬意を示していると見る徳田説によって、素直に解くことができる。

さらに伊藤博氏の論[6]は、徳田氏の指摘する家持の立場からのこのような尊称法が、右の二例を含む巻二十の四四八六から四五一六までの三十一首に連続して見られることに注目している。その結果、伊藤氏は、かかる様態を示す三十一首が、万葉集の成立に至る途上で、家持によって書き整えられ、一団を形成していたという指摘を行っている。これを踏まえて当面の（3）～（7）に至る部分に立ち返ると、そこに見られる職名表記の連続性は、他者尊重の姿勢を貫く点で、巻二十の三十一首にきわめて類似した様相を呈していることが知られる。この両者の類似から推して、巻二十の三十一首と同様に、（3）～（7）にわたる部分も、末四巻に収録される以前に家持の手によって一団として整えられていた可能性が高いといえよう。

ここに至って、再び（イ）の「山上憶良臣」に着目するならば、末四巻にある家持の追和歌の中で、（イ）だけが徳田説のいう尊称法によって憶良の名を掲げているのも、理由のないことではないと思われる。本書第一部第二章で述べたとおり、追和という行為は、憶良への深い敬慕に支えられている。ここは、そうした敬慕の情と、一連の職名表記に見られる他者への配慮とが相俟って、憶良の名を特別に賞揚する表記法が導かれたというのが真相なのであろう。してみると、一見、唐突に用いられている（イ）の尊称法によっても、（3）～（7）に至る一団を貫く家持の他者尊重の姿勢を確かめることができるのである。

四　歌稿保管の実態

前節で述べたように、（3）～（7）に至る部分（十八・四一三七～十九・四二〇八）は、職名表記のあり方から見て、末四巻に収録される以前に一団をなしていたと判断される。しかし、そのように考えると、一団が始まる正月五日の作（3）（十八・四一三七）の直前に、正月の作品の劈頭にあたる二日の歌一首（十八・四一三六）がとり残されてしまうことになる。家持が一定期間にわたる作品をとりまとめるにあたって、正月の途中の五日の作品四一三七からを取り上げたと考えるのは、いかにも不自然である。正月二日の作四一三六の左注「守大伴宿祢家持」によれば、（3）〜（7）を貫く職名表記の構図は、二日の一首にまで及んでいると見てさしつかえなかろう。ちなみに、問題の四一三六の前には次に掲げる天平勝宝元年（七五〇）十二月の作が置かれている。

　宴席詠二雪月梅花一歌一首

　　右一首、十二月大伴宿祢家持作（十八・四一三四）

（題詞なし）

　　右一首、少目秦伊美吉石竹館宴、守大伴宿祢家持作（十八・四一三五）

右のうち、四一三五の左注は、他人である国司の第四等官を、固有の職名「少目」によって記している。したがって、職名表記による他者尊重の姿勢は、最大限に見ても天平勝宝二年正月二日の四一三六より先には遡ることができない。これらのことから判断するならば、家持は、新年を迎えての最初の作品、すなわち、二日の四一三六以降を対象にして、整理の手を加えたと考えるべきであろう。

このことと符合して、天平勝宝二年正月初めからの越中時代の作品（十八・四一三六〜十九・四二五六）には、日付明記歌と日付無記歌との「同居構造」が連続して見られるという伊藤博氏の指摘(7)が想起される。その指摘に従って当面の一群を見ると、そこに連続して認められる「同居構造」は、正月以降の越中時代の作品についてきわめて丹念な歌稿の保管が行われたことを示唆している。つまり、家持は、歌稿保管の時点にまで遡る周到な用意を基にして、正月二日の巻十八・四一三六以降の作品を書き整えていったものと思われる。

それでは、家持のこうした作業は、（3）～（7）の五例を含みつつ、どの範囲にまで及んでいるのであろうか。この問いに関して、前掲の塩谷香織氏の論は、伊藤氏のいう「同居構造」を踏まえながら、職名表記や題詞・左注のあり方から見て、（7）の十九・四二〇八までを一群ととらえる見解を示している。これは、ほぼ天平勝宝二年正月から四月までにあたる。そこで、正月から四月までの作品（十八・四一三六～十九・四二一〇）と、その前後に置かれている十二月の作品及び五月の作品とを対比してみると、そこには明らかに扱いの相違が見出される。

まず、先掲の十二月の二首において、四一三四は「十二月」と月名のみの日付を掲げ、四一三五は題詞を欠いている。ところが、正月から四月に至る巻十八・四一三六から巻十九・四二一〇の間には、そのような日付の曖昧さや題詞の不備は、まったく存在しないのである。つづいて五月に入ると、冒頭には、次のような形が見える。

追㆓同処女墓歌㆒一首并短歌

右、五月六日、依㆑興大伴宿祢家持作　（十九・四二一一～四二一二）

（題詞なし）

右一首、贈㆓京丹比家㆒　（十九・四二一三）

右二例のうち、前者は、日付・題詞ともに整った形を示しているものの、四月までの作品とは異なって、家持について「守」という職名表記を記していない。[8] 後者は、十二月の二首のうちの四一三五と同様に題詞を欠いている。さらに、五月の末には、

霖雨晴日作歌一首　（十九・四二一七）

見二漁夫火光一歌一首（十九・四二一八）

右二首五月

のように、月名のみを掲げる歌が置かれている。こうして見ると、五月の作品は、四月末（十九・四二一〇）までの歌々とは、明らかに異なる集団に属していると考えられる。したがって、正月から四月までの歌々（十八・四一三六〜十九・四二一〇）は、前後の十二月の作品及び五月の作品と質を異にする、体裁の整った一群をなしていると認めることができるのである。このことは、正月から四月に至る間の作品に対して、丹念な歌稿の保管と、それに基づく歌稿の整理という再度にわたる家持の手厚い処遇が行われた結果を示すものであろう。

ただし、そのような次第で正月から四月までの作品がとりまとめられていたとすると、四月の末尾をなす家持歌（十九・四二〇七〜四二〇八）と広縄歌（四二〇九〜四二一〇）との贈和のうち、広縄歌の左注に記されている「掾」という職名表記が疑問を呼ぶ。叙上の吟味を通してみると、当面の広縄歌の職名表記は、当然、他の家持以外の人物に対してと同様、長官系統の呼称「判官」をもって記されていなければならない。そこで、先に引いた塩谷氏の論では、広縄歌は、それ以前の長官系統の呼称を有する部分、すなわち、家持の贈歌までとは異なる集団に属するものと見ている。しかし、そのような扱いには疑問が残る。塩谷氏の見方に従えば、贈和の関係にある家持歌と広縄歌とが断ち切られてしまう。これは、いかにも不自然である。

このような矛盾を抱える広縄歌には、実はもう一つ特殊な性格が看取される。それは、次に掲げるように、この歌の本文がすべて一字一音式で表記されていることである。

多尓知可久　伊敝波乎礼騰母　許太加久氏　佐刀波安礼騰母　保登等藝須　伊麻太伎奈加受　奈久許恵乎
伎可麻久保理登　安志多尓波　可度尓伊氏多加　由布敝尓波　多尓乎美和多之　古布礼騰毛　比等己恵太尓

母　伊麻太伎己要受（四二〇九）

敷治奈美乃　志氣里波須疑奴　安志比紀乃　夜麻保登等藝須　奈騰可伎奈賀奴（四二一〇）

右の歌を収める巻十九は、周知のとおり、正訓表記を主体としている。しかし、その中で完全な一字一音式の表記を貫く歌が二つだけある。右の広縄歌と坂上郎女の歌（四二二〇～四二二一）とがそれである。しかも、この例外二歌群は、ともに贈歌で、広縄歌は家持に、坂上郎女の歌は坂上大嬢にそれぞれ贈られている。これらのことを考慮して、この一字一音式の表記は、贈り手を尊重する家持が、二つの贈歌の原表記をあえて歌稿に残したことに由来するという推定が行われている。(9) 首肯すべき見解で、これによれば、広縄歌の左注に記されている「掾」は、歌の本文と同様に、広縄歌のもともとの署名をそのまま残したものと見ることができる。それ故、この「掾」は、広縄歌が一団から除外されなければならぬ異質性を認める根拠にはならないはずである。かくして、贈和の組をなす家持歌（十九・四二〇七～四二〇八）と広縄歌（四二〇九～四二一〇）とを分って扱うのは穏当ではないと思われる。すなわち、職名表記から見た一団は、四月末の広縄歌にまで及んでいると見なければならず、したがって、家持は、天平勝宝二年正月冒頭から四月末に至る作品（十八・四一三六～十九・四二一〇）を対象にして整理の手を加え、そこに他者尊重の構図を与えていったと考えられるのである。

その一団に整然とした体裁を与えることとなった手厚い配慮からは、正月から四月に至る作品に対する家持の執着の深さを読み取ることができる。そのことは、四ヶ月にわたる歌々が、家持にとっては、自負するに足る作品であったことを意味しているのではないか。はたして、まさにこの一団の中には、歌人家持の到達点を示すともいえる作品が見出されるのである。なかでも、筆頭に挙げられるのは、三月一日から二日にかけて詠まれた秀吟十二首（十九・四一三九～四一五〇）であろう。これまでにさまざまな立場からの追究を呼んでいるこの十二首について、伊藤博氏の論[10]は、その一群の本質が花と鳥との取り合わせを中心とする連作性にあることを明らかにしている。さらに、万葉の後期に顕著に見られるこうした花鳥歌について、間然するところのない考察を及ぼした井手至氏の論[11]は、秀吟十二首から始まる巻十九の前半に、花鳥を取り合わせる意識がきわめて積極的に働いているという指摘を行っている。

たしかに、三月から四月にかけて詠まれた歌々の中で、花鳥の取り合わせにかかわらない歌は、春の出挙の折の四つの作品（四一五九〜四一六五）だけである[12]。とりわけ、三月二十日の「詠㆓霍公鳥并時花㆒歌一首并短歌」から四月末の家持と広縄との贈和に至る間（四一六六〜四二一〇）には、都からの来信（四一八四）をも交えながら、時鳥を中心とする夏の花鳥が、ほぼ一ヶ月にわたってくり返し詠み継がれている。そのようなくり返しがもたらす表現の類型化は、ともすれば、「言葉だけの歌」（『万葉集私注』、四一六六の注）という厳しい批評を招きかねない。だが、それらの中にも見るべき作品は少なくないのである。たとえば、「詠㆓霍公鳥并藤花㆒一首并短歌」（四一九一〜四一九二）などは、巻十九巻頭や巻末の秀作に通じる洗練された表現を獲得した作品であることが、芳賀紀雄氏[13]によって明らかにされている。

これに関わって、連作性を意図した家持の緻密な手法が、右の一首を含む四一八四〜四一九八（都の留女からの来信と、それへの返信）にも認められるという伊藤博氏の見解[14]を参照すれば、連作性を基とする創作は、四一八四〜四一九八を核として、三月二十日に始まり四月末の広縄歌に至る夏の花鳥歌四一六六〜四二一〇すべてを覆うと見ることができる。

ちなみに、翌五月に入ると、夏の花鳥を取り合わせる作品は、まったく見られなくなる。よって、四月末における家持と広縄との贈和（四二〇七〜四二一〇）は、一連の歌の内容から見て、それまでの花鳥歌群の掉尾を飾る段落をなすことになる。すでに述べたとおり、その贈和は、形の上にあっても、職名表記によって他者尊重の姿勢をとる一団が終わる、ちょうどその節目であった。作品の内容と外形とのこのような一致は、偶然のこととは思われない。三月から四月にわたる花鳥歌は、家持の細やかな配慮と熱心な試みとの結晶であったと見てよかろう。そうした作品の出来映えが、家持の心中に自作を清書しようとする意欲を促したことは想像にかたくない。したがって、家持が四月末までを対象として作品に手厚い処遇を加えたのは、三月から四月にかけての創作の流れを正しく押さえてのことであったと判断され、そこからは、自らの作品に対する深い愛着を見て取ることができる。

五　歌稿整理の意義

家持は、三月から四月にかけての満足すべき成果を得たことをきっかけとして、篋底に温めてきた歌稿を意に適う形へと書き整えることに思い至ったのであろう。そこでの一つの方針は、他者尊重の姿勢を貫くことであった。だが、自負する作品に整った体裁を与えていっそうの完成度を目指すのであれば、花鳥を軸にして展開する三月から四月までの作品（十九・四一三九～四一五〇）を取り上げるだけでも、充分に事足りたものと思われる。年の改まる正月は、恰好の指標ではあるものの、職名表記を一貫して使い分けるほどの細心な用意が、単に時間の上での区切りに従って正月初めの作品（十八・四一三六）にまで及ぼされたとは考えにくい。

念のため、正月と二月の歌を掲げると、次のとおりである。

あしひきの山の木末のほよ取りてかざしつらくは千年寿くとぞ　（十八・四一三六、正月二日）

正月立つ春の初めにかくしつつ相し笑みてば時じけめやも　（十八・四一三七、正月五日）

藪波の里に宿借り春雨に隠りつつむと妹に告げつや　（十八・四一三八、二月十八日）

このように、正月と二月に詠まれた歌はわずかに三首、内容から見て、いずれの歌も三月以降の花鳥歌群とは趣を異にしている。してみると、四月末まで続く他者尊重の姿勢は、なぜ正月を期して始まるのかという疑問がいっそう募ってくる。正月から四月にかけての作品が書き整えられ、それを一連の歌群として保管した理由は、花鳥歌群への自負ということの他にも見出されるはずである。

そこで注目されるのが、右に掲げた四一三八の結句「妹に告げつや」に示される妻坂上大嬢の存在である。大嬢が越中に下った時期が天平勝宝元年の十月末から十一月初め頃であることが明らかにされている。(15) それによれば、家持は、同年の八月から十一月の間に、大帳使として都に赴き、その帰途、妻大嬢を越中に伴ったものと見られる。このことと相かかわるように、右に述べた天平勝宝二年二月十八日の歌（四一三八）に見える「妹」を契機として、大嬢の存在が作品の上に表立って記されるようになる。

為三家婦贈二在レ京尊母一、所レ誂作歌一首并短歌　（十九・四一六九～四一七〇題詞、三月二十日～二十二日）

山吹の花取り持ちてつれもなく離れにし妹を偲ひつるかも　（十九・四一八四、四月五日）

右、為レ贈二留女女郎一、所レ誂二家婦一作也　（十九・四一九七～四一九八左注、四月九日～十一日）

右二首、大伴氏坂上郎女、賜二女子大嬢一　（十九・四二二〇～四二二一、六月十五日～九月二日）

等々。右に見える「所レ誂二家婦一」からは、大嬢が家持の創作を積極的に促す役割を果たしているさまを窺い知ることができよう。

しかも、天平勝宝二年に至って現れてくるこれら五例のうち、四例までは、二月から四月の間に集中しているのである。このことから推して、正月から四月に至る一団が後に書き整えられたことと、大嬢の存在とは、関わりを持っているように思われる。越中に大嬢を迎えてほぼ二ヶ月後、年の改まった天平勝宝二年の正月は、新たな意気込みで創作に向かう恰好の時機であったにちがいない。正月から始まるそれらの歌々は、おそらく、妻の居る充実した環境を得た越中での一時期の記録として、大切に保管されていったのであろう。そのようにして始められた歌稿保管の実体は、伊藤博氏の指摘[16]にもあるとおり、家持と大嬢との共同の作業であったと見てよい。三月から四月にかけての多数の花鳥歌は、そうした創作と歌稿保管との積み重ねの上に立って開花することとなったというべきであろう。

このように見ると、正月と二月の歌は、わずかに三首であるとはいえ、貴重な記録としての一部分をなしているのであり、したがって、それらは、三月、四月の花鳥歌群とは容易に切り離すことのできない作品であったということになる。家持にしてみれば、正月から四月に至る作品の全体が、深い愛着をもって眺められる記念すべき存在であったのであろう。してみると、四月末に至って一連の花鳥歌群を得たことを契機として、それまでの歌稿を書き整えようとした際に、家持の目は、おのずと正月初め以来の作品十八・四一三六～十九・四二一〇に注がれることになったものと思われる。

正月から四月の間に見える（3）～（7）の長官系統の職名表記が整えられたのは、そのような経緯によって行われた歌稿の整理の一環であったと考えられる。その結果として、（3）～（7）を含む一連の職名表記の様相は、家持から家持以外の人物を尊重する姿勢を一貫して示すことになった。そうであれば、それらの職名表記が意味する他者尊重の姿勢は、家持が、誇るべき作品を擁する正月から四月までの歌稿を、どのような目的をもって丹念に書き整えていったのかという点を明らかにしていると思われる。先に述べたとおり、それら一連の職名表記の根底には、自己と他とを厳しく区別する態度を見て取ることができる。こうした態度は、他者に対する配慮を常に持たなければ、持続しえないであろう。ということは、正月から四月に至る作品を書き整えていくにあたって、家持は、清書されたそれらの歌々が、やがて手元を離れ、他人の目に触れるようになることを念頭に置いていたものと思われる。深い自負と愛着を持つ作品に整った体裁を与えて、それを披露しようとすることは、あたかも一巻の歌巻を編むことに通じる態度であるといってもよい。

　正月から四月までの作品がこうした次第で首尾整った体裁にまとめられたのだとすると、その一団は、後に末四巻が編纂されるにあたって、重要な役割を果たしたことが予想される。事は末四巻全体にかかわる問題であるから、この一団の末四巻編纂段階における具体的な役割については、すべてをここで解明することはできない。だが、以上の考察にとって、正月から四月までの一団（十八・四一三六～十九・四二一〇）が、巻十八（四一三六～四一三八）と巻十九（四一三九～四二一〇）とに分割されて収められていることについては触れておく必要がある。

　末四巻の形成についての伊藤博氏の論[17]によれば、巻十九は、家持の手によって、巻頭と巻末に花鳥を詠み込む秀作、すなわち四一三九～四一五〇と四二九〇～四二九二とを置く形で他の三巻に率先して成立したという。巻十九の巻頭を飾る十二首（四一三九～四一五〇）といえば、それは、正月から四月に至る一団の精髄というべき花鳥歌群が、まさに開始されるところにあたる。家持は、正月から四月までの歌々の中で、最も充実した内容を誇る作品、すなわち、件の十二首から始まる三月から四月にかけての花鳥歌群を、一巻の歌巻にとって重要な意義を持つ巻頭を押さえる作品として、的確に選び取ったのだと思われる。このような処置は、丹念に清書され、保管されていたと考えられる正月から四月に至る歌群の本質を理解した上でなければ、行われるはずはない。このように見てくると、本章の論述は、巻十九の構造と形成とが家持の明確な意図に基づくとする見解を、職名表記の立場から立証することになるかと思う。

なお、末四巻に見える長官系統の職名表記のうち、以上に述べてきた（3）～（7）の場合を踏まえて見ると、孤立して現れる三例（2）（8）（9）について、それらが、家持の周到な配慮によって導かれた呼称であることは、認めてよいものと思われる。しかし、三例それぞれの場合にまつわる事情は、それが孤立するが故に、目下のところ、はっきりと押さえることはむつかしい。また、末四巻以前にある巻六の一例（1）については、本章第二節で述べたとおり、その具体的な事情は、さらにいっそう捉えにくい。ここでは、連続して現れるが故に、それだけ確実な内情に迫りうると見られる（3）～（7）の例に焦点を絞って、見解を述べた次第である。

注

（1）巻二十に「主典刑部少録」という一例（四四三二）が見られるが、これは、本職が刑部少録である者が兵部使人の主典を兼ねていたと思われる（『古典集成』）ので、（1）～（9）までの場合とは質を異にすると考えられる。

（2）令外の官の中で、斎宮寮及び授刀舎人寮の二つについては、『続日本紀』の中で長官系統の呼称と寮に固有の呼称（頭・助・允・属）との混用が目立つ。これについては、両者の職制や名称の変遷に伴う不安定な側面が、職名表記の不統一を招いたものと思われる。ただし、斎宮寮の場合、二種類の職名表記の現れ方に規則性を予想する直木孝次郎氏の指摘（「奈良時代における伊勢神宮」（中）、『続日本紀研究』第二巻第六号、一九五五年）がある。

（3）「万葉集巻十七以降の成立について—様式と使用字母の特徴を中心に—」（『学習院大学研究年報』第二八号、一九八二年三月）

（4）井手至氏の示教による。（一九八八年十月、万葉学会〈於高遠〉での研究発表の席上）

（5）『万葉集撰定時代の研究』「主要篇三」（目黒書店、一九三八年）

（6）「十五巻本から二十巻本へ」（『万葉集の構造と成立　下』塙書房、一九七四年）
（7）「万葉集末四巻歌群の原形態」（注6書、初出一九七〇年）
（8）四月九日から十一日の間に詠まれた十九・四一九七〜四一九八にも、「女郎者即大伴家持之妹」のように職名を持たない例がある。この場合、「宿祢」という姓を記していないことから見て、あえて職名をも省いた簡略な形をとったものと思われる。よって、これは当面の四二一一〜四二一二とは事情を異にすると考えられる。
（9）注7論文
（10）「家持の手法」（『万葉集の歌群と配列　下』塙書房、一九九二年、初出一九八四年）
（11）「花鳥歌の展開」（『遊文録　万葉篇二』和泉書院、一九九三年、初出一九八四年）
（12）この四つの作品は、花鳥歌ではないものの、憶良への追慕を軸にして緊密な連作を構成していると思われる（本書第一部第二章）。それ故、これらにも一連の花鳥歌と同様に家持の真価を認めることができよう。
（13）「大伴家持—ほととぎすの詠をめぐって—」（『万葉集における中国文学の受容』塙書房、二〇〇三年、初出一九八七年）
（14）「天平ひとつの文化」（注10書、初出一九九〇年）
（15）大越寛文「坂上大嬢の越中下向」（『万葉』第七五号、一九七一年一月）
（16）注14論文
（17）「家持歌集の形成—巻十七〜巻二十の論」（注6書、初出一九六九年）、注14論文

第二章　万葉集巻十九の成立と職名記録

一　二つの宴歌

万葉集巻十九・二十には、次に掲げる二つの集宴歌が収められている。

A

十月廿二日於㆓左大弁紀飯麻呂朝臣家㆒宴歌三首

手束弓手に取り持ちて朝猟に君は立たしぬ棚倉の野に　（十九・四二五七）

右一首治部卿船王伝誦之　久迩京都時歌　未㆑詳㆓作主㆒也

明日香川川門を清み後れ居て恋ふれば都いや遠そきぬ　（四二五八）

右一首左中弁中臣朝臣清麻呂伝誦　古京時歌也

十月しぐれの常か我が背子がやどの黄葉散りぬべく見ゆ　（四二五九）

右一首少納言大伴宿祢家持当時矚㆓梨黄葉㆒作㆓此歌㆒也

八月十二日二三大夫等各提㆓壷酒㆒登㆓高円野㆒聊述㆓所心㆒作歌三首

高円の尾花吹き越す秋風に紐解き開けな直ならずとも　（二十・四二九五）

右一首左京少進大伴宿祢池主

B　天雲に雁ぞ鳴くなる高円の萩の下葉はもみちあへむかも　（四二九六）

右一首左中弁中臣清麻呂朝臣

をみなへし秋萩しのぎさを鹿の露別け鳴かむ高円の野ぞ　（四二九七）

右一首少納言大伴宿祢家持

右のAB二つの集宴のうち、Aの紀飯麻呂宅での宴は、天平勝宝三年（七五一）に行われている。左注に従えば、この日の詠として残されている三首のうち、二首（四二五七・四二五八）は、伝誦歌である。久迩京の時代や旧都明日香の地の思い出に繋がる二首の伝誦歌は、往事への追懐が、飯麻呂宅に会した四人に共有の思いであったことをうかがわせる。この四人の中で、中臣清麻呂と大伴家持は、以後も厚い親交を保つこととなったらしい。Bの高円野集宴歌は、その二人の交流の一端をよく示している。Bの宴歌は、Aの宴の二年後、天平勝宝五年（七五三）に行われた遊宴の記録である。この時、清麻呂、家持らとともに高円野に遊んだ大伴池主もまた、同族の家持と長年の親交を結んできた間柄であった。このような性格を持つ右の集宴歌ABからは、奈良朝の官人たちの打ちとけた交流のありさまを見て取ることができる。

ところが、右のABには不審な点がある。すでに『万葉代匠記』以下の諸注釈が指摘するとおり、紀飯麻呂の職名「左大弁」及び中臣清麻呂の職名「左中弁」と、『続日本紀』から知られる二人の経歴とが符合しないのである。これらABを含む末四巻の歌稿保管と、それに基づく四巻の編纂とに大伴家持が深く関わっていることは、衆目の一致するところである。したがって、件のABにおける職名記録は、ひとまず、家持の手によって記されたものと見てよかろう。先に掲げたとおり、家持は、ABの集宴のいずれにも参加している。であれば、親しい人々の集う宴の記録に、何故、家持が事実と異なる職名を記しているのかが疑問となる。

そこで考慮すべきは、末四巻に記されている人物の官位について、件のＡＢと同様の現象を示す場合が、この他に一例見られることである。天平十八年（七四六）正月の肆宴歌群（十七・三九二二〜三九二六）がそれで、この肆宴歌群には、左大臣橘諸兄、大納言藤原豊成をはじめとして、十九名の人物が記されている。それらの人名の記載順序や職名は、天平二十一年（七四九）四月一日〜十三日の間の官位に基づいて記されていることが、塩谷香織氏の論[1]によって明らかにされている。折しも天平二十一年四月一日には、家持の従五位下から従五位上への昇叙を含む叙位が行われ、また、同日に発せられた詔（第十三詔）では、神代以来の大伴・佐伯両氏の功績が賞揚されている。塩谷氏の論は、件の詔に接した家持が天平十八年正月の肆宴歌群に特別な整理を行った結果、そこに天平二十一年四月一日の官位に基づく人名や職名が記されることになったのだと指摘する。

首肯すべき見解で、職名記録のあり方から見て、その肆宴歌群と同様の現象を示す当面のＡＢにも、宴の当時の事実とは異なる職名記録を呼び込むに至った必然的な事情が存在するものと思われる。そこで、以下、ＡＢ二つの集宴歌に記されている紀飯麻呂ら五人の経歴を検討した上で、そこに掲げられている職名記録の意味するところを考えてみたい。

二　官人たちの経歴

（1）紀飯麻呂

前節で指摘したＡＢの集宴歌における紀飯麻呂及び中臣清麻呂の職名のうち、まず、紀飯麻呂の「左大弁」について見る。Ａの題詞の「左大弁」に関して、初めて疑問を投じたのは、『万葉代匠記』である。『代匠記』は次のごとくいう。

> 宝字元年にこそ左大弁とはなられけるを、ここには極官をかける歟。さらずは右大弁を誤けるにや。（初稿本）左は誤レリ。右ニ作ルベシ。（中略）天平十三年ニ右大弁ト成リ、宝字元年ニ左大弁トハ成ラレケレバ、此時イマダ右大弁ナル事明ラカナリ。（精撰本）

右のとおり、契沖は、初稿本において二つの可能性を示している。すなわち、一つは、件の「左大弁」を飯麻呂の極官と見る案である。後述するように、左大弁を飯麻呂の極官とする点には従えないが、この立場に立てば、件の「左大弁」は、宴の行われた天平勝宝三年（七五一）の記録ではなく、後の官職をもって補われたか、書き改められたということになる。これに対して示されている案は、「左大弁」を右大弁の誤とする見方である。契沖は、さらに精撰本において、『続日本紀』天平十三年（七四一）七月三日条に見える紀飯麻呂の右大弁任官記事を証として、この立場によることを明らかにしている。

『代匠記』以後、『万葉考』『評釈万葉集』（佐佐木信綱）『万葉集全註釈』が、二つの可能性を併記する初稿本の姿勢を襲うほか、諸注釈の見解は、件の「左大弁」を後の記録と見る説（私注・注釈・大系・全集・集成・角川文庫など）と、右大弁の誤とする説（古義・井上新考・総釈・講談社文庫）とに分かれている。ただし、これを後の記録と見る説の中で、その時期について、『全註釈』『注釈』は天平宝字元年（七五七）以後、『大系』『全集』は同二年（七五八）以降と、異なる見解を示している。紀飯麻呂は、いかなる経歴を辿った人物であるのか、『続日本紀』の記事に基づいて表示すると、以下の表のとおりである。

年月日（西暦）	官職記事・［　］は紀飯麻呂の官位
天平13・7・3（七四一）	［従四位下右大弁（任官）］
15・5・5（七四三）	左大弁従三位巨勢朝臣奈弖麻呂為㆓中納言㆒（左大弁は、勝宝6・4・5まで記事なし）
18・9・20（七四六）	正四位下石上朝臣乙麻呂為㆓右大弁㆒［従四位下常陸守（任官）］（右大弁は、勝宝8・12・30まで記事なし）
天平勝宝元・2・27（七四九）	［従四位下大倭守（任官）］
3・10・22（七五一）	（左大弁19・四二五七）
4・11・3（七五二）	従四位上藤原朝臣永手為㆓大倭守㆒（この間に左大弁に任じられたか）(イ)
5・9・28（七五三）	［従四位上大宰大弐（任官）］
6・4・5（七五四）	［従四位上大蔵卿（任官）］従四位上吉備朝臣真備為㆓大宰大弐㆒、従四位上大伴宿禰古麻呂為㆓左大弁㆒
6・9・4	従四位上文室真人大市為㆓大蔵卿㆒［従四位上右京大夫（任官）］
6・11・1	［従四位上西海道巡察使（任官）］
9・6・16（七五七）	［従四位上右京大夫（任官）］正四位下橘朝臣奈良麻呂為㆓右大弁㆒
9・7・9	春宮大夫従四位下佐伯宿禰毛人為㆓兼右京大夫㆒［従四位上右大弁（任官）］紫微少弼従三位巨勢朝臣堺麻呂為㆓兼左大弁㆒（右大弁は、宝字2・7・3まで記事なし）

9・8・4	正四位下参議（叙位・任官）従三位石川朝臣年足為二中納言一兵部卿神祇伯如レ故
9・8・5	（この間に左大弁に任じられたか）
天平宝字元・8・18（七五七）	改元
2・8・25（七五八）	参議紫微大弼正四位下兼左大弁　参議従三位紫微大弼兼兵部卿侍従下総守巨勢朝臣開（堺）麻呂
3・7・3（七五九）	従四位下阿部朝臣嶋麻呂為二左大弁一、従四位下大伴宿禰犬養為二右大弁一
3・10・15	去天平勝宝五年、遣二左大弁従四位上紀朝臣飯麻呂一、限二伊勢大神宮之界一、樹レ標已畢。
3・11・5	正四位上義（刑）部卿（任官）河内守如レ故
4・正・16（七六〇）	正四位上美作守（任官）
6・正・4	従三位（叙位）
6・4・1（七六二）	信部卿従三位氷上真人塩焼為二兼美作守一
6・7・19	散位従三位薨、仕至二正四位下左大弁一、拝二参議一、授二従三位一、病久不損、上レ表乞二骸骨一、詔許レ之。

(ロ)

右から知られるとおり、紀飯麻呂は、天平十三年（七四一）七月三日に右大弁に任じられ、同十八年（七四六）九月二十日には常陸守となっている。同日、右大弁には石上乙麻呂が任じられた。この後、天平勝宝八年（七五六）まで、右大弁に関する記事はない。しかし、右によれば、紀飯麻呂の右大弁在任は、天平十八年九月二十日までであると考えられ、したがって、天平十三年の右大弁任官記事をもって、Aの宴の行われた天平勝宝三年に飯麻呂が右大弁であったとする『代匠記』精撰本などの説に従うことはできない。飯麻呂は、常陸守に任じられ

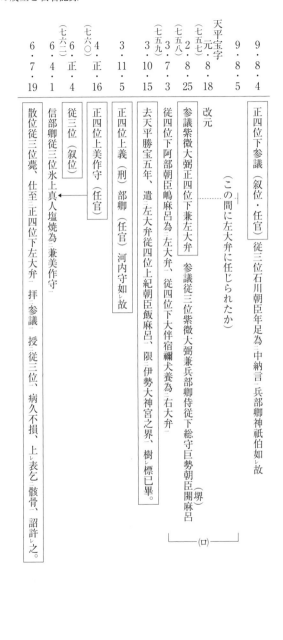

てから三年後の天平勝宝元年（七四九）二月二十七日に大倭守となり、この在任は、同四年（七五二）十一月三日に藤原永手が大倭守に任じられるまでの二年半余りにわたったものと見ることができる。つまり、「左大弁」の職名を掲げるAの宴の当時、飯麻呂の実際の官職は、大倭守であったと考えられる。

このように見てくると、Aの題詞の「左大弁」について、これを後の記録と見る『代匠記』初稿本の一案が重みを増してくる。紀飯麻呂の経歴には、天平勝宝三年のAの宴以後、左大弁の任にあったと思われる時期が二度ある。先の表に（イ）（ロ）として示した時期がそれである。

まず、（ロ）について検討する。これは、『全註釈』『注釈』が天平宝字元年（七五七）以降、『大系』『全集』が同二年（七五八）以降と指摘する時期にあたる。飯麻呂は、天平勝宝九歳（七五七）七月九日に右大弁に任じられ、同日、巨勢堺麻呂が左大弁の任についている。ところが、次に飯麻呂の名が見える天平宝字二年八月二十五日の条では、飯麻呂の職名は、「参議紫微大弼兼左大弁」となっている。つまり、飯麻呂は、天平勝宝九歳七月九日〜天平宝字二年八月二十五日の間に、右大弁から左大弁へと替わったことになる。

では、その時期はいつか。いうまでもなく、それは、巨勢堺麻呂が左大弁の任を離れた後でなければならない。巨勢堺麻呂は、天平宝字二年八月二十五日の条に、飯麻呂に先立って、「参議紫微大弼兼兵部卿侍従下総守」と記されている。よって、堺麻呂については、左大弁の任を離れた後に兵部卿に任じられたことが知られる。一方、兵部卿については、天平勝宝九歳八月四日に石川年足の在任が確認される故、堺麻呂の兵部卿任官は、早くともその翌日の八月五日以降のこととなる。以上の記録に基づいて在任期間を最大限に見ると、堺麻呂が左大弁の任を離れ、替わって飯麻呂が左大弁の任につくことができるのは、天平勝宝九歳八月五日以降であると考えられる。以後、飯麻呂は、天平宝字三年（七五七）七月三日に阿部嶋麻呂が左大弁に任じられるまで、その任にあったものと見られる。したがって、先掲の表に示した（ロ）の時期の飯麻呂の左大弁在任は、最大限に見て、天平勝宝九歳（七五七）八月五日～天平宝字三年（七五九）七月三日の間ということになる。

もっとも、天平宝字三年十月十五日条に見える「去天平勝宝五年、遣《シテ》㆓左大弁従四位上紀朝臣飯麻呂《ヲ》㆒」という記事によれば、正四位下であった（ロ）の記事とは別に、飯麻呂は、従四位上であった時期にも左大弁の任についていたらしい。すなわち、表に（イ）として示した時期がそれである。そこで、天平勝宝五年（七五三）前後の飯麻呂の官職を見ると、飯麻呂は、同四年十一月三日まで大倭守の任にあった。ところが、その後、同五年九月二十八日に大宰大弐に任じられるまでのほぼ十一ケ月間、飯麻呂の経歴には空白の時期が存在する。したがって、飯麻呂は、この十一ケ月の間に左大弁の任にあったと見ることができる。ただし、この時期を含む天平十五年（七四三）～天平勝宝六年（七五四）まで、左大弁については、『続日本紀』に記事がない。それ故、（イ）の時期の飯麻呂の左大弁在任については、天平勝宝四年（七五二）十一月三日～同五年（七五三）九月二十八日の間のいつのことであったのか、特定することはできない。

以上の検討によれば、紀飯麻呂の左大弁在任は、先掲の表の（イ）天平勝宝四・十一・三～同五・九・二十八、（ロ）天平勝宝九・八・五～天平宝字三・七・三の二つの時期に求められる。よって、天平勝宝三年十月二十二日に行われたAの宴の題詞に見える「左大弁」は、右の（イ）（ロ）のいずれかに対応する職名記録であると見ることができる。つまり、件の「左大弁」については、それを後の記録であると指摘した『代匠記』初稿本の一案以下の諸注釈に従うべきものと思われる。ただし、『代匠記』初稿本及び『万葉考』がこの「左大弁」を飯麻呂の極官と見る点については、「もし極官をもて記されしとせば、参議とあるべし」という『万葉集古義』の指摘を参照すべきであろう。先掲の表から知られるとおり、飯麻呂は、天平勝宝九歳八月四日に参議を拝した後、左大弁を兼ね、天平宝字三年十一月五日には義（刑）部卿兼河内守の任についている。さらに、同四年正月十六日には美作守となり、以後、同六年七月十九日に薨じるまで、他の官職についた記録はない。よって、飯麻呂の極官は、参議義部卿と見るのが妥当であるといえる。

　このことと関わって、Ａの題詞の「左大弁」が（ロ）の時期の左大弁在任に対応していると見る場合、その間、飯麻呂は、終始参議と左大弁とを兼任していたはずであり、さらに、紫微大弼をも兼ねていたことを示す記事（天平宝字二年八月二十五日）がある。これについては後述することとし、ここでは、ひとまず、Ａの題詞の「左大弁」が、（イ）（ロ）のいずれかに対応する職名記録であることを確認しておきたい。件の「左大弁」が、そのいずれの時期に対応するのかという判断は、ＡＢの宴に参加した他の四人の経歴を検討した上で下さなければならない。

（2）中臣清麻呂

　四人の経歴のうち、中臣清麻呂について検討を加える。清麻呂は、「左中弁」という職名を伴って、天平勝宝三年十月のＡ及び同五年八月のＢに記されている。その「左中弁」については、これまで二通りの説が行われている。すなわち、「左中弁」は右中弁の誤とする説（佐佐木評釈）と、「左中弁」は後の記録であるとする説（古義・全註釈・私注・注釈・大系・全集・集成・講談社文庫・角川文庫・全注巻第二十など）とである。後者が指摘するとおり、『続日本紀』によれば、ＡＢ二つの集宴が行われた天平勝宝三年～同五年の当時、清麻呂はいまだ左中弁の任にはついていない。そこで、清麻呂の経歴を『続日本紀』によって示すと、次のようになる。

年月日（西暦）	官職記事・□は、中臣清麻呂の官位
大宝元（七〇一）	生
天平15・6・30（七四三）	従五位下神祇大副（任官）
18・11・5（七四六）	春宮員外亮正五位上石川朝臣年足為二兼左中弁一
19・5・1（七四七）	従五位下中臣朝臣益人為二神祇大副一　従五位下尾張守（任官）
天平勝宝3・4・4（七五一）	参議左中弁・従四位上石川朝臣年足（異文に左大弁とあり）
3・10・22	（左中弁19四二五八）
5・8・12（七五三）	（左中弁20四二九六）
6・4・5（七五四）	従五位上神祇大副（任官）　従五位下多治比真人土作為二尾張守一
6・6・1	正五位下中臣朝臣益人為二神祇大副一
6・7・13	従五位上左中弁（任官）
9・5・20（七五七）	正五位下（叙位）
9・6・16	正五位下粟田朝臣奈勢麻呂為二兼左中弁一越前守如レ故　（この間に式部大輔に任じられたか）
天平宝字元・8・18（七五七）	改元
2・2・	（式部大輔20四四九六～四五一三）

（七五八）6・8・11	文（式）部大輔従四位下
（七六二）6・12・1	従四位下参議（任官）
（七六三）7・正・9	従四位下左大弁（任官）　従五位上石上朝臣宅嗣為二文部大輔一
延暦（七八八）7・7・28	前右大臣正二位薨、天平末年授二従五位下一補二神祇大副一歴二左中弁文部大輔尾張守一、宝字年中至二従四位上参議左大弁兼神祇伯一、歴二居顕要一、見二称勤恪一、……

右に示したとおり、中臣清麻呂は、天平十五年（七四三）六月三十日に神祇大副に任じられ、四年後の同十九年（七四七）五月一日に尾張守となっている。ついで、天平勝宝六年（七五四）四月五日、清麻呂は再び神祇大副となり、尾張守には多治比土作が任じられている。したがって、ＡＢの集宴が行われた天平勝宝三年（七五一）～同五年（七五三）にかけての時期には、清麻呂は、尾張守の任にあったものと見なければならない。

清麻呂が左中弁に任じられたのは、神祇大副再任から三ケ月を経た、天平勝宝六年七月十三日のことであった。以後、同九歳（七五七）六月十六日に粟田奈勢麻呂が左中弁に任じられるまでの三年間にわたって、清麻呂は、左中弁の任にあったと考えられる。この後、清麻呂についての記録は、天平宝字六年（七六二）八月十一日条に「文（式）部大輔従四位下」として記されるまで見られない。しかし、万葉集巻二十に収められている同二年（七五八）二月の集宴歌（四四九六～四五一三）には、清麻呂の名が「式部大輔」として掲げられている。よって、清麻呂は、天平勝宝九歳六月十六日に左中弁の任を離れて間もなく、式部大輔に任じられたことになる。

このような経歴を辿った清麻呂が八十七歳で薨じる（延暦七年七月二十八日）まで、右中弁の任にあった時期は一度も見られない。してみると、件のＡＢに記されている「左中弁」について、これを右中弁の誤とする『評釈万葉集』の説に従うことはできない。よって、それら二例の「左中弁」は、『古義』などの指摘するとおり、清麻呂が左中弁であった時期に記録されたものと見るべきであろう。その時期は、先に述べたとおり、天平勝宝六年（七五四）七月十三日～同九歳（七五七）六月十六日の間にあたる。

以上、ＡＢにおいて職名に疑問のある紀飯麻呂及び中臣清麻呂について、二人の肩書きとして記されている「左大弁」「左中弁」は、ＡＢの集宴よりも後に任じられた官職に対応する記録であることを述べてきた。ところが、件の二人の職名を後の記録と見る考えには問題がある。というのは、上述のように紀飯麻呂の左大弁在任は、天平勝宝四年（七五二）十一月三日～同五年（七五三）九月二十八日の間と、天平勝宝九歳（七五七）八月五日～天平宝字三年（七五四）七月三日の間との二度であるのに対して、中臣清麻呂の左中弁在任は、天平勝宝六年（七五四）七月十三日～同九歳（七五七）六月十六日の間であると考えられるからである。つまり、紀飯麻呂の左大弁在任と中臣清麻呂の左中弁在任とは、時期の上でまったく重なり合わないことになる。

したがって、このような矛盾の由来を追及するにあたっては、ＡＢ二つの集宴に参加している残りの三名、船王・大伴家持・大伴池主の経歴を検討する必要がある。ただし、大伴池主は、『続日本紀』の中で橘奈良麻呂の変に関わってただ一度、名が記されている（天平勝宝九歳七月四日条）にすぎない。それ故、池主については、Ｂの宴歌の左注に記されている「左京少進」という職名を信頼するほかはない。よって、経歴についての検討を必要とすべきは、船王と大伴家持との二人に限られる。そこで、項を改めて、この二人の経歴について検討を加えてみたい。

（3）船王と大伴家持

Aの宴において「治部卿」と記されている船王の経歴を『続日本紀』に基づいて示すと次の表のようになる。

年月日（西暦）	官職記事・□は、船王の官位
天平18・4・11（七四六）	〔従四位上弾正尹（任官）〕
19・3・10（七四七）	従四位下藤原朝臣八束為㆓治部卿㆒ （治部卿は、勝宝9・6・16まで記事なし）
天平勝宝3・10・22（七五一）	（治部卿19四二五七）
4・閏3・8（七五二）	（従四位上守治部卿、『類聚三代格』）
4・4・15	従四位下藤原朝臣八束為㆓摂津大夫㆒
4・11・27	（治部卿19四二七九）
7・5・18（七五五）	（治部卿20四四四九）
8・12・30（七五六）	大宰帥従三位石川朝臣年足 ↓
9・6・16（七五七）	従三位文室真人智努為㆓治部卿㆒、従三位石川朝臣年足為㆓兵部卿㆒、神祇伯如㆑故
9・7・4	〔大宰帥正四位下〕
天平宝字4・正・4（七六〇）	〔三品信部（中務）卿（任官）〕

右の表によって、まず治部卿の任官を見ると、天平十九年（七四七）三月十日に藤原八束が任じられている。以後、治部卿については、天平勝宝九歳（七五七）六月十六日に文室智努が任じられるまで記録はない。ただし天平勝宝四年閏三月八日の日付を持つ太政官符には、船王の名が「従四位上守治部卿」として記されている（『類聚三代格』巻三）。よって、藤原八束は、この時までに治部卿の任を離れ、替わって船王がその任についたことになる。船王の治部卿任官は、右の閏三月八日以前であることが知られるものの具体的な時期は明らかではない。それ故、上述の記録に基づく限り、Aの宴歌に記されている船王の職名「治部卿」は、天平勝宝四年（七五二）閏三月頃～同九歳（七五七）六月十六日の間に対応する記録であると見るのが穏当であろう。ちなみに、船王は、Aの後に二度、いずれも「治部卿」として万葉集に記されている。すなわち、天平勝宝四年十一月二十七日の宴歌（十九・四二七九左注）と、同七歳（七五五）五月十八日の宴歌（二十・四四四九左注）との二例である。これらは、右に述べた船王の治部卿在任時期と齟齬することはない。

次に大伴家持。家持が越中守から少納言に遷任したことは、天平勝宝三年（七五一）の作品（十九・四二四八～四二四九）の題詞に、「以二七月十七日一、遷二任少納言一」と記されていることから知られるが、『続日本紀』には、これに対応する記録はない。少納言は定員三名（職員令太政官条）の官であるものの、『続日本紀』によれば、天平勝宝元年（七四九）八月十日～同六年（七五四）四月五日の間には、大原麻呂・石川豊人の二人の在任が確認されるにすぎない。してみると、天平勝宝三年七月の家持の少納言遷任は、欠員であった一名を補う任官と見ることもできる。もっとも、天平勝宝元年八月十日に少納言に任じられた大原麻呂について、これ以降に記録がないことを考慮すれば、大原麻呂は少納言任官後、間もなく官を辞し、その後任として家持が少納言に任じられたとも考えられる。実情がいずれであったかは決めがたいところであるが、少なくとも、万葉集に記されている家持の少納言遷任は、『続日本紀』の記録と矛盾することはない。

件の少納言遷任以降、『続日本紀』によると、家持は、兵部少輔（天平勝宝六年四月五日）、山陰道巡察使（同六年十一月一日）、兵部大輔（同九年六月十六日）、因幡守（天平宝字二年六月十六日）などを歴任している。これらは、いずれも万葉集に見える家持の職名と符合する。ただし、万葉集には、天平宝字元年（七五七）十二月十八日〜同二年（七五八）二月十日の間、家持について「右中弁」という職名が十二例（二十・四四九〇、四四九二、四四九三、四四九四、四四九五、四四九八、四五〇一、四五〇三、四五〇六、四五〇九、四五一二、四五一四）残されている。この「右中弁」については、『続日本紀』が天平十年（七三八）〜天平宝字三年（七五九）の間、右中弁に関する記事を欠いている故、万葉集の記載を信頼するほかはない。

以上の考察によって明らかになったことをまとめると、次の三点になる。第一に、天平勝宝三年（七五一）十月二十二日に行われたAの宴歌に見える左大弁紀飯麻呂、治部卿船王、左中弁中臣清麻呂の職名は、宴の当時よりも後に三人が任じられた官職に基づいて記されている。このうち、中臣清麻呂は、天平勝宝五年（七五三）八月十二日に行われたBの宴歌においても、「左中弁」として記され、Aと同様の現象を示している。第二に、紀飯麻呂の左大弁在任は二回ある。すなわち、天平勝宝四年（七五二）十一月三日〜同五年（七五三）九月二十日の間と、同九歳（七五七）八月五日〜天平宝字三年（七五九）七月三日の間とである。これに対して、中臣清麻呂の左中弁在任は、天平勝宝六年（七五四）七月十三日〜同九歳（七五七）六月十六日の間、船王の治部卿在任は、天平勝宝四年（七五二）閏三月頃〜同九歳（七五七）六月十六日の間と考えられる。したがって、この三人の在任がすべて重なる時期はない。第三に、ABの集宴のいずれにも参加している大伴家持については、宴が行われた当時の官職である「少納言」をそのまま記している。以上の三点である。このように見てくると、紀飯麻呂、船王、中臣清麻呂の三人の職名記録が示す矛盾は、単に宴の当時よりも後の記録であるにすぎないとして見過ごすことができない。であれば、当面のＡＢに見られる職名記録は、末四巻の歌稿保管から編纂に至る過程と関わる問題を含むものと思われる。

三　歌稿の連続性

前節において行った検討を踏まえてみると、ＡＢ二つの集宴歌について、まず問題となるのは、Ａの宴歌に記されている職名記録であろう。そこに見られる紀飯麻呂、船王、中臣清麻呂の職名は、三人の経歴から見て、重なり合う時期を持たないという矛盾を示している。これに対して、Ｂの宴歌においては、疑問となる職名記録は中臣清麻呂の「左中弁」一例に限られる故、この宴歌が清麻呂の左中弁在任時期に記録されたと見れば、さしあたり、問題はない。しかしながら、ＡＢの職名記録には、共通点が存在する。それは、二つの集宴歌のいずれにも、中臣清麻呂が「左中弁」という職名を伴って記されていることである。この清麻呂の存在に着目すれば、ＡＢに見られる職名記録の問題は、まったく別々の現象であるとは思われない。つまり、ＡＢは、現在のように巻十九と巻二十とに分かれて収められる以前の歌稿の段階において、互いに関連を持つ記録であったと考えることができる。

このような立場からＡＢを見る場合に参照すべきは、末四巻の成立についての伊藤博氏の論[(2)]である。その論は、末四巻の構造に着目することによって、家持のもとに保管されていた歌稿の中には、末四巻に収められる以前に一団としてまとめられていた歌群が存在するという指摘を行っている。さらに、塩谷香織氏の論[3]は、伊藤氏の指摘を踏まえながら、巻十七〜十九に収められている作品について、それが当初は五つの群にまとめられていたとする見解を示している。末四巻の成立に至る過程において、歌稿のいくつかの部分が一団をなしていたと説く両氏の論は、末四巻の成立を解き明かす上で妥当な方向を示すものと見てよく、その一例として、本書第二部第一章が職名表記の様相に着目して論じた巻十八・四一三六〜巻十九・四二一〇などを挙げることができる。

　このような見方に立って、当面のABをとらえると、そこに見られる職名記録の共通性は、ABが末四巻に収められる以前に同じ歌群に属していたことを示唆している。このことに関わって注意されるのは、末四巻には、年次の記し方に特徴的な様相を持つ部分が存在することである。すなわち、次に掲げる甲・乙・丙がそれである。

甲　天平二年〜同二十年　（十七・三八九〇〜四〇三一）
乙　天平勝宝四年〜同六年　（十九・四二六〇〜二十・四三二〇）
丙　天平宝字元年〜同三年　（二十・四四八六〜四五一六）

右の三つのうち、まず甲は、巻十七全体を覆う範囲にあたる。西本願寺本などの仙覚本系の諸本によれば、この間の年次の記載は、次のような形をとっている。

（1）天平二年庚午冬十一月　（三八九〇〜九九題詞）
（2）　十年七月七日　（三九〇〇題詞）
（3）　十二年十一月九日　（三九〇一〜〇六左注、広及び紀・細・無・附は年号あり）
（4）天平十三年二月　（三九〇七〜〇八左注、元は年号なし）
（5）　十六年四月五日　（三九一六〜二一題詞）

（6）天平十六年四月五日　（三九一六〜二一左注、元は年次日付なし）
（7）天平十八年正月　（三九二二〜二六題詞、元は年号なし）
（8）天平十八年閏七月　（三九二七〜二八題詞、元は年次なし、右に赭にて書く）
（9）天平十八年秋九月二十五日　（三九五七〜五九左注、元は年次なし、同右）
（10）天平十八年八月〜同年十一月　（三九六〇〜六一左注、元は年次なし、同右）
（11）天平十九年春二月二十日　（三九六二〜六四左注、元は年号なし、同右）
（12）天平二十年二月二十九日　（三九六五〜六六左注、元は年次なし、右に赭にて天平十九年と書く）
（13）天平二十年春正月二十九日　（四〇一七〜二〇左注、元は年号なし）

右に示したとおり、甲の部分の年次記載については、元暦本と西本願寺本などの諸本との間に、対照的な本文の異同がある。元暦本に従えば、巻十七は、巻頭の（1）に「天平二年」と年号を伴った年次を掲げた後、巻末の（13）に至るまで一貫して年号を記さず、合理的な姿勢をとっている。これに対して、元暦本の代赭の書き入れ及び西本願寺本などの諸本は、年号を伴った年次を掲げることを原則とする巻十八〜二十の年次記載と同じ様相を示している。

このように他の諸本とは異なる特徴的な形をとる元暦本の年次記載について、そこに見られる代赭の書き入れは、万葉集原本の当時から存在した別案であるとする武田祐吉氏の論[4]がある。さらに、この論とともに、非仙覚本系の諸本を精査した小島憲之氏[5]の論を考慮した上で、木下正俊氏は、万葉集原本が複数存在していたことを想定し、元暦本はその一本の姿を伝えているとする見解を示している[6]。しかしながら、これらの説に対して、異なる立場をとる論がある。吉井巖氏[7]の論がそれで、氏は元暦本巻十七の示す合理性を書写の際に行われた改訂の結果と見て、他の諸本の伝える本文が万葉集原本に近い姿を示すものであるという。
以上の諸説を踏まえてみると、巻十七の年次記載について、元暦本の本文のみによってその特徴を論じることはできないことが知られる。それ故、この問題については、万葉集原本のあり方や元暦本の性質などを考慮した上で、慎重に判断する必要がある。そこで、このような問題を含む甲についてはは判断を保留することとし、以下、対象を乙・丙に絞って年次記載の特徴を考察することとしたい。乙・丙の部分に見られる年次は、次のような様相を示している。

乙　天平勝宝四年二月二日　（十九・四二六〇〜六一左注）
　五年正月四日　（十九・四二八二〜八四題詞）
天平勝宝五年五月　（二十・四二九三〜九四左注、巻二十巻頭）
天平勝宝五年八月十二日　（二十・四二九五〜九七題詞、広・宮・細・無・附・春は年次なし。集宴歌B）
　六年正月四日　（二十・四二九八〜四三〇〇題詞）

丙　天平宝字元年十一月十八日　（二十・四四八六〜八七題詞）
　二年春正月三日　（二十・四四九三題詞）
　三年春正月一日　（二十・四五一六題詞）

右から知られるとおり、丙は、天平宝字元年のみに年号を掲げ、二年、三年には年号をくり返して記さない。よって、丙では、天平宝字元年の年次が続く二年、三年を統括する形をとり、その結果、宝字元年〜三年は、年次記載の上で連続性を持つと見ることができる。これとよく似た形は、乙にも認められる。すなわち、乙は、四二九三〜四二九四左注及び四二九五〜四二九七題詞に記されている二例の「天平勝宝五年」を除くと、天平勝宝四年に年号を伴う年次を記した後、続く五年、六年には年号を記していない。この形は、丙に認められる連続性が、乙についても存在することをうかがわせる。もっとも、乙にこのような連続性を認めるにあたって、例外となる二例のうち、四二九三～四二九四左注については、巻二十巻頭にあたる故、ここはどうしても年号を伴った年次を記す必要がある。よって、乙については、巻頭歌に続く四二九五～九七、つまりは当面の集宴歌Bの題詞に見られる年次の扱いが問題となる。

先に表示したとおり、Bの題詞には諸本の間に異同がある。すなわち、広瀬本や神宮文庫本などに従えば、ここは「天平勝宝五年」という年次を持たず、したがって、乙の年次記載には丙と同様に連続性を認めることができる。このことに関わって注意されるのは、末四巻において、日記的な様相を呈する天平十八年正月（十七・三九二二～二六）以降の部分には、年次の記載方法に一貫した原則が認められることである。この部分において年次が記されるのは、原則として年次・年号の変わり目か、または各巻の冒頭に限られ[8]、例外は次に掲げる八例にすぎない[9]。

（1）　天平十八年閏七月　（十七・三九二七～二八題詞）
（2）　天平十八年秋九月二十五日　（十七・三九五七～五九左注）
（3）　天平十八年…同年十一月　（十七・三九六〇～六一左注）
（4）　天平感宝元年五月十二日　（十八・四〇九四～九七左注）
（5）　天平二十年…天平感宝元年閏五月二十七日　（十八・四一一六～一八題詞）
（6）　天平感宝元年閏五月六日以来…　（十八・四一二二～二三題詞）
（7）　勝宝元年十一月十二日、勝宝元年十二月十五日　（十八・四一二八～三一、四一三二～三三書簡日付）

（8）　天平勝宝五年八月十二日　（二十・四二九五～九七題詞）

右八例の中で、巻十七に見える三例（1）～（3）の本文には、先に述べたような問題があるので、これらは確例とはならない。残る五例（4）～（8）のうち、当面の（8）を除くと、（4）（賀出金詔書歌）、（6）（雨乞いの歌）は、家持の作品で、いずれも越中国守としての職務に関わる公的な性格を持つ歌、（7）は、越前の池主から家持に宛てた書簡歌の場合である。また、（5）は、同じ題詞の中に二つの年次を記している。よって、（4）～（7）は、年次を記す必然性を持つものと考えられる。ところが、集宴歌Bの題詞にあたる（8）だけは、歌の内容や題詞の型に例外となる理由を求めることができない。

そこで、（8）について、年次の有無を問題にする場合、末四巻の巻頭部分における年次記載のあり方を考慮する必要がある。それらは、次のような形をとっている。

天平二年庚午冬十一月大宰帥大伴卿被ㇾ任二大納言一…　（十七・三八九〇～九九題詞）

天平二十年春三月二十三日左大臣橘家之使者造酒司令史田辺史福麻呂…　（十八・四〇三二～三五題詞）

天平勝宝二年三月一日之暮眺二矚春苑桃李花一作歌二首　（十九・四一三九～四〇題詞）

幸二行於山村一之時歌二首　（二十・四二九三～九四題詞）

右天平勝宝五年五月在二於大納言藤原朝臣之家一時…　（同、左注）

右に示したとおり、巻十七～十九は、いずれも巻頭において題詞に年次を掲げている。しかるに、巻二十だけは、巻頭に「幸二行於山村一之時歌二首」という伝聞歌の題詞を掲げ、年次は、その二首を伝え聞いた事情を述べる左注の中に記されている。四二九三～九四が巻頭を飾る作品でありながらこのような体裁をとったことには、件の二首が伝聞歌であるという事情も与っていよう。しかし、そうであるにしても、巻二十の場合、他の三巻に比べて、巻頭の体裁にゆき届かないものを感じさせる。このことに加えて、仙覚文永本の奥書によれば、万葉集は、元来、題詞を高く歌を低く記す体裁をとっていたとされる。その体裁に倣う文永本の流れを汲む西本願寺本などを見ると、歌は題詞よりも低く書かれ、左注は歌よりもさらに低い位置に掲げられている。この形に従えば、巻頭において年次を題詞に記す巻十七～十九に対して、巻二十巻頭の体裁は、年次が目立たない位置に置かれているといえよう。

このように見てくると、巻二十において、巻頭の作品四二九三～九四に続いて集宴歌B（四二九五～九七）の題詞に年次を掲げる伝本が存在することも、故なしとしない。巻二十の巻頭は、左注に年次を記しているために年次の存在が目立たず、これに加えて、巻頭の題詞に年次を掲げる巻十七～十九の体裁に倣おうとする意識が働いたために、万葉集の伝来途上で巻頭歌に続くBの題詞に年次を書き加える操作がなされたのであろう。つまり、Bの題詞に見える「天平勝宝五年」という年次は、伝来の途上に生じた本文であると見てよく、巻二十巻頭部分については、Bの題詞に年次を記さず、末四巻の年次記載の原則に適う形をとる広瀬本、神宮文庫本などに従うべきであると思われる[10]。

以上の考察によれば、先掲の乙は、天平勝宝四年（十九・四二六〇～六一左注）に年号を伴った年次を掲げ、続く五年（十九・四二八二～八四題詞）、六年（二十・四二九八～四三〇〇題詞）には年号を持たない年次を記す形をとることとなる。したがって、年次の記し方に連続性が認められる点で、乙（天平勝宝四年～六年）と丙（天平宝字元年～三年）とは、同一の様相を示している。いうまでもなく、乙・丙に見られるこのような連続性が何の理由もなしに生じた現象であるとは考えられない。

この両者のうち、丙にあたる天平宝字元年～三年の作品四四八六～四五一六といえば、先掲の伊藤氏の論がそこに一団性を認めた部分である。その指摘にあるとおり、件の四四八六～四五一六の間には、大伴家持以外の人物について、姓を氏名の下に記す尊称法[11]が連続して用いられている。このことに注目して、四四八六～四五一六の三十一首が、末四巻に収められる以前に家持によって書き整えられ、ひとまとまりの歌群をなしていたとする伊藤氏の論は、従うべき見解であるといえる。これによれば、件の三十一首が集成されるのに伴って、天平宝字元年～三年の間には連続性を呈する年次が記されることとなったものと考えられる。してみると、丙の場合と同じく年次の記載に連続性を持つ乙についても、同様の事情を認めることができよう。すなわち、乙にあたる天平勝宝四年～六年の作品四二六〇～四三二〇は、年次の連続性から見て、末四巻に収められる以前に一団をなしていたと考えられるのである。

件の四二六〇～四三二〇の歌群が始まる天平勝宝四年（七五二）といえば、家持が少納言に遷任して帰京した翌年にあたる。家持の経歴の節目に着目して歌稿をとりまとめることができるのは、家持その人を措いてはないであろう。しかし、そうであれば、帰京後から天平勝宝六年末に至るまでの作品の中で、件の歌群に漏れる作品が一つだけ存在することになる。すなわち、天平勝宝三年の末尾に置かれているAの集宴歌（十九・四二五七～四二五九）がそれである。Aを除く天平勝宝四年～六年の作品四二六〇～四三二〇がいったん集成されていたとすると、AB二つの集宴歌は、異なる過程を経て末四巻に収められたものと見なければならない。だが、はたしてそうであろうか。ABの職名記録に見られる共通性を考慮すれば、Aだけを四二六〇～四三二〇の歌群とは別個の存在と見るのは、いかにも不自然である。

件のAの宴歌には、右に述べた問題と関わってもう一つ注目すべきことがある。Aの題詞に見られる「左大弁紀飯麻呂朝臣」という尊称法がそれである。A（十九・四二五七～五九）以降、巻二十の四四八五に至るまでの間では、家持の位階（従五位上）よりも上位の人物には尊称法が用いられるのを常とし、その例外となるのは、次の三名についての場合しか存しない。

右一首左中弁中臣朝臣清麻呂伝誦　（十九・四二五八左注）

右一首左中弁中臣清麻呂朝臣　（二十・四二九六左注）

勅二従四位上高麗朝臣福信一遣二於難波一賜二酒肴入唐使藤原朝臣清河等一御歌一首并短歌

（十九・四二六四～六五題詞）

右に示した三名のうち、中臣清麻呂については、二通りの表記法が行われている。すなわち、Aの宴歌に見られる四二五八左注では尊称法が用いられず、対して、Bの宴歌の四二九六左注では尊称法によって名が記されている。清麻呂は、天平勝宝九歳（七五七）五月二十日に正五位下に叙せられるまで、家持と同じ従五位上であった。四二五七～四四八五の間に現れる人物の中で、家持と同位であったことが明らかであるのは、右の清麻呂だけに限られる。それ故、家持が同位である清麻呂の名を記すにあたって、どのような態度をとったのか、位階の上からだけでは判断することができない。よって、ABの宴歌において異なる扱いを受けている清麻呂については、件の二つの集宴の状況の相違を考慮する必要があろう。しかし、これについては後述する。残る高麗福信（従四位上）及び藤原清河（正四位下）については、明らかに家持より上位であるにもかかわらず、尊称法が用いられていない。だが、二人の名が見える右の題詞を掲げる作品四二六四～六五は、次のように宣命書きの表記をとる伝聞歌である。

虚見都　山跡乃国波　水上波　地往如久　船上波　床座如　大神乃　鎮在国曽　四船　船能倍奈良倍　平安

早渡来而　還事　奏日尓　相飲酒曽　斯豊御酒者　（十九・四二六四）

四船　早還来等　白香著　朕裳裙尓　鎮而将待（四二六五）

この伝聞歌の宣命書きは、原資料の持つ姿を尊重して保存した結果の書式であると考えられる。であれば、それに付された題詞もまた、勅の内容を忠実に反映していると見てよい。それ故、件の題詞では、高麗福信及び藤原清河について、あえて尊称法によって人名を書き改めることを控えたのであろう。

かくして、以上の三名の場合を除くと、四二五七〜四四八五の間は、人名の表記法について、一貫した姿勢を示すこととなる。よって、家持の帰京後の作品の中で、ただひとつ天平勝宝三年に属しているAの宴歌と天平勝宝四年以降の作品とは、連続した性格を持つと見ることができる。このことに加えて、AB二つの集宴歌が職名記録について共通する現象を示していることを考慮すれば、先に年次の連続性から見てひとまとまりをなすとした一団は、家持の帰京後の最初の作品にあたるAの宴歌から天平勝宝六年末までの歌群四二五七〜四三二〇であったものと見るべきであろう。

四　歌稿から歌巻へ

ここまで、ABの集宴歌を含む四二五七〜四三二〇が、末四巻に収められる以前にまとめられていたとの見通しを述べてきた。そうであれば、二つの集宴歌の職名記録は、その一団に属していたときにどのような形をとっていたのであろうか。この問題を検討するために、再び、ABの集宴に参加した紀飯麻呂、中臣清麻呂、船王、大伴家持らの経歴を振り返ってみる必要がある。そこで件の四人の経歴について、第二節で行った検討の結果をまとめて表示すると、以下のようになる。

年月日（西暦）	紀飯麻呂	中臣清麻呂	船王	大伴家持
経歴・（　）は万葉集の記事	大倭守	尾張守	弾正尹	越中守
天平勝宝3・7・17（七五一）				（少納言）
3・10・22	（左大弁）	（左中弁）	（治部卿）	（少納言）
4・閏3・8（七五二）			治部卿（類聚三代格）	
4・11・3	左大弁か			
5・8・12（七五三）		（左中弁）		（少納言）
5・9・28	大宰大弐			
6・4・5（七五四）	大蔵卿	神祇大副		兵部少輔
6・6・1				
6・7・13		左中弁		
6・9・4	右京大夫			
6・11・1	西海道巡察使			山陰道巡察使
7・2・7（七五五）				（兵部少輔）
9・5・20（七五七）		叙正五位下		

年月日				
9・6・16	右京大夫	┤	大宰帥か	兵部大輔
9・7・4			大宰帥	
9・7・9	右大弁			
9・8・4	参議			
9・8・5	左大弁兼任か			
天平宝字元・12・8（七五七）				
2・2（七五八）		・（式部大輔）		・（右中弁）
2・6・16				
2・8・25	参議紫微大弼左大弁			因幡守
3・7・3（七五九）	┤			
3・11・5	参議義（刑）部卿河内守		信部（中務）卿	
4・正・4（七六〇）			├	
4・正・16	参議美作守			
6・正・4（七六二）				
6・正・9			（以後、宝字8・10・9記載まで、経歴不明）	信部（中務）大輔
6・4・1	散位か			
6・7・19	薨			
6・8・11		文（式）部大輔		

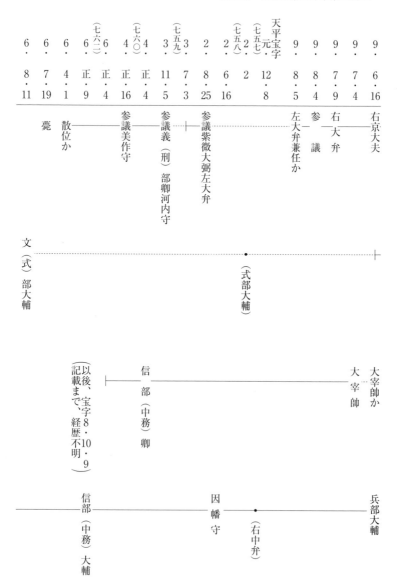

第二節において述べたとおり、紀飯麻呂、中臣清麻呂、船王の三人には、ABの宴よりも後の時期に在任していた職名が記されている。したがって、ABを含む四二五七～四三二〇が集成された時期は、三人の職名記録が示す時期のいずれかに対応するものと見ることができる。この三人の中で、中臣清麻呂だけは、双方の集宴に参加しており、そのいずれにも「左中弁」という職名を伴って記されている。よって、ABの属する歌群の集成時期を考える場合に、まずは清麻呂の職名「左中弁」に注目する必要がある。

右の表に示したとおり、清麻呂の左中弁在任は、天平勝宝六年（七五四）七月十三日～同九歳（七五七）六月十六日の間にあたる。しかし、四二五七～四三二〇が天平勝宝六年末までの作品を含むことから見て、清麻呂の左中弁在任時期において、件の歌群の集成に対応するのは、天平勝宝七歳（七五五）以降となる。そこで、職名に問題のある他の二人について、この時期の官職を見ると、船王は治部卿であったと考えられ、これはAの宴歌に記されている船王の職名「治部卿」と符合している。ところが、残る紀飯麻呂については、この時期、左大弁であったとは考えられず、したがって、件の歌群の集成時期を天平勝宝七歳～同九歳六月十六日の間と見る場合、飯麻呂の職名「左大弁」をどのように扱うかが問題となる。

紀飯麻呂は、天平勝宝六年（七五四）九月四日に右京大夫に任じられ、ついで二ケ月後の十一月一日には、西海道巡察使を拝命している。巡察使については、職員令（太政官条）に次のような規定がある。

　巡察使、掌《コト》巡《めぐり》㆓察《みム》諸国《ヲ》㆒。不㆓常《ニシモ》置《カ》㆒。応㆓須《クハ》巡察㆒、権《かりニ》於《ニシテ》㆓内外官㆒取《リテ》㆓清正灼然《ナル》者《ヲ》㆒充《テヨ》。巡察事条《ノ》及使人数《ハ》、臨時《ニ》量《リ》定《メヨ》。

右の条によれば、巡察使は、他の官職との兼任で必要に応じて臨時に置かれる官である。その職掌の中心は、国郡司の治績や諸国の百姓の実状などを監察することにあり、奈良朝中期に政権を担当した橘諸兄や藤原仲麻呂は、巡察使の意義を重視する態度をとっていたことが明らかにされている。[12] この役割を担う巡察使に任じられたことによって、飯麻呂の主要な職務は西海道巡察使の任となり、その間、兼任であった右京大夫の職務からは、いったん離れることとなったものと考えられる。飯麻呂がこのような状況にあった天平勝宝六年十一月一日以降と、件の四二五七～四三二〇が集成されたと見られる天平勝宝七歳～同九歳六月十六日の間とには、重なり合う時期がある。その歌群がまとめられたときに、飯麻呂が巡査使の任にあったのであれば、Aの題詞には飯麻呂の主たる職務である西海道巡察使の職名を掲げなければならない。しかし、巡察使の職名を記したとすると、Aの宴歌は、西海道諸国の行政監察を行う任にあたる人物が都の宅で宴を催していたという不自然な体裁をとることになる。したがって、その場合には、四二五七～四三二〇の中で、Aの題詞の飯麻呂については職名が掲げられていなかったものと見るべきであろう。

もっとも、天平勝宝六年次の巡察使については、畿内及び七道に派遣された八名がいつその任を終えたのか明らかではない。飯麻呂の場合、西海道巡察使について知られる経歴は、天平勝宝九歳（七五七）六月十六日条の右京大夫任官記事となる。その時までに巡察使の任を終えていたとすれば、飯麻呂は、おのずと巡察使任官以前の官職であった右京大夫の任に復したはずである。であれば、件の六月十六日の任官記事は、飯麻呂が右京大夫にひき続いて任じられたことを示している。同じ官職への再任を記す記事は、『続日本紀』において他に三十四例見られる故、飯麻呂の再任記事もその点では不審とするにあたらない。[13] だが、天平勝宝九歳六月十六日は、四二五七～四三二〇が集成された下限でもある。それ以前に飯麻呂が右京大夫の任に復していたとすると、Aの題詞には、右京大夫の職名が掲げられたはずという見方も成り立つことになる。しかし、いったん記された職名を、飯麻呂だけに限ってさらに「左大弁」と改める必然性はないであろう。よって、天平勝宝六年末までの歌稿を含む四二五七～四三二〇が集成されたのは、同七歳以降で飯麻呂が西海道巡察使の任にあった時期であると見られ、(14)したがって、Ａの題詞の「左大弁」は、四二五七～四三二〇が集成された後に呼び込まれた職名であると考えることができる。

ただし、このような見方に立つ場合に、考慮しなければならないことがある。それは、四二五七～四三二〇の集成時期の上限と見られる天平勝宝七歳（七五五）以前に、飯麻呂が左大弁の任にあった時期があることである。第二節において述べたとおり、飯麻呂は、二度にわたって左大弁の任についたものと見られるが、その最初の左大弁在任は、天平勝宝四年（七五二）十一月三日～同五年（七五三）九月二十八日の間と考えられる。それ故、Ａの題詞に記されている「左大弁」は、この時の左大弁在任に対応するものと見ることもできる。この考えに従えば、四二五七～四三二〇をとりまとめるにあたって、飯麻呂については、記憶によって職名を記したことになる。しかしながら、こうした考えには無理がある。件の歌群がまとめられた天平勝宝七歳～同九歳の頃までに、飯麻呂は、左大弁に限らず、大倭守（天平勝宝元・二・二十七）、大宰大弐（同五・九・二十八）、大蔵卿（同六・四・五）、右京大夫（同六・九・四）などの官を歴任しているからである。それらの官職の中で、左大弁だけに注目する理由はない。よって、いったん集成された四二五七～四三二〇の歌群においては、飯麻呂には名のみが掲げられていたものと思われる。

以上のように見てくると、Ａの題詞の「左大弁」は、四二五七～四三二〇が集成された下限である天平勝宝九歳六月十六日以降、同九歳（七五七）八月五日～天平宝字三年（七五九）七月三日の間に飯麻呂が再び在任した左大弁に対応する職名記録であると考えられる。しかしながら、飯麻呂は、天平勝宝九歳八月四日に参議に任じられている故、翌八月五日以降に求められる左大弁在任は、終始、参議との兼任であったはずである。さらに、

『続日本紀』天平宝字二年（七五八）八月二十五日条に飯麻呂の職名が「参議紫微大弼兼左大弁」と記されていることから見て、右の左大弁在任の間には、紫微大弼をも兼任していた時期がある。したがって、Aの題詞の「左大弁」が、天平勝宝九歳八月五日～天平宝字三年七月三日の間に書き加えられたとすると、当時飯麻呂が在任していたと見られる件の三つの官職の中で、何故、左大弁が他の二つの官職に優先して記されたのかが問題となる。

　そこで注意されるのは、末四巻に見られる職名記録において、参議や紫微中台の官を職名として掲げる例がきわめて少ないことである。[15] 当時、参議や紫微中台の官についていたと考えられる人物の職名記録九例のうち、それらを職名として掲げるのは、次の二例にすぎない。[16]

　　春日祭レ神之日、藤原太后御作歌一首
　即賜二入唐大使藤原朝臣清河一　参議従四位下遣唐使　（十九・四二四〇題詞）
　右一首勅使紫微大弼安倍沙美麻呂朝臣　（二十・四四三三左注）

　右のうち、前者は題詞の下に「参議」という職名が記されている場合である。これは、題詞本文に対する脚注と見られ、元暦本、神宮文庫本、細井本などのように、この注記を持たない伝本も存在する。したがって、ここで表立って掲げられている清河の職名は、あくまでも題詞に記されている「入唐大使」であると考えられる。清河について見られる他の三例の職名記録が「大使」（十九・四二四一題詞、四二四四題詞）、「入唐使」（十九・四二六四～六五題詞）であって、参議について触れるところがないことも右の考えを保証する。後者に見える安倍沙美麻呂については、当時、他の官職を兼任していた形跡がない。よって、ここは唯一の官である「紫微大弼」を記すほかはなかったのであろう。

　以上の二例のように例外的に参議や紫微中台の官を職名として記す場合を除くと、残る七例は、いずれも参議や紫微中台の官と他の官職との兼任であった場合である。それらは、参議や紫微中台の官を職名として記すことはない。

橘奈良麻呂（参議）
　但馬按察使橘奈良麻呂朝臣（十九・四二七九〜八一題詞）
　兵部卿橘奈良麻呂朝臣（二十・四四四九〜五一題詞、四四五四題詞）
石川年足（参議）
　式部卿石川年足朝臣（十九・四二七四左注）
藤原仲麻呂（紫微令）
　大納言藤原家（十九・四二四二題詞、四二六八題詞、二十・四二九三〜九四左注）

等々。周知のとおり、紫微中台は、天平勝宝元年（七四九）の孝謙天皇即位後に、皇后宮職を拡大して新たに設けられた令外の官である。また、参議については、『続日本紀』大宝二年（七〇二）五月二十一日条に記されている大伴安麻呂ら五人の「参議朝政」を初見とする。さらに、天平三年（七三一）十二月四日に参議の食封が八十戸と定められた（『公卿補任』）ことによって、参議が正官（職事官）となったと見る説(17)がある。しかし、この時にも参議には依然として相当する位階が定められていない。それ故、参議については、平安初期に至ってその性格が令制の官職に近づくまで、(18)「議政官の内部でなお流動的な地位を占めていた(19)」という指摘に従うべきであろう。こうした事情が与って、末四巻では、紫微中台の官や参議が職名として表立って記されなかったのだと思われる。このように考えると、当面のAの題詞に職名を書き加える際に、当時飯麻呂が在任していた参議・紫微大弼・左大弁の中では、令に定められている官職である左大弁がおのずと他の二つに優先して採られることとなったものと見てよいであろう。

以上の検討を通してみると、四二五七～四三二〇には、天平勝宝七歳（七五五）～同九歳（七五七）六月十六日の間と、同九歳八月五日～天平宝字三年（七五九）七月三日の間との二度にわたって手が加えられたことが推定される。このうち、前者は、四二五七～四三二〇をとりまとめた段階にあたる。船王の「治部卿」及び中臣清麻呂の「左中弁」は、この段階の歌稿の集成に伴ってＡＢの集宴歌に呼び込まれたと見ることができる。であれば、後者の段階においても、職名を欠いていたＡの題詞の紀飯麻呂について、「左大弁」という職名を書き加える必然性を持つような歌稿の整理が家持によって行われたものと考えられる。そこで後者の段階における歌稿整理の実態を知るためには、末四巻について、題詞に記されている職名記録の様相を見る必要がある。

末四巻に見られる題詞の中で、現役の官人の名を掲げている場合は八十九例ある。それらは、人名とともにその人物の職名を記すことを常とし、例外は次の七例しか存しない。[20]

（1）掾久米朝臣広縄之館、饗二田辺史福麻呂一宴歌四首　（十八・四〇五二～五五）
（2）于レ是諸人酒酣、更深鶏鳴、因レ此主人内蔵伊美吉縄麻呂作歌一首　（十九・四二三三）
（3）于レ此大帳使大伴宿祢家持、和二内蔵伊美吉縄麻呂捧レ盞之歌一一首　（同・四二五一）
（4）大伴宿祢家持和歌一首　（同・四二五三）
（5）勅二従四位上高麗朝臣福信一遣二難波一、賜二酒肴入唐使藤原朝臣清河等一御歌并短歌　（同・四二六四～六五）
（6）二十七日林王宅餞二但馬按察使橘奈良麻呂朝臣一宴歌三首　（同・四二七九～八一）
（7）……三月七日、於二河内国伎人郷馬国人之家一宴歌三首　（二十・四四五七～五九）

右七例のうち、（1）は、天平二十年三月に越中に使した田辺福麻呂を迎える宴歌群（十八・四〇三二～六四）に属している。福麻呂については、その歌群の冒頭の題詞に「造酒司令史」という職名が記されている故、（1）では省略に従ったものと思われる。これと同様の事情は、（2）～（4）にも認めることができる。すなわち、（2）は同じ天平勝宝三年正月三日の宴歌（四二三〇～三七）において、また、（3）（4）は家持の帰京時の歌群（四二四八～四二五六）において、すでに、内蔵縄麻呂には「介」（2）（3）、大伴家持には「大帳使」（4）という職名が記されている。よって、ここでは人名のみを掲げたものと見られる。（5）については、第三節で述べたとおり、勅の内容を忠実に引き写している故、他の題詞とは事情を異にする。（7）の馬国人は、左注に散位であることが明記されており、したがって、題詞に職名が記されないのは当然のことといえる。こうして、残るは（6）の林王だけとなる。林王については天平十五年（七四三）六月三十日に従五位下で図書頭に任じられた（『続日本紀』）ことが知られるものの、以後いかなる官職についたのか明らかではない。しかし、右の（1）～（7）を除く八十二例がすべて職名を掲げていることを考慮すれば、むしろ、（6）の林王は、当時官職を持たなかったと見るのが穏当であろう。

以上のように、題詞に職名を記さない（1）～（7）には、いずれも例外となる必然性を認めることができる。よって、これら七例を除くと、末四巻に見られる題詞は、現役の官人の名を記す場合には必ず職名を掲げるという原則を貫いていることが知られる。いうまでもなく、このような原則によって整えられた題詞が、すべて歌稿の段階で掲げられていたとは思われない。一貫した原則によって題詞の体裁を整えることは、歌稿を歌巻へと編纂する段階において行われるのが一般であろう。

このように考えると、Aの宴歌の題詞に記されている「左大弁」という職名の持つ意味が明らかになる。右の考えに従えば、Aの題詞に紀飯麻呂の職名「左大弁」が呼び込まれることとなったのは、歌巻編纂に伴って生じた要求の結果であると見ることができる。つまり、このことは、件の「左大弁」に対応する飯麻呂の左大弁在任時期、すなわち、天平勝宝九歳（七五七）八月五日〜天平宝字三年（七五九）七月三日の間に、Aの宴歌を含む歌巻である巻十九が編纂されたことを示している。(21) ここに至って、天平勝宝七歳（七五五）〜同九歳六月十六日の間にいったん集成された四二五七〜四三二〇の歌群は、分断され、その前半部にあたる四二五七〜四二九二が一巻の歌巻の掉尾を飾ることとなったものと考えられる。

五　職名記録の意義

以上、十九・四二五七〜二十・四三二〇について、家持による二度の整理が行われ、その結果、巻十九が成立するに至ったという見通しを述べてきた。AB二つの集宴歌に見える職名記録は、その過程に伴って呼び込まれたものと見ることができる。こうしてみると、Aの宴歌に時期の上で矛盾する職名記録が同居することとなったのは、四二五七〜四三二〇がこのような次第を経たことによる必然の帰結であったと考えられる。

しかしながら、四二五七〜四三二〇の中で、歌稿整理の過程に対応する職名記録を持つ作品は、ABだけに限られる。それらを含む四二五七〜四三二〇の歌稿が、伝聞歌（十九・四二六二〜六五、二十・四二九三〜九四）を別にして、すべて当初から家持によって保管されていたのであれば、件のABに限って職名記録を改める必要はなかったであろう。ABに記されている職名が、宴の当時よりも後の時期に対応していることは、それらの二つの歌稿が、後日、家持のもとに入手されたことを示している。してみると、ABの歌稿の入手時期は、四二五七〜

四三二〇がいったん集成された天平勝宝七歳（七五五）～同九歳（七五七）六月十六日の間であったと見るのが穏当であろう。

　このことに関わって、ＡＢの集宴のいずれにも参加しているのは、中臣清麻呂及び大伴家持の二人であることが注意される。ＡＢの歌稿が当初から家持のもとに保管されていたのではないとすると、それらを後日になって家持に提供した人物は、清麻呂であったと見て大過なかろう。さらに、清麻呂については、ＡＢの宴歌において、異なる表記法によって名が記されていることにも触れておく必要がある。家持よりも十七歳ほど年長であった清麻呂は、後年、「暦二居《シ》顕要《ニ》一、見《ル》レ称《セ》二勤恪《ヲ》一」（『続日本紀』薨伝）と記された人物である。してみると、Ｂの集宴に参加した池主、清麻呂、家持の三人の中で、主賓の座を占めるのは、清麻呂であったと見てよい。これに対して、Ａの集宴において中心となる人物は主人紀飯麻呂であり、主賓は船王であったと考えられる。清麻呂は、ここでは招かれた客の一人として、家持と同じ立場に置かれている。ＡＢ二つの集宴の間に見られるこのような状況の相違が、清麻呂の名について異なる表記法を呼び込むこととなったのではないか。つまり、Ｂの宴歌の題詞・左注を整える際に、家持は、一座の中心であった清麻呂に対する敬意をこめて、特に清麻呂の名を賞揚する表記法を用いたものと考えられる。

　ただし、こうした見方にとって、清麻呂の経歴には、注意すべきところが一つある。清麻呂は、天平勝宝九歳（七五七）五月二十日に正五位下に叙せられている故、四二五七～四三二〇が集成された下限である同年の六月十六日までのほぼ一ヶ月の間、従五位上の家持よりも上位であったことが知られる。よって、家持よりも上位の人物には尊称法を用いるという原則をＢの宴歌に適用すれば、四二五七～四三二〇が集成されたのは、その一ヶ月足らずの間であったと見ることもできる。が、これに従えば、Ａの宴歌では、上位であった清麻呂に対して、家持は、故意に尊称法を用いなかったことになる。それ故、この考えには無理がある。であれば、四二五七〜四三二〇が集成された時点では、清麻呂と家持とはともに従五位上であって、Bに見られる清麻呂についての尊称は、集宴の状況と清麻呂に対する敬意とに由来して用いられたものと見るべきであろう。

このような次第で家持がＡＢの歌稿を入手した天平勝宝七歳（七五五）〜同九歳（七五七）六月十六日の間は、折しも、後に発覚することとなった橘奈良麻呂の変に積極的に加担した人々の中には、大伴池主など家持の周囲の人物何人かが含まれていたことが知られる。さらに、この間には、天平勝宝八歳（七五六）五月二日に聖武太上天皇が崩じ、翌九歳（七五七）正月六日には橘諸兄が薨じている。

このような時期に家持が入手したＡＢ二つの集宴歌は、往事への追懐を共有しながら宴に興じた一日（Ａ）や、聖武天皇ゆかりの高円野に遊んだ一日（Ｂ）を記しとどめた貴重な記録であった。しかも、Ａの宴歌は、家持の帰京後、間もない頃の作品である。自らにとって意義深い内容を持つＡＢの歌稿を目にした時に、Ａの宴歌を冒頭に据えて天平勝宝六年末までの歌々をとりまとめる構想が、家持の心中にもたらされたのであろう。[22] ちなみに、天平勝宝七歳の冒頭には、家持によって別途に特別な保管をうけていたと見られる[23]防人歌群（二十・四三二一〜四四三二）が位置している。したがって、家持が帰京後の作品をとりまとめる際には、天平勝宝六年末の歌稿までが恰好の区切りとなる。

四二五七〜四三二〇が集成された事情を以上のように考える場合、越中時代の歌々についても考慮する必要がある。先掲の伊藤氏の論によれば、家持の帰京時までの作品である十八・四〇三六〜十九・四二五六（天平勝宝二年正月二日〜同三年八月）は、日付の様相から見て、歌稿の段階で歌巻に近い形にまで整理されていたことが知られ、それを核として、天平勝宝五年（七五三）～同七歳（七五五）の間に巻十九の編纂が行われたのであろうという。本書がこれまで述べてきたところによれば、巻十九の編纂を天平勝宝五年～同七歳の間と見る点には従いがたいけれども、十八・四一三六～十九・四二五六が早い段階で整えられていたとする指摘は、首肯すべき見解であると思われる。この論を踏まえて家持の歌稿保管の状況を考えると、巻十九の編纂に至るまでの段階において、家持のもとには、越中時代の作品十八・四一三六～十九・四二五六と帰京後の作品十九・四二五七～二十・四三二〇との二つの歌群が存在していたものと見ることができる。

家持は、手もとにまとめられた件の二つの歌群を基にして、現在の巻十九にあたる一巻の歌巻を編むことに思い至ったのであろう。その二つの歌群のそれぞれには、家持の歌人としての到達点を示す秀歌が含まれている。すなわち、越中時代にあたる天平勝宝二年三月初めに詠まれた十二首（四一三九～五〇）と、帰京後の同五年二月末に詠まれた三首（四二九〇～九二）とがそれである。ともに花鳥を詠み込む二つの秀歌群に着目した家持は、それらを巻頭と巻末とに配することに思い至ったのではないか。それによって、完成度の高い歌巻を仕立てようと意図したのだと思われる。(24)

このような意図に基づいて巻十九の編纂が行われたのは、紀飯麻呂の職名「左大弁」から見て、天平勝宝九歳（七五七）八月五日～天平宝字三年（七五九）七月三日の間であったと考えられる。しかし、その時期に関わっては、先に述べた橘奈良麻呂の変が、天平勝宝九歳七月に発覚していることを考慮しなければならない。奈良麻呂の事件によって家持が受けた影響の大きさを思えば、巻十九の編纂が行われた時期は、天平宝字元年（七五七）末頃からと見るのが穏当であろう。家持のもとにある件の二つの歌群が、整理された状態にあったのであれば、それらを基とする歌巻の編纂には、さほどの時日を要しなかったはずである。それ故、家持は、翌天平宝字二年

（七五八）の前半頃までには、巻十九の編纂を終えていたと見てよかろう。このことは、家持が、同二年六月十六日に因幡守に任じられていることからも保証される。述べてきたような歌巻の編纂が都を離れた因幡守在任中に行われたとは思われないからである。

以上、ＡＢ二つの集宴歌に記されている職名記録に着目することによって、四二五七～四三二〇に見られる家持の歌稿保管の状況について見解を述べてきた。そこに見て取ることのできる歌稿から歌巻への過程は、やがて末四巻の編纂に結びつくこととなる家持の歌稿保管が、すべて一様な態度によって行われたのではなく、集積した歌稿に対する整理をくり返しながら歌巻の編纂に至る場合があることを証する一例であるといえよう。そのような過程に相応じて呼び込まれることとなったＡＢ二つの集宴歌の職名記録は、作品を創作する場だけではなく、歌稿に手を加え歌巻を編むことによっても、家持が歌の世界に積極的に関わる姿勢を持ち続けていたことを示している。

注

（1）「万葉集巻十七の編修年月日について」（『国語学』第一二〇集、一九八〇年三月）、「万葉集巻十七以降の成立について―様式と使用字母の特徴を中心に―」（『学習院大学研究年報』第二八号、一九八二年）

（2）「万葉集末四巻歌群の原形態」（『万葉集の構造と成立　下』塙書房、一九七四年、初出一九七〇年）、「家持歌集の形成―巻十七～巻二十の論」（同書、初出一九六九年）

（3）注1論文「万葉集巻十七以降の成立について」

（4）『元暦校本万葉集』巻第十七の一考察」（『武田祐吉著作集　第五巻』角川書店、一九七三年、初出一九三二年）

（5）「万葉集古写本に於ける校合書入考―仙覚本にあらざる諸本を中心として―」（『国語国文』第一一巻第五号、一九三一年五

月）

（6）「巻十七に見られる対立異文の発生」（『万葉集論考』臨川書店、二〇〇〇年、初出一九六三年）

（7）「元暦校本万葉集巻十七の一性質」（『万葉』第一〇号、一九五四年一月）

（8）注2論文

（9）巻十七には、天平二十年の年次が三九六五〜六六左注と、四〇一七〜二〇左注との二回記されている。三九六五〜六六は天平十九年次の作品であることから見て、左注の年次は伝来途上の誤りであると判断され、したがって、巻十七における天平二十年の年次は、四〇一七〜四〇二〇左注のみとなる。

（10）山﨑健司氏は、巻二十巻頭の「幸₂行於山村₁之時歌二首」（二十・四二九三〜四二九四）を巻二十の最終的な編纂時に補われたと見て、それ以前にまとめられていた巻二十の原形本では、本章のいう集宴歌B（四二九五〜四二九七）が冒頭に置かれていたとの見方を示している（「歌群のありようから見た巻二十」『大伴家持の歌群と編纂』塙書房二〇一〇年、初出二〇〇五年。「年次の標記」同書、初出二〇〇五年）。これに従えば、集宴歌Bの題詞に記された「天平勝宝五年」という年次は、氏のいう巻二十原形本がまとめられた時点で付されたという見方が成り立つ。

（11）徳田浄『万葉集撰定時代の研究　主要篇』（目黒書店、一九三八年）

（12）林陸朗「巡察使について」（『上代政治社会の研究』吉川弘文館、一九六九年）

（13）『続日本紀』において、巡察使となったことが知られる三十一名の中で、巡察使の任を終えて元来の官職に復した後、ひき続いてその官職に任じられたことが明らかな例は、件の飯麻呂の場合しか存しない。その点で、『続日本紀』天平勝宝九歳六月十六日条に見える飯麻呂の右京大夫再任は、特異な場合であるといえる。しかし、六月十六日には、飯麻呂を含む官人の大幅な異動が行われている。この異動については、橘奈良麻呂の変に備えた藤原仲麻呂の意向が反映している（岸俊男『藤原仲麻呂』吉川弘文館、一九六九年）と見られ、飯麻呂の右京大夫再任にも、そのような特別な状況が与っているものと思われる。なお、仲麻呂が変に備えて意図的に飯麻呂を右京大夫に任じたと見る指摘（木本好信「紀飯麻呂と仲麻呂政権」『藤原仲麻呂政権の研究』みつわ、一九八一年）もある。

（14）新古典文学大系『続日本紀』補注の指摘に従って、巡察使の任官からその成果が現れるまでの期間を知ることができる例を表示すると次のとおりである。

任官	成果		期間
①文武3・3・27（畿内）（六九九）	文武4・8・22（七〇〇）	巡察使奏状によって、叙位、賜封	六ケ月
3・10・27（諸国）			
4・2・22（東山道）			一年六ケ月
②大宝3・正・2（七道）（七〇三）	大宝3・11・16（七〇三）	太政官処分	十ケ月
③神亀4・2・21（七道）（七二七）	神亀4・12・20（七二七）	復命	十ケ月
④天平10・10・25（七道）（七三八）	天平11・6・23（七三九）	善政により、出雲守褒賞	八ケ月
⑤天平16・9・15（畿内七道）（七四四）	天平17・4・27（七四五）	巡察使上奏によって、免田租、大赦	七ケ月
⑥天平宝字2・10・25（諸道）（七五八）	天平宝字3・12・4（七五九）	検田	一年二ケ月
⑦天平宝字4・正・21（七道）（七六〇）	天平宝字4・5・19（七六〇）	賑給、検田	四ケ月
	4・11・6	大赦、復除	
	5・7～8	七道巡察使奏状	一年六ケ月
⑧天平神護2・9・23（畿内七道）（七六六）	神護景雲2・3・1（七六八）	巡察使言上	一年六ケ月

右に表示した期間から見て、巡察使の任は、数ケ月～一年半ほどであったと考えて大過なかろう。また、天平勝宝六年十一月一日に大伴家持が山陰道巡察使に任じられているが、家持は、同七歳二月七日から始まる防人歌群（二十・四三二一～四四三二）において、「兵部少輔」として記されている故、その頃までには山陰道巡察使の任を終えていたはずである。したがって、家持の場合の任期は、三ケ月ほどであったと見てよいであろう。これらの例を考慮すれば、飯麻呂の西海道巡察使の任期は、長くとも天平勝宝六年十一月一日から一年半ほどの間であったものと考えられる。それ故、四二五七～四三二〇が集成さ

れた時期は、天平勝宝七歳～八歳前半頃と見ることができる。

(15) 巻一～十六において、参議であったと見られる人物は、次の一例のみである。

大宰帥大伴卿、贈三大弐丹比県守卿遷二任民部卿一歌一首　（四・五五五題詞）

県守は、大宰大弐であった天平元年二月十一日に権参議に任じられている。よって、右の例において、県守に参議という職名を記すことも可能であったといえる。しかし、当時、県守は権参議であったこと、また、右の題詞は、大宰帥が大弐の遷任に際して歌を贈った次第を記していることなどを考慮すれば、ここにあえて参議の職名を掲げることには無理がある。したがって、ここは右のように「大弐丹比県守卿」と記されるべきところであると考えられる。

(16) ただし、藤原仲麻呂については、大納言兼紫微令であった時期にはすべて「大納言」と記され（十九・四二四二題詞、四二六八題詞、二十・四二九三～四二九四左注）、紫微令が紫微内相と改められてからは、すべて「内相」（二十・四四八七左注、四四九三題詞、四五一四題詞）と記されている。これは、詔によって紫微内相が大臣に准じると定められた（天平勝宝九・五・二十）ことと関わる現象であると考えられる。

(17) 竹内理三「『参議』制の成立」（『律令制と貴族政権　一』御茶の水書房、一九五七年、初出一九五一年）

(18) 今江広道「『令外官』の一考察」（『続日本古代史論集　下』吉川弘文館、一九七二年）

(19) 野村忠夫『律令政治の諸様相』第四章（塙書房、一九六七年）

(20) 二十・四三〇二～四三〇三には、「三月十九日、家持之庄門槻樹下宴飲歌二首」という題詞が掲げられている。この場合、氏・姓がともに省略されていることから見て、あえて簡略な形をとったことは明らかであり、したがって、家持の職名が記されていないことも、不審とするにはあたらない。

(21) 『続日本紀』天平宝字六年七月十九日条に見える紀飯麻呂の薨伝には「仕至二正四位下左大弁一。拝二参議一。授二従三位一」と記されている。この「左大弁」は、「正四位下」という位階から見て、飯麻呂の二度目の左大弁在任（天平勝宝九・八・五～天平宝字三・七・三）を指すものと見てよい。飯麻呂は、その後、義（刑）部卿などの任についているにもかかわらず、薨伝には左大弁在任だけが記されていることは、飯麻呂と左大弁という官職とが深く結びついて記憶されていたことを示唆するものとも考えられる。これに従えば、飯麻呂の二度目の左大弁在任時期よりも後に、記憶によって「左大弁」という職名がAの題詞に書き加えられたという見方も成り立つことになる。しかし、右の薨伝は、どのような資料に基づいて作成されたのか明らかではなく、したがって、飯麻呂と左大弁との結びつきが、さほど強いものであったかどうか判断することはできない。それ故、Aの題詞の「左大弁」は、飯麻呂が実際に左大弁の任にあった時期に記された職名であると見るのが穏当であると思われる。

(22) 聖武太上天皇及び橘諸兄の他界とその影響とを重視する立場に立てば、ＡＢを含む歌群（四二五七〜四三二〇）の集成が行われた時期は、太上天皇の崩御以前、すなわち、天平勝宝八歳五月より以前と見るべきかと思われる。であれば、その時期は、注(14)において述べた紀飯麻呂の西海道巡察使在任時期とほぼ一致することになる。

(23) 伊藤博「防人歌群」（『万葉集の歌群と配列　下』塙書房、一九九二年、初出一九八四年）

(24) 伊藤博「家持の手法」（注23書、初出一九八三年）

第三章　表記の様態と歌巻編纂

一　巻十九表記の特徴

本章では、巻十九の表記の基調となっている表意表記の使用率に目を向けて表記の様相を検討し、そこから知られる巻十九の成立に関わる具体相の一端を考察する。具体的な調査の結果を提示する前に、先行研究とこれから述べる調査の方法について確認しておきたい。

巻十七から巻二十の中で、巻十七・十八・二十の三巻が表音表記を主体とする表記法で記されているのに対して、巻十九のみは、表意表記を主体とする表記法をとる。この現象をめぐり、従来、さまざまな見解が示されてきた。それらは、次の三つに整理される。

第一は、巻十七以降に全般的な書き改めが行われたと考える説である。これは早くに池上禎造氏(1)が示唆し、さらに塩谷香織氏(2)が用字や形態についての詳細な調査を基に、書き改めを視野に入れた独自の成立論を示している。

第二の説は、巻十九は原資料のまま書き改めは行われていないと見る古屋彰(3)、北島徹(4)、毛利正守(5)の三氏の論である。この中で古屋、毛利両氏の論は、巻十七・十八について書き改めを想定する点で軌を一にしているものの、その論拠の面では対照的といえる。すなわち、古屋氏が巻十九は普段の表記で他の三巻が表立った意識による表記と見るのに対して、毛利氏の論は、巻十九の様態こそ家持の創作意欲の充実が作歌の当初からとくに訓字主体表記を取らせた結果であると捉えている。さらに毛利論文は、それが巻十七冒頭部三十数首と巻五後半部との表記のあり方に類似していることを指摘する。これは巻十九のみならず、末四巻全体の成り立ちを考える上で重視すべき指摘である。

これらに対して、伊藤博氏(6)は、巻十七以下四巻についての成立論を展開する中で、第三の見解というべき巻十九書き改め説を提示している。これは、訓字主体表記が表向きの文芸的記載法、一字一音式の表記が日常的実用的な記載法であるとの認識に立って、自らの自信作を含む巻十九を高く評価する家持の姿勢が、訓字主体表記を基調とする書き改めを行わせたと説く。

右の諸研究の中で、巻十九の表記の様相について、表意表記の比率に着目した研究は、伊藤氏の論及び北島氏の論である。あらためて両氏の方法を紹介すると、伊藤氏の論は、巻十七から巻二十の四巻について、一首の総字数に占める表意表記としての文字数を調査し、巻十九では家持筆録と想定される歌と家持以外の筆録と思われる歌との間に表意文字率に差異が見られないことを指摘して、巻十九が家持によって書き改められたことの根拠としている。北島論も一首の総文字数に対する表意文字数の比率を求めているが、そこに筆録者ごとの固有の違いは認められないとして、表意文字の比率が巻十九の書き改めの当否を判断する有効な視点にはならないと述べ、書き改めを否定している。

このように、両氏の論ともに表意表記が一首の中で占める比率を調査し、その結果から筆録者の異なりによる比率の違いの有無を求めるという方法を論の柱のひとつとしている。しかしながら、その中では巻全体としての表記の傾向性については、詳しくは言及していない。そこで、本章では巻全体の表記の様相を考慮して、巻十九の表記の問題について考察を試みる。そのために、まずは巻十九に用いられている自立語を中心とする語彙について、一首の中での総語彙数に対して表意表記が占める率を調査した。表1がその結果である。(7)

表1に示した歌ごとの表意表記率を一覧して知られるように、巻十九は、全巻を通して表意表記を基調として

表1

番号	%
4139	91.6
4140	90
4141	85.7
4142	100
4143	100
4144	100
4145	100
4146	75
4147	60
4148	60
4149	90.9
4150	83.3
4151	100
4152	80
4153	69.2
4154	60.7
4155	46.1
4156	69.7
4157	72.7
4158	72.7
4159	90
4160	71.0
4161	61.5
4162	71.4
4163	46.1
4164	57.4
4165	80
4166	69.5
4167	80
4168	66.6
4169	65.5
4170	63.6
4171	100
4172	80
4173	75
4174	90.9
4175	60
4176	81.8
4177	82.0
4178	90
4179	76.9
4180	80
4181	81.8
4182	77.7
4183	90
4184	55.5
4185	82.3
4186	77.7
4187	70
4188	70
4189	61.8
4190	41.6
4191	58.3
4192	80
4193	88.2
4194	77.7
4195	77.7
4196	50
4197	91.6
4198	63.6
4199	83.3
4200	63.6
4201	81.8
4202	91.6
4203	70
4204	60
4205	64.2
4206	75
4207	53.4
4208	80
4209	0
4210	0
4211	82.3
4212	90
4213	69.2
4214	87.1
4215	100
4216	100
4217	88.8
4218	80
4219	80
4220	0
4221	0
4222	0
4223	9.09
4224	66.6
4225	80
4226	100
4227	100
4228	60
4229	100
4230	90
4231	75
4232	90
4233	90.9
4234	91.6
4235	60
4236	88.6
4237	80
4238	100
4239	80
4240	92.8
4241	90.9
4242	100
4243	88.8
4244	100
4245	67.7
4246	84.6
4247	66.6
4248	100
4249	83.3
4250	81.8
4251	90
4252	90.9
4253	81.8
4254	79.1
4255	100
4256	100
4257	91.6
4258	91.6
4259	60
4260	72.7
4261	80
4262	16.6
4263	33.3
4264	91.4
4265	100
4266	70.3
4267	72.7
4268	90.9
4269	87.5
4270	44.4
4271	84.6
4272	90.9
4273	60
4274	72.7
4275	81.8
4276	77.7
4277	84.6
4278	22.2
4279	66.6
4280	44.4
4281	40
4282	77.7
4283	77.7
4284	50
4285	72.7
4286	55.5
4287	62.5
4288	54.5
4289	50
4290	63.6
4291	18.1
4292	50

いる。ところが、その中に表意表記率が０％、つまり一首がほとんど表音表記で記されている歌が存在する。次の六首がそれである。

詠二霍公鳥歌一一首并短歌　（四二〇九～四二一〇）

右廿三日掾久米朝臣廣縄和

従二京師一来贈歌一首并短歌　（四二二〇～四二二一）

右二首大伴氏坂上郎女賜二女子大嬢一也

九月三日宴歌二首

右一首掾久米朝臣廣縄作之　（四二二二）

右一首守大伴宿祢家持作之　（四二二三）

右の中で四二二三は、表１の数値の上からは表意表記が一割弱で、第一例から第五例までとは質を異にするように見える。これは、

安乎尓与之　奈良比等美牟登　和我世故我　之米家牟毛美知　都知尓於知米也毛

と記される第二句の「奈良」を地名一般の処理に倣って表意表記として扱ったための結果であり、表記法の上からは、右に示したようにすべて一字一音式の表記法で記されている。四二二二は、四二二三と同じ宴の歌であり、ここは二首ともに同じ表記の質を持つものと見なして大過ない。

さて、こうして件の六首は、表意表記を基調とする巻十九の中にあって、きわめて異質な性質を持つといえる。この六首の表記の特異性の由来について、先掲の池上禎造氏の論は、四二〇九～四二一〇及び四二二〇～四二二一がそれぞれ家持や妻の坂上大嬢に宛てた贈歌であることに着目して、それらは贈られたままの表記の姿を残し

たかという。もっとも、四二二〇〜四二二三について、この部分全体が後に書き改められたかとの推測も述べられていて、いずれの見解も可能性の示唆にとどまる。以後にこれら六首の表記について触れている諸論考は、贈歌四首については池上氏の見解を踏襲して贈り手の表記を残したものとし、宴歌二首の場合は追記といった理由を想定している。

宴歌については、追記ということと件の二首が表音表記を貫いていることとの関係がもう一つ明らかではなく、検討すべき余地を残すが、贈歌については右の見解に従うべきであろう。故にこれらは必然的な理由を持つ例外とみなされ、基調となる表意表記と連続性をもって捉えることはできない。したがって、巻十九の表記は、表意表記を基調としていると見てよい。ならば、表記の担い手は、第一に表音表記をとるか表意表記を取るかという選択を行い、そこで表意表記を基本的な表記方法として選んだのだと考えられる。そうであるならば、先の六首ほど極端な場合ではないものの、相対的に表意表記率が低い歌については、そこに何らかの事情があることが予想されるところである。それらの中で、とくに巻の前半部に見られる例については、後ほど検討を加えることにしたい。

ただし、従来議論されている巻十九書き改めの問題に関連していえば、右に述べたような表記方法の選択が行われたことが、ただちに例外部分を除いた全巻の統一的な書き改めが行われたことを意味するものではない。もし統一的な書き改めが行われたのであれば、個々の作品に固有の表記の特徴は認められようが、全巻を通じておおむね均質な表記の傾向が存在するのが自然であると思われる。しかし、実際には池上氏の論が指摘するように、巻の後半部には表音表記率の高い歌群の存在がまとまって見出され、表記法に偏りが認められるのである。そこで次に、巻の基調となっている表意表記率の高低が巻全体にわたってどのように分布し、それらがどのような傾向を示しているかを検討する。

二　巻全体の傾向

前掲の表1（歌ごとの表意表記率一覧）をもとに、巻十九内部での表意表記のあり方がどのように推移しているかを図示すると、表意表記率①～③のようになる。

図①～③を一覧して知られるように、巻全体を通じての一定の表記の傾向は認められず、したがって、全巻の統一的な書き改めが行われたとは考えにくい。しかし、このことは、同時に表意表記率の高低に偏りがあることを意味し、ここから推して、巻十九の内部は、その高低の傾向に沿ったいくつかのまとまりに分かれると考えることができる。すなわち、図の示す傾向性から判断して、おおよそ次の三つのまとまりが認められる。

巻の前半部　四一三九～四二一五前後
巻の中間部　四二一五前後～四二五六前後
巻末部　四二五六前後～四二九二

表記の傾向から右のような区分を想定した場合に考慮すべきは、本書第二部第一章、第二章で見たとおり、巻十九が複数次の編纂段階を経て成立したという指摘が行われており、官職名表記の特徴や職名記録の矛盾を追究することによって、その成立過程の一端が具体的に推測されることである。いまその結果のみを述べれば、巻十九が現在見る一巻にまとめられる以前に、四一三六～四二一〇及び四二五七～四三二〇という二つの部分が家持

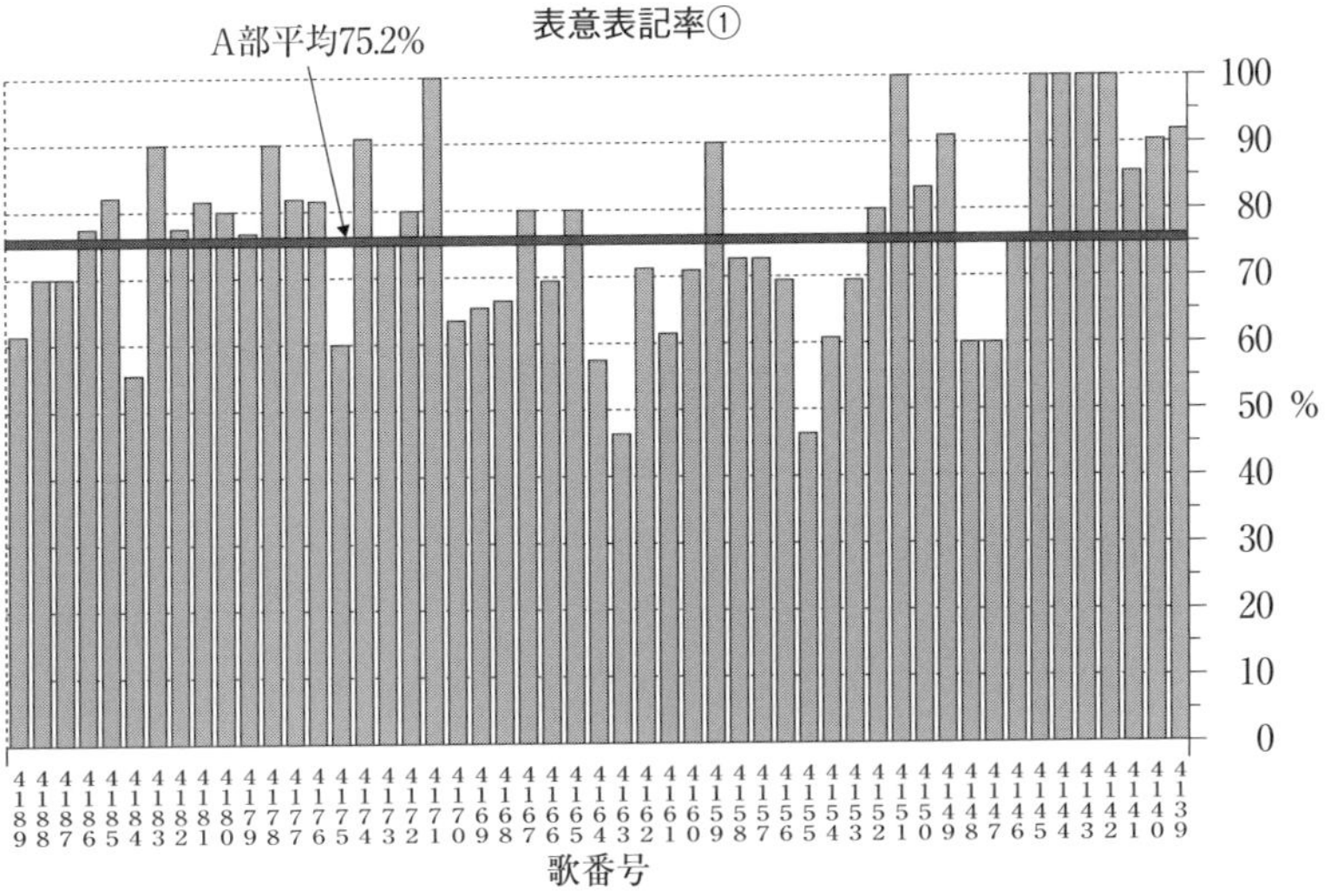
表意表記率①
A部平均75.2%
%
歌番号

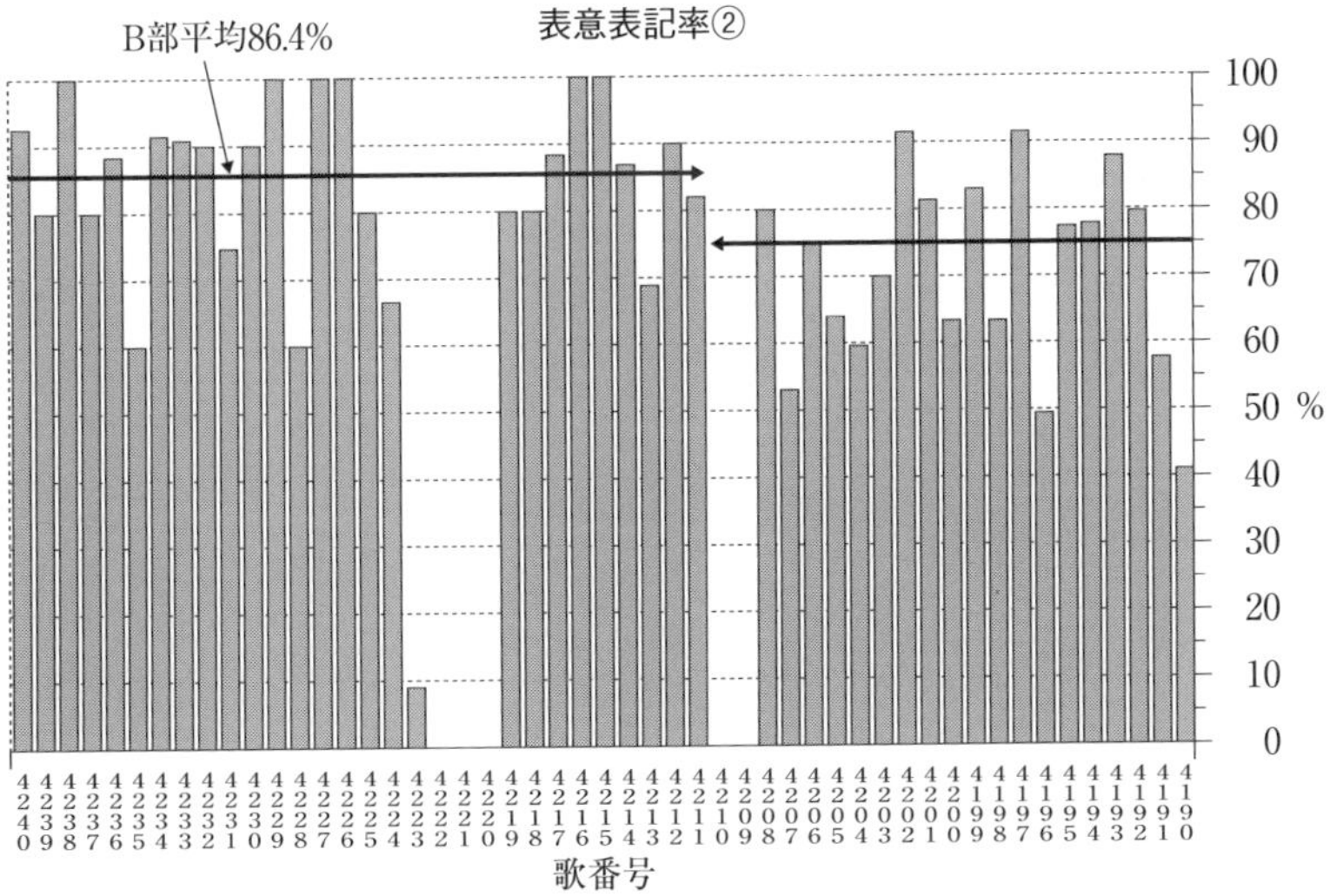
表意表記率②
B部平均86.4%
%
歌番号

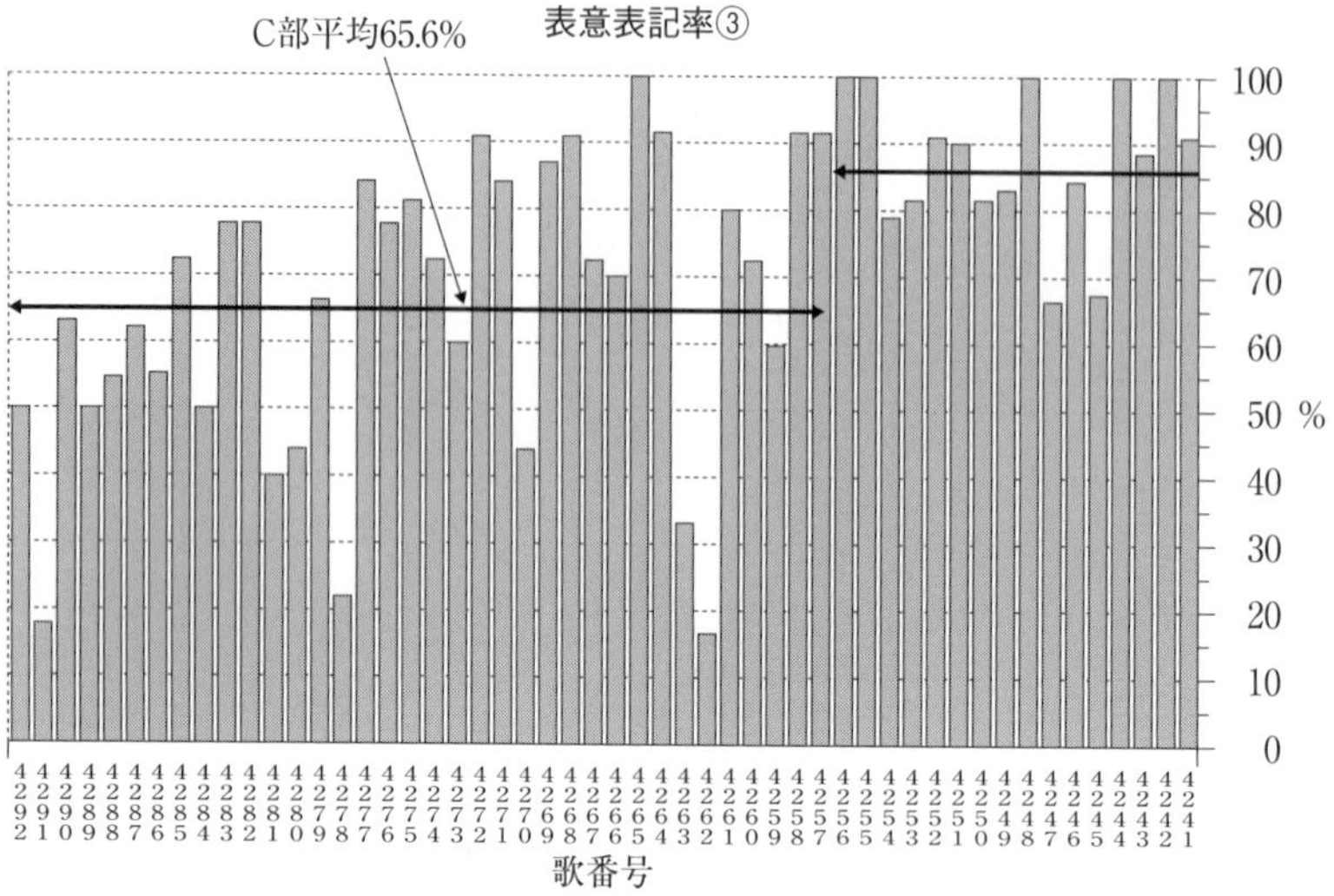

によってとりまとめられていた段階を持つと判断される。しかも、その前者の歌群は、官職名のあり方が家持以外の人物を尊重する姿勢で貫かれ、とくに丹念な清書が施されていたらしい。こうして、巻十九は、この二つの歌群のそれぞれ四一三九～四二一〇・四二五七～四二九二とが柱となり、そこに中間部というべき四二一一～四二五六が加えられて一巻にまとめられたものと考えられる(8)。

　編纂過程に関わるかような見通しに基づいて、便宜上、巻十九を区分し、A部（四一三九～四二一〇）、B部（四二一一～四二五六）、C部（四二五七～四二九二）として示すと、このうちのとくにA部及びC部については、歌群がとりまとめられた経緯から考えて、それぞれの内部で資料性を等しくする集団であると見なすことができる。

　さて、先述の表記の傾向性から知られる三つの区分（巻の前半部・中間部・巻末部）を、右のA部～C部に重ねて見ると、巻の前半部と巻末部とは、編纂段階に基づいて区分したA部・C部の二つの歌群にほぼ対応している。そこでA部～C部の区分に従って、それぞれの部分の表記について表意表記率の平均値を求めると次のようになる。

A部　四一三九～四二一〇（前半部）　七五・二％

B部　四二一一～四二五六（中間部）　八六・四％

C部　四二五七～四二九二（巻末部）　六五・六％

右の平均値を較べてみると、巻の前半部にあたるA部と巻末部にあたるC部とではあきらかに表意表記の率に差が認められる。したがって、表記のあり方から見た場合も、この両者はそれぞれ次元を異にしてとりまとめられた経緯を持ち、その際の表記の様相が現在の巻十九に投影されているものと考えられる。

このように考えると、A・C両部に挟まれた中間部Bについても、なんらかの手が加えられていた可能性が考慮される。表記の面から見るとB部は、表意表記率が八六・四％と三つの区分の中でもっとも高く、その中での様態も図①～③で見る限り、A部やC部と較べて一定しているように見受けられる。しかし、表記の様相とは別に、この部分には家持歌の作者表記の有無や同一の宴席歌群での題詞の形式の異なりなど、形態上の不統一が散見されるところでもある。加えて、遣唐使関係の伝聞歌群（四二四〇～四二四七）や家持の帰京時の歌群（四二四八～四二五六）など、それ自体で独立したまとまりをなしている小集団があり、表記のあり方とそれらの形態及び内容面での特徴を合わせ考える必要がある。

他方、表記の面でB部とは逆の様相を示しているのが巻末部にあたるC部である。先述のようにC部を含む四二五七～四三二〇については、一団としてとりまとめられた段階が想定されるが、それにしてはCの内部で表意表記率が歌群の冒頭から末尾に向けて漸減し、一定の水準を持たないことが注意される。さらに、歌ごとの表意表記率もABC三つの部分の中でもっとも激しい高低差を示している。このような特徴から見て、C部には表記の面では統一的な方針による歌群全体の記録は想定しにくいであろう。内容面では、宴歌の占める割合が多いこと、形態面では、B部と同様の家持歌の記名無記名の混在や、宣命書きによる長歌（四二六四）の存在などが特徴として挙げられる。このようにB・C部については、考慮すべき要素が多岐にわたり、目下のところ、多様な現象を統一的に説明することができない。そこで、ここでは以下、巻十九前半部にあたるA部に焦点をあわせて表記の具体相を検討する。

三　前半部の具体相

（1）前半部の特徴

まず前半部（以下、A部という）の形態及び内容面での特徴を整理しておきたい。この部分で注目されるのは、そこに含まれる七十二首のほとんどが家持の作で占められていることである。家持以外の作品は、都の「留女」から贈られた歌（四一八四）、宴の参加者の歌（四二〇〇〜四二〇四）、久米広縄が家持の作に和した長反歌（四二〇九〜四二一〇）の合計八首に過ぎない。つまり、A部は、内容から見ても資料の均質性が高い集団であるといってよい。しかも、この部分には、時節の花と鳥とを詠み込む歌が全体にわたって連続していることが指摘されている。(9) それら花鳥を詠む歌を含めて長反歌という歌体が積極的に用いられていること（十四作品で計三十五首）も、特徴のひとつといえるであろう。

ここで表記の様相に目を向けると、全体の基調となっている表意表記の平均は、先述のとおり七五・六％である。しかし、これはあくまで数値の上の結果であって、実際には表記率の推移を示した図（先掲①～③）から知られるように、作品によってばらつきがあり、中には表意表記率一〇〇％を占める作品もいくつか見出される反面、平均をかなり下回る作品も散見される。よって、次に表記率のどの段階に多くの歌が属し、どの段階が例外的な層となるのかを知るために、五％ごとの歌数を集計したのが表2である。

表2

％	歌数（首）
0　～5.0	2
5.1～10.0	0
10.1～15.0	0
15.1～20.0	0
20.1～25.0	0
25.1～30.0	0
30.1～35.0	0
35.1～40.0	0
40.1～45.0	1
45.1～50.0	3
50.1～55.0	1
55.1～60.0	7
60.1～65.0	7
65.1～70.0	8
70.1～75.0	7
75.1～80.0	12
80.1～85.0	7
85.1～90.0	6
90.1～95.0	5
95.1～100	6

この表2から見て、五五％以下は五例ときわめて少数なので例外と見なされる。一方、表意表記率が高い層は、平均値の七五～八〇％に属する歌数が十二例と突出しているのを除くと、五五％から一〇〇％までのいずれの段階も六例前後と歌数が一定している。故に、例えば九〇％以上といった高率の層に属する歌も、前半部（A部）の傾向の中では取り立てて例外と見なすべきではなく、平均的な表記のあり方に連続するものと捉えられる。

しかし、それでは表意表記率が五五％以上の歌はすべて一様に扱えるかというと、そうではない。その範囲にあっても、歌ごとによる表意表記率の高低差はかなりの幅を持つといえよう。しかも、そこには表3に示したように、歌体による表記の傾向差が存することも考慮する必要がある[10]。

表3の「表意表記率」の高低は、目安として平均値を基準に置いて表意表記率の高低で歌を振り分けた分類で

表３

	歌数計	表意表記率低	表意表記率高
長反歌	35首	21首	14首
短歌	37首	15首	22首

ある。これによれば、相対的に長反歌では表意表記される語が少なく、対して短歌では表意表記が多く用いられていると考えられる。したがって、長反歌で表意表記率の高い歌と、それとは逆に短歌で表意表記率の低い歌とは、それぞれの歌体の一般的な傾向と異なる様相を持つことになる。

以上のように、表意表記率が五五％未満、長反歌で表意表記率が平均値より高い、短歌で表意表記率が平均値より低いという三つの範疇に属する歌がＡ部全体を貫く表記姿勢とは異なる例外的な歌であると見なされる。もっとも、ここで注意すべきは、用いられている語彙の偏りである。表意表記率が高い長歌にたまたま表意表記でもっぱら記される語彙が多用されているといった場合も想定される。そのように特定の傾向を持つ語彙の偏りが、それら例外的な性格を持つ歌の表記に影響していることもあり得るであろう。その点を確かめるために、長反歌と短歌とを表意表記率の高低で分類し、それぞれの区分で表音表記の語と表意表記の語とがどのように用いられているかを集計した。その結果が表４である。

表の上段の長反歌の場合から見てみる。Ａ部の中で表音表記される語は、表音表記専用の語と表意表音両用の表記が用いられている語とに分かれる。表４から知られるように、長反歌の場合、表意表記率の高低に関わらず、表音専用と表意表音両用との比率はほぼ変わらない。表意表記される語の方は、表意表記率が高い作品よりも低い作品に表意表記専用の語がやや多く用いられている。しかし、比率で見ると前者が五〇％弱、後者は五六％強であり、特徴的な偏りはないといってよいであろう。ついで下段の短歌を見ると、こちらもまた表意表記率の高い作品と低い作品との間で、各々の欄の数値に大きな違いはなく、したがって、用いられている語彙に表記の上

表4

表記種別	表音表記		表意表記	
	表音のみの語	表意表音両用の語	表意のみの語	表意表音両用の語
長反歌 表意率　低	127 54.04%	235 45.96%	247 56.13%	440 43.89%
長反歌 表意率　高	27 56.25%	48 43.75%	110 49.54%	222 50.46%
短歌 表意率　低	30 50.84%	59 49.16%	61 59.80%	102 40.20%
短歌 表意率　高	15 57.69%	26 42.31%	135 60.00%	225 40.00%

で問題とすべき差異はないといえる。

こうして長反歌においても短歌においても、全体としては特定の表記法のみをとる語彙が表意表記率の高い作品、あるいは低い作品に偏って用いられていることはないと考えられる。つまり、ある作品における表意表記率の高低は、ひとつにはその作品に限って、たまたまいずれかの表記法専用語が多く用いられたという場合と、もうひとつには両用の表記をとり得る語を表記する際に、その作品に固有の事情で表意あるいは表音表記をより多く採用したという場合が想定される。特定の表記法をとる語に顕著な偏りがない以上、前者の可能性よりも後者の可能性が高いと思われるが、いずれにしても個々の作品ごとの事情が、そこに全体の傾向と異なる表記の様相を導いたものと考えられる。

（2）例外の考察

以下、例外的な様相をとる歌について、その理由を表記の面から検討したい。まずは、短歌について見てみよう。短歌全体の傾向に反して平均の七五・二％より表意表記率が低い歌が、五五％以下という極端な二例を含めて十五例ある。それらは次の四つの場合に整理される。

a 特に例外とするに及ばないもの（三例）

四一四六、四一七三、四二〇六

b 表音表記のみの語が偏るもの（四例）

四一四八、四一七五、四一九八、四二〇四

c 表意表音両用の表記がなされる語で、表音表記をとる語が多いもの（四例）

四一四七、四一八四、四二〇〇、四二〇五

d 事情不明のもの（四例）

四一五三、四一六三、四一九六、四二〇三

まず、aの三例は、いずれも表意表記率が七五％を示す歌である。平均値の七五・二％をわずかに下回っているものの、とくに表音表記が多用されているわけではない。よって、ここでは検討の対象から除いてよいであろう。この類と事情不明のdの四例とを除いた、残り八例が考察の対象となる。

そこでbの三例だが、例えば四一七五の場合、語彙数九語の中で表音表記は四語、うち三語が表音表記のみの語で占められる。それ故、表意表音両用の表記がなされる一語を表意表記にしたとしても、表意表記率は最大で六六・六％にしかならない。残り三例も同然である(11)。

次にcの各例について述べる。四一四七は、十語中表音表記が四語を占める。その四語「知登里」「河波」「宇倍之許曽」「之努比」のうち、はじめの二語は表音表記のみの語だが、残り二語は表意表音両方の表記がA部にある。それゆえ、この二語であえて積極的に表音表記が採用されているように見えるが、実は「之努比」（四段動詞「偲ふ」）の表意表記は、A部のみならず巻十九を通じて「本郷思追都」（四一四四）の一例のみなのである。「国へし於毛保由」（二十・四三九九）を参照して「ここは（中略）オモヒと訓む方が自然であらう」（『万葉集注釈』）という説もあり、これに従えば、巻十九では「しのふ」は表音表記専用、「おもふ」は表意表記「思」（四一五一）「念」（四一五四）と表音表記（四一五四など）との両用というように書き分けられていたと考えることもできる。そうであるならば、当面の四一四七では表音表記のみの語が三例を占め、表意表記率の平均よりの低さは、表音専用の語が集まった必然的な結果ということになろう。「しのふ」と「おもふ」との書き分けの有無は、表記の様相からだけでは判断できないが、四一四七の場合も、以上のような事情が背後にあることから、積極的に表音表記を選んでいる例と見なすことはできないと思う。

これと同様の方向で考えられるのが、四二〇〇・四二〇五である。四二〇〇には十一語中、表音表記が四語に用いられている。うち三語は表音専用の語なので、表意表音両用の表記の可能性を持つのは「（藤）奈美乎」一語だけである。しかし、この語は四二〇〇を含む同一の宴の中では、三例とも表音表記が用いられ、したがって、実質的には表音表記のみの語といってよい。それ故、四二〇〇に見られる表音表記の語は四語すべて表音表記専用語であると見なされ、この歌は、表音表記率が高く表意表記率が低い必然性を持つといえる。

四二〇五は十四語中、五語に表音表記が用いられ、うち表意表音両用の語は、「三（御）」「射布折（いしきをり）」「伊布（言ふ）」の三例。「三」は、「御代三世」という続きで、いわゆる変字法による表記と見なされ、表音表記（借訓仮名）となる事情が認められる。「布」は、借訓仮名として扱ったが、「重ねる」（『万葉集私注』など）、あるいは「敷く」（『古典大系』など）の意とされる。後者と解すれば、表意的な意図を込めてこの表記を選んだと見ることができる。したがって、この歌で表音表記をあえて選択したといえるのは「伊布」一例だけとなり、表音表記五語のうち、四語はしかるべき理由で表音表記が採用されているといえる。故に、これもまた表意表記率が低い必然性を持つ。

残る四一八四については、用いられている語彙の性格によるのではなく、都の「留女」（家持の妹）からの贈歌であるという事情が与っている。先掲の伊藤博氏の論は、この歌が元来は久米広縄のほととぎすの歌（四二〇九～四二一〇）や大伴坂上郎女の贈歌（四二二〇～四二二一）のように一字一音式で書かれていたものを、身近な身内の気安さから家持が表意表記を少し交える形に書き改めたかという。すでに述べたように巻十九全体の書き改めは想定しにくいが、巻十九で他人から家持に贈られた歌が右の三例しかなく、うち二例が完全な一字一音式の表記法をとることを考慮すれば、伊藤氏の指摘は従うべき見解と思われる。

以上、短歌の場合のa～d十五例のうち、aとdを除いた八例について、一首の中で表音表記が多く用いられ、表意表記率が低くなっている必然性を述べた。次に、長反歌の場合に移ろう。

まずは、表意表記率が五五％以下の歌を含む三組の長反歌について見てみると、四一五五は、表音表記七語のうち二語「麻（之路）」「（麻）之路」が長歌（四一五四）の「真白」に対しての変字法によって表音表記にされたと考えられ、その結果、表意表記率が五五％以下と、長反歌の中でも極端に低くなったのだと思われる。四一九〇の場合も同様の事情が考えられる。残る四二〇七については、身近な同僚の久米廣縄に宛てての贈歌であることが作用しているかとも思われるが、想像の域を出ず、他にこれといった事情を想定することができない。

次に長反歌で表意表記率が平均より高い歌を含む四作品の場合だが、結論を先に述べると、目下のところ、それらの中で例外的な表記の様相を示す必然性が看取されるのは一作品に過ぎない。次に掲げる作品（四一八五～四一八六）がそれである。

詠二山振花一歌一首并短歌

宇都世美波　恋乎繁美登　春麻気氏　念繁波　引攀而　折毛不折毛　毎見　情奈疑牟等　繁山之　谷敝尓生
流　山振乎　屋戸尓引殖而　朝露尓　仁保敝流花乎　毎見　念者不止　恋志繁母　（四一八五）
山吹乎　屋戸尓殖弖波　見其等尓　念者不止　恋己曽益礼　（四一八六）

右の長歌には、六朝詩に倣って同字の「繁」を意識的に重ねて用いる手法が用いられている[12]。そのような視点からこの長歌の表記法を見ると、「繁」のみならず、「恋」「念」「引」「折」「毎」「見」なども、長反歌全体にわたって意識的にくり返し用いられていると考えられる。このような趣向をこらすためには、必然的に表意表記を用いるほかはない。当面の長反歌に見られる表意表記三十五例のうち、こうして意図的に同字を用いている場合が十八例を占める。この作品が高い表意表記率を示すのは、このような事情によると考えられる。残る三作品については、目下のところ、右のような積極的な理由を表記の面で見出すことはできない。

四　表記傾向の意味

以上に述べてきたことをまとめておきたい。巻十九の表記について、自立語を主としてその表記法を一覧すると、一巻が表意表記を基調としつつ、三つの部分に分かれることが知られる。巻の前半部（四一三九～四二一〇）、中間部（四二一一～四二五六）、巻末部（四二五七～四二九二）にあたるその三区分は、作品の形態上の特徴などから推測される巻十九の編纂段階のあり方と合致している。そこで、右の区分の中で巻前半部（A部）の様相を考察すると、そこには歌体の別による表記法の違いが看取される。あくまでも表意表記を基調と見ての相対的な違いだが、短歌は表意表記をより多く用い、長反歌は表音をより多く用いるという傾向が認められるのである。

では、その傾向の意味は何か。短歌に表意表記が多い理由のひとつには、読み易さについての意識があるのではなかろうか。五句三十一音で成り立つ歌体故に、表意表記を比較的多用しても読み手の側に歌の訓みについてのまぎれが生じる惧れが少ない。それとともに、前半部の短歌で表意表記率が語彙のほぼ一〇〇％を占めるような高率の作品が、家持の秀歌と評される巻頭の短歌群（四一三九〜四一五〇）に集中することも注意すべきであろう。すでに多くの論が指摘するとおり、この秀歌群は、家持のきわめて高い創作意識に支えられて成り立っている。そのような作歌に向かう姿勢やそこに見出される手法と、それを表現するためにいかなる表記法を選択するかという問題との関連は、検討を要する事柄であると思われる[13]。

右のような短歌の表記態度は、長反歌の場合にも通じる。先述のとおり、前半部の長反歌は、短歌に比して表音表記を多く用いている。最大で三十七句、最小で十五句から成る長歌を含む十四作品（三十五首）が集中する件の部分では、表意表記を多用すれば、それだけ訓みにくさが増していくことになる。それ故、ここでも読み手への配慮が表音表記の選択を促したのであろう。ただし、長反歌の場合、同一作品中に同じ語彙が重ねて用いられることがままある。そこで先掲の「詠二山振花一歌一首并短歌」（四一八五〜四一八六）のような例を別として、変字法がしばしば用いられることになる。いったん表意表記された語について、次には表音表記を用いるという変字法が長反歌の表音表記の多さを支える一因となっている。

以上のように、巻十九前半部は、表意表記を基調としながら、文字表現の趣向と読み易さへの配慮とを同居させるための工夫が施されている。そのような行為が、個人の手控えの作成といった目的で行われたとは思われない。読み手への意識を常に働かせて表記されているといってよいであろう。表記の面から知られる巻前半部の性格は、本書の第二部第一章、第二章で述べた、家持以外の人物を尊重するという姿勢と同様である。つまり、これらのことは、表記の様相と官職名のあり方との両面から、巻十九前半部が他人への披露を前提としてとりまとめられた段階を持つことを保証すると考えられる。そのような作品群の集成を行った人物、すなわちこの部分の表記の担い手は、家持その人を措いて考えることはできないであろう。現在の巻十九前半部の表記の様相は、右の段階で家持が清書した姿をほぼそのまま受け継いでいるものと思われる。

しかし、件の部分にはそこを貫く傾向性とは一見異なる様相を示す例が存在する。短歌の場合は、歌によってはもっぱら表音表記される語が偏ることも若干あるが、表音表記が比較的多く用いられている十五例中、十一例まではその多用の理由が説明されるので、表意表記を積極的に用いるという短歌全体の方針は認めてよかろう。しかし、長反歌の場合は、例外的に表意表記が多く見られる四作品のうち、目下のところ、表記法の視点からその現象の由来を理解することができるのは一作品（四一八五～四一八六）のみで、残る三作品（四一七七～四一七九、四一八〇～四一八三、四一九二～四一九三）については、表記法の面からだけではそれぞれの作品の表記のあり方を説明することができない。そこで注意されるのは、これらのうち、「詠二霍公鳥并藤花一一首并短歌」（四一九二～九三）には、「家持のほととぎす詠の到達点を示し、他方、越中秀吟の成果をも含んで、画期的な作品となりえている」[14]という高い評価が与えられていることである。このような指摘を踏まえてみると、秀歌と目される表現のあり方と表記との関連をどのように理解するかは、先に述べた短歌による秀歌群の場合に通じる課題であるといえよう。

注

（1）「巻十七・十八・十九・二十論」（『万葉集講座』春陽堂、一九三三年）

（2）「万葉集巻十七以降の成立について―様式と使用字母の特徴を中心に―」（『学習院大学研究年報』第二八号、一九八一年）
（3）「巻十九の書き換えの問題」（『万葉集の表記と文字』和泉書院、一九九八年、初出一九七三年）
（4）「万葉集巻十九は書き改められたか」（『古典と民俗』第三号、一九七六年十一月）
（5）「巻十九の表記と家持の文芸意識」（『万葉集研究』第八集、塙書房、一九七九年）
（6）「家持歌集の形成―巻十七～巻二十の論」（『万葉集の構造と成立　下』塙書房、一九七四年、初出一九六九年）
（7）表1作成の次第は次のとおりである。
・巻十九の自立語、接頭語、形状言二七二八例をもとに、Ⅰ表意表記、Ⅱ表音表記、Ⅲ表意表音混用表記という分類を施す。
・四一三九～四二九二にわたる一五四首について、上記の結果を基に、一首中の語彙数の総計に対してⅠ、Ⅱ、Ⅲそれぞれの占める割合を求め、百分比（％）で表す（表1は、Ⅰ類の数値のみを掲出した）。
・上記の作業過程で、とくに地名などの固有名詞や原義未詳の語の表記法の捉え方が問題となる。また、正訓や義訓と借訓との区別も幅のあるところである。それらについては、井手至「古代の地名と上代語」（『遊文録　国語史篇一』和泉書院、一九九五年、初出一九七六年）、橋本四郎「訓仮名をめぐって」（『橋本四郎論文集　国語学編』角川書店、一九八六年、初出一九五九年）などを参照して適当と判断される分類を行う。
（8）四一三六～四一三八について、塩谷香織氏（注2論文）によれば、件の三首に見られる字母の特徴からみて、それらは巻十九編纂の段階で切り出され現在の巻十八のとる表音主体表記に書き改められたという。従うべき指摘であろう。これと同様に、四二九三～四三二〇も巻十九編纂時に切り出されたものと思われる。
（9）「花鳥歌の展開」（『遊文録　万葉篇一』和泉書院、一九九三年、初出一九八四年）
（10）歌体について長反歌と短歌という分類を用いたのは、ひとつの作品を表記するにあたって、長歌の場合、反歌をも含めた全体の中で表記法が選択されていると考えられるからである。
（11）四一四八について補足する。接頭語「さ」は、A部では表意表記の一例を除いて七例が表音表記される。その一例は「さよふけて」を「三更而」（四一四一）と表記した例で、「さ」は実質的に表音専用語とみなされる。それ故、当面の歌の語彙十語のうち三語までが表音のみの語彙で占められることになる。
（12）小島憲之「天平期に於ける万葉集の詩文」（『上代日本文学と中国文学　中』塙書房、一九六四年）

（13）個々の歌における文字の選択意識について、とくに巻十九巻頭の桃李の歌を対象として作品の内容にまで相渉り考察を加えた論に、小島憲之「むつかしき哉　万葉集—春苑桃李女人歌をめぐって—」『文学史研究』第三五号、一九九四年十二月）があり、巻十九の表記と作品の質との関連を検討する上で貴重な方向を示している。

（14）芳賀紀雄「大伴家持—ほととぎすの詠をめぐって—」（『万葉集における中国文学の受容』塙書房、二〇〇三年、初出一九八七年）

第四章　万葉集の成立と大伴家持

一、万葉集二十巻の成立と家持

本書の第二部では、家持の「歌日誌」と称される四巻の中で、現在の巻十九に注目して歌巻編纂の具体相を追究してきた。その結果、巻十九は大伴家持によって現在見る形に編纂されたと考えられ、ここから他の三巻の成り立ちを見るに、末四巻の編纂者は家持その人であるという推察が導かれる。この見通しに立てば、二十巻全体の末尾に家持の「歌日記」と称される四巻を置いた万葉集二十巻の成立も、やはり家持の手によると考えることができる。ところが、周知の通り、巻二十の巻末歌（四五一六）が詠まれた天平宝字三年（七五九）以降、家持の経歴は激しい起伏を見せる。とりわけ、最晩年の持節征東将軍拝命による陸奥への赴任、そして死の直後に起こった長岡京建設をめぐる藤原種継暗殺事件などが、家持の経歴に大きな影を落とすこととなった。

そこで、本章では、家持の晩年の経歴とそれを取り巻く歴史的な状況に目を配りつつ、万葉集二十巻の成立の問題を取り上げる。この問題に光を当てることによって、本書が追究してきた家持の文学的な営為がいかなる結実を見たのかを明らかにしたい。

二　長岡京造営と藤原種継暗殺事件

桓武天皇に重用された藤原種継は、藤原式家の出身で、暗殺事件が起きた前年の延暦三年（七八四）には正三位中納言兼式部卿となり、さらに造長岡京使の長官を兼ねていた人物である。この人物が長岡京建設のただ中で暗殺されたという事件は、正史である『続日本紀』と、正史の抄出による『日本紀略』に記録が残されている。この二つの記録に関しては、『日本後紀』弘仁元年（八一〇）九月十日条の宣命に言及がある。

[a]又続日本紀に載する所の崇道天皇と贈太政大臣藤原朝臣との好からぬ事を、皆悉く破り却て賜てき。而して更に[b]人言に依て、破り却てし事を本の如く記し成ぬ。此もまた礼无き事なり。[c]今前の如く改め正せる状、参議正四位下藤原朝臣緒嗣を差して、畏み畏みも申賜くと奏す。（この条、宣命書の原文を改めた）

右は、件の宣命の末尾部分で、嵯峨天皇が薬子の変の終息と、首謀者である薬子と藤原仲成の処分を桓武天皇陵（柏原陵）に報告した後の記述である。ここでは、桓武天皇が早良親王（崇道天皇）と種継に関する『続日本紀』の記事を削除させたこと（傍線部a）、それを種継の子にあたる仲成が復活させたこと（傍線部b）、嵯峨天皇がそれを元の通り削除させたこと（傍線部c）が述べられている。桓武天皇の弟である早良親王の最期は、種継暗殺事件に連座した罪によって幽閉され、絶食の末、自ら命を絶つという悲惨な最期であったという[1]。林陸朗氏が指摘するとおり[2]、桓武天皇は、晩年に至り親王の怨霊の祟りを深く恐れるようになり、親王の霊を慰めるべく『続日本紀』の記事の削除を命じたものと考えられる。

こうした次第で、種継暗殺事件についての記述は、現行の『続日本紀』よりも、正史の抄録である『日本紀略』の方に詳しい記録が残されている。そこで、ここでは『日本紀略』の記述を軸としつつ、適宜、『続日本紀』の記事を参照して事件の経緯を整理しておく。

〈資料①藤原種継暗殺事件の経緯〉括弧内は、『続日本紀』の記事

【延暦四年（七八五）八月二十八日条】

・中納言大伴家持死。後事発覚、追奪二官位一。今此不レ書レ薨、恐乖二先史之筆歟一。

（中納言従三位大伴宿祢家持死。）

・死後二十余日、其屍未レ葬、大伴継人、竹良殺二種継一、事二反逆一、発覚下レ獄。

（死後廿余日、其屍未レ葬、大伴継人、竹良等殺二種継一、事発覚下レ獄。）

・案二験之一、事連二家持等一、由レ是追除名、其息永主等並処レ流。

（案二験之一、事連二家持等一、由レ是追除名、其息永主等並処レ流焉。）

【同年九月二十三日条】

・中納言兼式部卿近江按察使藤原種継、被二賊襲射一、両箭貫レ身薨。

（中納言正三位兼式部卿藤原朝臣種継被二賊射一薨。）

【同年九月二十四日条】

・車駕至レ自二平城一云々。種継已薨。乃詔二有司一捜二捕其賊一云々。

・仍獲二竹良并近衛伯耆桴麿、中衛牡鹿木積麿一。勅二右大弁石川名足等一推二勘之一。

・桴麿欵云、主税頭大伴真麿、大和大掾大伴夫子、春宮少進佐伯高成、及竹良等同謀、遣二桴麿、木積麿一、害二種

継二云々。

・継人、高成等並欵云、故中納言大伴家持相謀曰、宜下唱二大伴佐伯両氏一、以除中種継上。因啓二皇太子一、遂行二其事一。窮二問自余党一皆承伏。

・於レ是、首悪左少弁大伴継人、高成、真麿、竹良、湊麿、春宮主書首多治比浜人同誅斬。及射二種継一者桴麿、木積麿二人斬二於山埼椅南河頭一。右兵衛督五百枝王、大蔵卿藤原雄依、同坐二此事一。五百枝王降レ死流二伊予国一。雄依及春宮亮紀白麿、家持息右京亮永主流二隠岐一。東宮学士林忌寸稲麿流二伊豆一。自余随レ罪亦流。

（車駕至レ自二平城一。捕二獲大伴継人、同竹良并党与数十人一、推二鞫之一、並皆承伏。依レ法推断、或斬或流。）

【同年九月二十八日条】（この条、宣命書の原文を改めた）

・詔曰、云々。中納言大伴家持、右兵衛督五百枝王、春宮亮紀白麿、左少弁大伴継人、主税頭大伴真麿、右京亮同永主、造東大寺次官林稲麿等、式部卿藤原朝臣を殺し、朝庭傾け奉り、早良王を君と為すと謀りけり。今月二十三日夜亥時、藤原朝臣を殺す事に依りて、勘へ賜ふに申さく、藤原朝臣の在は安からず、此人を掃き退けむと、皇太子に掃き退けむとて仍ち許し訖ぬ。近衛桴麿、中衛木積麿二人をして殺しきと申す云々。

・是日、皇太子自二内裏一帰二於東宮一。即日戌時、出二置乙訓寺一。是後、太子不二自飲食一、積二十余日一。遣二宮内卿石川垣守等一、駕レ船移二送淡路一。比レ至二高瀬橋頭一、已絶。載レ屍至二淡路一。葬云々。

・至三於行二幸平城京一、太子及右大臣藤原朝臣是公、中納言種継等並為二留守一。種継照レ炬催検、燭下被レ傷、明日薨二於第一。時年四十九。天皇甚悼二惜之一、詔贈二正一位左大臣一。（続日本紀は二十四日条にほぼ同文を載せる。）

・又伝二桴麿等一、遣レ使就二柩前一告二其状一、然後斬決。

【同年十月八日条】

・告二山科、田原、佐保山陵一。以下廃二皇太子一之状上。（続日本紀は遣使の名を具体的に記す。）

『続日本紀』と『日本紀略』とを比較すると、例えば、家持の死を記す八月二十八日条で、『続日本紀』は『日本紀略』にある「今此不レ書レ薨、恐乖二先史之筆一」という一節を記載しない。また同条で、大伴継人と竹良が種継を暗殺したことに対して『続日本紀』は「事二反逆一」という一節を記さない。前者は、敢えて「薨」ではなく「死」を用いたことを特筆して、家持への処罰の厳しさを印象づける文言である。後者は、継人らの罪状が八虐の一である謀反にあたる大罪であるという判断を示す一文である。これらが、『続日本紀』で記載されていないところに、種継暗殺を悪逆な罪とする厳しい姿勢を抑えようとする意図が働いているものと考えられる。さらに延暦四年九月二十八日条の一点目と二点目の記述は、『続日本紀』にはまったく見えない記事である。この二点には早良親王と事件との関わりが具体的に記されているので、林陸朗氏の指摘どおり(3)、桓武天皇が全面的に削除させた部分であると見てよかろう。

こうして、事件の記録は、『日本紀略』の方が、詳細で生々しい性格を持つことが知られるのだが、その記述から読み取ることができるのは、種継暗殺という暴挙に対する桓武天皇のたいへん厳しい姿勢である。逮捕された犯人のうち、八名が死罪である「斬刑」、五名が流罪で、皇族以外は、すべてもっとも遠くに流す「遠流」という処分である(4)。ここから、信頼厚い臣下である種継を暗殺された、桓武天皇のきわめてはげしい怒りを見て取ることができる。

この中で、大伴家持もまた、この事件に関わったとして、処罰を受けている。しかし、資料①の八月二十八日条に記されている通り、家持自身は、事件の日の二十日あまり前に没している。それにも関わらず、「除名」という重い処分を受けている点が注意されるのである。その処分の根拠となったのが、資料①の『日本紀略』九月二十四日条である。同条では、

勅㆓右大弁石川名足等㆒推㆓勘之㆒。（中略）継人、高成等並欵云、故中納言大伴家持相謀曰、宜㆘唱㆓大伴佐伯両氏㆒、以除㆗種継㆖。因啓㆓皇太子㆒、遂行㆓其事㆒。窮㆓問自余党㆒皆承伏。

として、逮捕された継人、高成らを取り調べたところ、彼らが自白して（欵云）、家持が大伴、佐伯の両氏に種継を除かねばならないと呼びかけ、皇太子早良親王に企てを告げて種継暗殺に及んだと言った、その他の者も皆、罪を認めたと記している。この部分は、『続日本紀』においても、資料①同条の末尾に示したとおり、「捕㆓獲大伴継人、同竹良并党与数十人㆒、推㆓鞫之㆒、並皆承伏。」と、ほぼ同じ記述が見られる。つまり、事件の記録は、『日本紀略』、『続日本紀』ともに、大伴継人らの自白に基づき、家持を暗殺事件の首謀者と認定しているのである。家持に対する朝廷、すなわち桓武天皇側のこうした認識が、死後の「除名」という処分を導いたのだと考えられる。

もっとも、種継暗殺事件の性格については、必ずしも計画的なクーデターではなかったという見解が示されている(5)。これまでにも指摘されているように(6)、事件に関わって捕らえられたのは主に春宮坊の官人であり、大伴氏や佐伯氏のごく一部の者だけであったこと、事件後の人事異動でも、大伴氏や佐伯氏で事件に関わらなかった者に対しては、待遇に差別が認められないこと、暗殺行為そのものについても一族を語らって周到に準備した形跡がなく、種継を殺害しただけで終わっていることなどの点から見て、種継その人への反発が事件を導いた要因であったと見るのが穏当であろう。また、早良親王、春宮坊側と長岡京造営との関係についても、早良親王側は造営に積極的に関与したという見方と(7)、この造営事業への関与が早良親王側と種継との対立関係を生む要因になっ

年・月・日	出来事	家持の動静
延暦元 4・11	平城京の造宮省廃止	
(782) 6・17		任陸奥按察使鎮守府将軍
延暦三 2		任持節征東将軍
(784) 5・7	難波にてひきがえるが大行列を成す（遷都の予兆）	
5・16	長岡村へ視察使派遣	
6・10	造長岡宮使任命	
6・13	賀茂社に奉幣し遷都を報告	
7・4	山崎橋を造る	
11・11	天皇、長岡京に遷御（朔旦冬至）	
延暦四 1・1	新京の大極殿で朝賀	
(785) 4・7		陸奥の現状を奏上
8・24	天皇、平城京に行幸（新斎宮の下向を見送るため）	
8・28		死去（在陸奥『公卿補任』）
9・23	造宮長官藤原種継、暗殺	
9・24	大伴継人、竹良ら逮捕・処刑	
9・28	早良皇太子を廃し乙訓寺に幽閉（淡路へ移送中に絶食して死去）	

〈資料②　藤原種継暗殺事件の推移と背景〉

たという見方[8]とが示されており、単純に長岡京遷都に反対の立場から早良親王が種継暗殺を認めていたと見なすことはできない。

こうした状況の中で家持が種継暗殺事件に具体的にどのように関わったかについては、不明なところが多い。資料②で整理したように、家持は長岡京造営事業が進行している時期に都を離れ陸奥国へを赴任し、延暦四年八月二十八日に没している。家持の死没地については、陸奥とする見解[9]と長岡京または平城京とする見解[10]とに分かれている。これらの諸説について、町野修三氏は詳しく検討を加えた上で、節刀を賜ったことが必ずしも陸奥に出征したことの証にはならないこと、当時の朝廷の東国政策に征東将軍を派遣すべき積極的な理由が見出されないことを指摘して、高位にある家持は、長岡京で没したと見るのが適切との見解を示している[11]。

しかしながら、町野氏自身が認めているように、「『持節』と冠する使節・将軍には赴任しないで、都で指揮をとったという前例は皆無であること」[12]は重視すべきであろう。また『公卿補任』延暦四年の条に「在陸奥」と記されていることも貴重な記録である。死没地を直接に記す資料が見出されない故、断定はできないが、陸奥で没したとみるのが穏当なのではないかと思われる。その場合、死後の処遇については、正倉院文書中の「周防国正税帳」（天平十年度）[13]に見える「骨送使」の例が参考になる。すなわち、次の二例である。

（天平十年七月）廿四日下伝使大宰故大弐従四位下小野朝臣骨送使對嶋史生従八位下白氏子虫（下略）

（天平十年十一月）十九日向京大宰故大弐正四位下紀朝臣骨送使音博士大初位上山背連靺鞨（下略）

前者は、天平九年（七三七）六月十一日に卒した大宰大弐小野老の遺骨を平城京に送った使いが、再び大宰府に下る際の記録とされる。[14]後者は、天平十年十月三十日に卒した大宰大弐紀男人の遺骨を、平城京に送る使いの記録である。これら「骨送使」の記録から推して、家持が陸奥で没した場合は、その地で荼毘に付され遺骨が都に送られることとなったのではないか。ちなみに、『延喜式』「主計上」に記載の都からの行程によれば、大宰府と周防国の間は七、八日と推測される。紀男人の場合、十月三十日に没した後、火葬が行われ、およそ十日後の十一月十一日ころに「骨送使」が太宰府を発ち、十一月十九日の周防国を通過したという行程が考えられる。

これに準じて家持の場合を考えると、延暦四年八月二十八日に没し、火葬後、遺骨は九月初旬に多賀城を発ち、「上五十日」（『延期式』「主計上」）の行程で十月中旬に都に届けられたと想定される。そうであれば、長岡京で藤原種継暗殺事件が起こったのは、家持の遺骨を都に運ぶ途上の時点で、遺骨が到着した時には家持に「除名」の処分が下された後であったことになる。家持の没伝が「死後二十余日、其屍未レ葬、大伴継人竹良等、殺二種継一事発覚下レ獄。」と記す背景には、このような事情が影響しているのではないか。[15]

家持の死去とその後の処遇を右のように考えてもなお、種継暗殺事件との関わりは不明といわざるを得ない。やはり拠るべき資料は、先掲の『日本紀略』九月二十四日条のみであり、これに加えて春宮坊の官人が事件に関与していることを考え合わせると、「大伴氏官人と春宮坊官人とを結びつけ、そのグループの中心にあって種継暗殺への主的な働きをしたのは大伴氏の氏長であり、春宮坊の長官であった春宮大夫の家持以外には考えられない」との見解[16]が示されるのも故ないことではない。というのも、家持は、天応元年（七八一）の早良親王の立太子に伴い、春宮大夫に任じており、春宮早良親王と近しい関係を結ぶ立場にあったと考えられるからである。つまり、家持は春宮坊と大伴氏との結節点に立っていた。それ故にこそ、家持が首謀者として暗殺事件を企てたという見方が、いわば当然のこととして受け止められたのではないか。家持自身の心中については明らかにする術はないが、家持の官人としての立場は、事件へ関与したという判断を必然的に呼び込むものであったと考えられるのである。

三　家持による万葉集編纂

ここで万葉集の編纂過程に目を向けてみたい。万葉集が内部構造において巻一から巻十六までと、巻十七から巻二十までとに分かれることは、契沖の次の言以来、ほぼ異論を見ないところである。

家持卿私ノ家ニ若年ヨリ見聞ニ随テ記シオカレタルヲ、十六巻マテハ天平十六年十七年ノ比マテニ廿七八歳ノ内ニテ撰ヒ定メ、十七巻ノ天平十六年四月五日ノ哥マテハ遺タルヲ拾ヒ、十八年正月ノ哥ヨリ第二十ノ終

マテハ日記ノ如ク、部ヲ立ス、次第ニ集メテ宝字三年ニ一部ト成サレタルナリ。（『万葉代匠記』精撰本・惣釈）

編纂の担い手や巻の成立時期については、このままには従えないが、契沖以降、とりわけ近代の万葉集編纂論は、万葉集が形態の上で二部に分かたれるという契沖の認識を踏まえて展開されてきたといってよい。具体的には、第一部（巻一～巻十六）と第二部（巻十七～巻二十）のそれぞれについて、巻々がどのような段階を経て成り立ったのか、編纂の担い手は誰か、それらの編纂物としての性格はなにかなどの問題について、多数の論が集積されて現在に至っている。先述のとおり、本書もそれらの成果を踏まえつつ、とくに第二部について、その中心的な歌巻である巻十九に注目して編纂の具体相と歌巻の性格を明らかにするべく論証を進め、その結果から、万葉集の巻十七から巻二十を編纂したのは、大伴家持その人であるとの見通しを得た。そうであれば、素直に考えると家持が巻十七から二十の編集を終えて、その手によって生み出された四巻が第一部と合わされた時に、万葉集という歌集の原型ができあがったと考えることができる。

右のような見通しに立って、万葉集二十巻の成立を考える場合、本書の序章で述べたとおり、考察の出発点にすべきは、伊藤博氏の説[17]である。氏の説は、おおよそ次の三段階に整理される。第一段階は、現在の巻一、巻二にあたる歌巻が形成された段階で、持統朝から文武朝を経て元正朝に編纂が行われたとされる。藤原京遷都後（六九四年）から養老五年（七二一）ころに至る時期である。その後、神亀年間（七二四～七二九）に、巻三、四、十～十四に仕立てられる部分の類聚があり、それらを土台としつつ、第二段階の編纂が行われた。すなわち、現在の巻一から巻十五と、それに付録的な性格を持つ巻十六の原型部が添えられた十五巻本万葉集の形成段階である。これには、大伴家持を含む多数の手が加わっており、天平十七年（七四五）から天平勝宝二年（七五〇）頃に完成を見たという。ここまでの段階は、私的な編纂作業ではなく公的な性格を持つ事業であったと考えられる。

その理由として、編纂の時期がおよそ五十年間にわたっていること、随所に異伝が記されることから、編纂に用いられた資料が複数かつ多種存在したと考えられることなどが挙げられる。

そして、第三段階が家持によって二十巻本万葉集が形成された段階である。この段階で現在の巻十七から巻二十、すなわち末四巻の原型が編纂され、さらに第二段階での付録的な巻十六が一巻の歌巻に昇格して、全体が二十巻本へ整えられる道筋が付けられるに至った。具体的に見ると、末四巻それぞれが編纂されたのは巻十九がもっとも早く天平勝宝五年（七五三）、ついで巻十七、巻十八が天平勝宝六年に編まれて、巻十七、巻十八、巻十九が「大伴宿祢家持歌集」三巻としてまとめられたという。この後、巻二十の原本（二十・四四八五まで）が編まれて既存の「大伴宿祢家持歌集」に合わされ全四巻として成立した。それが天平宝字元年（七五七）であったと目されている。

かくして、長い年月と多数の手によって形成された十五巻と付録一巻に家持の編んだ四巻が加わり、全二十巻の万葉集が形成される態勢が整ったのだが、その実現に着手したのは、家持の最晩年にあたる天応元年（七八一）のことであったとされる(18)。この時、家持は春宮大夫の任にあって、既存の十五巻と付録に自らの四巻を追補して全二十巻の歌集をまとめ上げるにふさわしい地位にあったというのが、伊藤氏の見解である。

しかしながら、家持は延暦三年二月には、持節征東将軍を拝命して陸奥へ赴くこととなった。そして、陸奥に出発する直前まで、自分の手元で二十巻の万葉集を完成させるべく、編集を行っていたのであろう。そして、その完成を見ないうちに、延暦四年（七八五）、家持は他界することとなった。右の伊藤氏の説によれば、家持の任じていた春宮大夫という役職から考えると、皇太子である早良親王の即位を待って、二十巻本として完成した万葉集を新天皇に献上する予定であったのではないかという。しかし、その願いは、自らの死と種継暗殺事件によって果たされることはなかった。

家持による末四巻の編纂と万葉集二十巻の成立に関しては、伊藤氏の論を承けつつ、山﨑健司『大伴家持の歌群と編纂』が、件の四巻それぞれの性格を踏まえて新たな見解を示している。とくに同書の「第Ⅲ部　万葉集末尾四巻の編纂」及び「結章」の論述[19]は、本書がこれまでに展開した末四巻の形成過程についての考察と関わるところが大きく、また、本章に述べる万葉集二十巻の成立と家持との関係についても貴重な示教を含んでいる。山﨑氏の論は、家持作品の内容とともに、題詞・左注・注記という形態面での特徴を綿密に観察し、その結果を踏まえて末四巻の成立について具体的に論じるという方法をとる。

氏の論によれば、巻十七から巻十九の三巻は、「常に家持が中心にいる『家集』的性格のつよい」歌巻で、「当初は日記的歌巻を志向する『大伴家持家集』として成立していた」という。これに対して、巻二十については、天平勝宝年間部分と天平宝字年間部分とで形態上の相違が見られることから、二段階の成立過程を経たと見る。具体的には、前者は天平勝宝九年に起こった橘奈良麻呂の変の後、間もない時期に「聖武朝の盛時を追憶し、元正・聖武両天皇と諸兄とを景仰する意図によって編纂されていた」とする。そして、「その後、天平宝字年間部分が追補されるにあたっては仲麻呂の専横ぶりを、（中略）ほのめかしている」と述べる。結果、氏は、「家持は編纂者として、広い意味での聖武朝の終焉を観じて一巻をなした」との見方を示している。かくして山﨑氏は、巻十七から巻十九と巻二十とでは生い立ちが異なることを押さえた上で、「巻第十九までの内容に相当する『歌日記』は、巻第二十に相当する部分を増補した時点で日記的性格を弱めた『家持家集』に相貌を改め」、巻十七から巻二十が「政治的記録的性格」を持つ「宮廷雑歌集」として、万葉集巻一から巻十六までに併せられるに至ったという結論を得ている。

以上に紹介した伊藤、山﨑両氏の論は、最終的に万葉集二十巻が、誰の、いかなる意図のもとで完成に導かれたか、その成立はいかなる段階を経たのかという、きわめて重要な問題に向き合い、それぞれに至りついた結論を提示している。これを要するに、家持に即した歌集として巻十七、巻十八、巻十九がまとめられ、それに巻二十相当部が加えられて、「大伴宿祢家持歌集（大伴家持家集）」が成立したということになる。その道筋は、本書の第二部で考察してきた方向と相違するところはない。

しかしながら、ここでさらに注意すべきは、山﨑氏が伊藤氏の論を踏まえつつ、より具体的に、巻十七から巻十九と巻二十との間に性格の異なりがあったと指摘する点である。これによれば、家持は「歌日記」を単なる記録の集積として捉えて編纂したのではなく、四つの歌巻それぞれに固有の性格を持たせて、自らの軌跡を異なる視点から描き出そうとしたのだと考えられる。そこで、両氏の見立てを踏まえて、改めて末四巻及び万葉集全体の成り立ちを見るならば、さらに大きく二つの課題が浮かび上がってくる。

その課題の一つは、末四巻それぞれの歌巻にいかなる性格を見て取ることができるかという問題で、これについては、本書なりの見通しを得ることができた。それを改めてまとめると、巻十八には陸奥での金産出を契機として高揚した意識が生み出した、多数の長歌を含む長大な歌群がある。これが家持の官人意識と密接に連動して詠み継がれたことは、すでに述べたとおりで、この大きな歌群を観察すると、そこに越中という「大君の遠の朝廷」（十八・四一一三）にあって任を果たす官人たちの姿が浮かび上がってくる。その姿こそが巻十八という歌巻を性格づけているのであり、それはほかならぬ家持自身が巻十八について、越中国司を主役に据えた歌巻という性格を与えるべく編纂を行った結果であると考えられる。このような性格を持つ巻十八に対して、巻十九は家持その人の個に密着する姿勢を見せている。そこに収録されている歌々は、家持の内面を映し出すかのような趣を持つのだが、これに関して注意されるのは、巻十九巻末に記された次の一文である。

但此巻中不ㇾ称㆓作者名字㆒徒録㆓年月所処縁起㆒者、皆大伴宿祢家持裁作歌詞也　（四二九二左注）

この一文は、本書が論じてきた巻十九の編纂過程から見て、家持によって記されたものと考えられる。ここに言うように、自らの歌には作者名を掲げないという形態は、巻十九が家持その人を中心に据えて成り立つ歌巻であることを示すものといえよう。このことは、職名表記の様態から看取される他者尊重の姿勢と連動する。すなわち、巻十九は、家持の側から他者に向けて、自らの内面が紡ぎ出した作品世界を提示するというあり方を示していると考えられるのである。かくして、巻十八と巻十九とは、同じく家持の「歌日記」の一部でありながら、異なる個性を与えられて編纂されていると見ることができるというのが、本書が至りついた見方である。

課題の第二は万葉集全体に関わる事柄で、全二十巻の歌集が、はたしていかなる過程をたどって成立したかという問題である。これについて、先に紹介したとおり、伊藤、山﨑両氏は、家持が巻十七から巻二十相当部をまとめ上げ、それをすでに編纂されていた巻一から巻十六相当部に合わせた結果、全二十巻が成立したと見る。ここで伊藤氏は、家持のその営為の目的として、家持が春宮大夫として近侍していた早良親王への献呈を想定している。歌集を編纂することは、当然のことながら、完成した歌集を他者に披露することを目的としているはずである。家持が任じていた春宮大夫の立場から推して、披露の重要な対象として早良親王を予定していたことは充分に想定される。その場合、伊藤説の示すように、完成した歌集の披露が早良親王への献呈という形式を踏み、それによって万葉集が公的な存在として認証されるという形を、家持が意図していたと見て誤らないであろう。

山﨑氏の論が説くとおり、末四巻、わけても巻十七から巻十九は聖武朝に密着する歌巻と見なされ、巻二十はその聖武朝の終焉を見とどけるかのような観を呈している。たしかに家持の春宮大夫という立場は、春宮早良との密接な関係を予測させるものだが、全体が聖武天皇（上皇の時代を含む）の時代に焦点を合わせる性格を持つ四巻の歌巻を献呈する相手として、早良親王を想定するのであれば、その行為がどのような意味を持つのかを考える必要がある。先に述べたとおり、早良親王は、けっして平城京から新都長岡京への遷都に強固に反対していたわけではない。そうであれば、平城京に密着する聖武朝懐古は、早良親王の志向する方向にはそぐわないものとも考えられるのである。

そこで、聖武朝、孝謙（称徳）朝から光仁朝への推移を観察してみると、家持自身の官歴においては、光仁天皇即位の宝亀元年（七七〇）に正五位下に叙せられ、かつて天平感宝元年（七四九）に従五位上に昇叙して以来、二十一年間にわたって停滞していた家持の官途が再び上昇の気運に乗ることとなったことが注意される。そして、もう一つ、『万葉集』の成立にとって見逃すことができない契機がある。光仁天皇という天智系の天皇の登場である。

繰り返しになるが、末四巻は、官人家持の動静を中心にして歌々が記録されまとめられている。その日記的記録の中で、時として皇統に対する敬慕の念があふれ出し、いくつもの作品を生み出しているさまは、本書のこれまでの考察で見たとおりである。家持の皇統尊重の意識は、大伴氏という氏族の矜持と分かちがたく結びつくものであった。官人家持の姿勢の根底には、「賀出金詔書歌」（十八・四〇九四～四〇九七）や「喩レ族歌」（二十・四四六五～四四六七）に見られるとおり、古事記、日本書紀に記される大伴氏の遠祖の業績に連なろうとする意識が常に働いていたと見てよい。それに加えて、家持にとって、より身近なこととして想起されるのは、壬申の乱における大伴氏の活躍であったと思われる。巻十九に載せる次の二首が、そのことを端的に示している。

壬申年之乱平定以後歌二首

大君は神にしませば赤駒の腹這ふ田居を都と成しつ　（四二六〇）

右一首大将軍贈右大臣大伴卿作

大君は神にしませば水鳥のすだく水沼を都と成しつ　作者未詳　（四二六一）

右件二首天平勝宝四年二月二日聞レ之　即載二於茲一也

「大将軍贈右大臣大伴卿」は、祖父安麻呂の兄の御行のことという。壬申紀には、御行の叔父の小吹負や弟の安麻呂（家持の祖父）の活躍が記されている。その壬申の乱の勝利こそが天武皇統を開く礎となったのであり、そこでの大伴一族の活躍は、家持にとってみれば皇統への讃仰の念を身近に具現した貴重な歴史にほかならない。そして、家持自身が敬慕する聖武天皇は、まさしく天武皇統の継承者として待ち望まれて即位した申し子であった。

このような認識を根生いの思想として持つ家持にとって、聖武の治世の後、称徳朝から光仁朝へと移りゆく時のありさまは、きわめて重い意味を持ったことと思われる。なぜならば、称徳天皇の崩御によって天武皇統は終焉を迎え、次の光仁天皇の即位によって、皇統は天智系の側に移ることとなったからである。さらに皇位が光仁の子山部王へと受け継がれるに及んで、天武皇統から天智皇統への転換が中国の天命思想に基づく王朝交替として認識されたという指摘が、滝川政次郎氏[20]をはじめ諸家によって行われている。

家持は、こうした時代の変革期のただ中にいて、皇統と分かちがたく結びつく大伴氏の存立に深く関わる王朝交替を目撃することとなった。この体験は、自らの存在の根底を揺るがす出来事として受け止められたに相違ない。家持にとってみれば、自らの官歴が二十一年に及ぶ長い停滞から抜け出したときに、皇統は天武系から天智系へと交替することとなったのである。自らが心底から忠誠の念を寄せていた天武皇統の終焉と同時に、自身の官途に新たな光明が差し初めたことは、家持の心に時代の変革を強く意識させたのではないか。こうした経験を経たことで、家持は、天武皇統に密着する末四巻に記しとどめられた時代を過去として認め、捉え返すことができるようになったのだと思われる。

すでに家持の前には、編纂を終えていた巻一から巻十六相当の歌巻があった。これらの歌巻、すなわち先に述べた万葉集の第一部は、舒明朝を実質的出発期とするが、その根幹は、天武天皇から聖武、孝謙（称徳）天皇にいたる天武皇統の時代によって支えられている。この意味で、万葉集は、まさしく天武皇統を軸として編纂された歌集と見なすことができる。そして、家持が晩年に至り、手元で仕立てた四巻の歌巻は、自らが生きた天平から天平宝字という時代、すなわち聖武朝から孝謙朝という、天武皇統にとって掉尾をなすというべき時代を映し出す記録であった。そうであれば、それら四巻を整え、既に成立していた巻一から巻十六までに継ぐことを企図したのは、家持の思考の必然の帰結であったと思われるのである。かくして、万葉集は、全二十巻の歌集として成立する道筋を得たものと思われる。そこで、最後に万葉集の行方について考察を進めたい。

四　万葉集伝来の開始

先に述べたとおり、家持の最晩年には陸奥赴任（延暦三年）と任地での死（延暦四年）が襲い、さらに長岡京での種継事件が相次ぐかのように起こった。これらの一連の出来事は、万葉集という歌集の後代への伝来に大きな影響を与えることになった。ここで、藤原種継暗殺事件後に家持に下された「除名」について見ておきたい。

「除名」とは、名例律（除法条）に「凡除《ソ》名者、官位・勲位悉除《クケ》。課役従《ヘヨ》本色《ニ》。六載之後聴《セ》叙《スルコト》」とあり、「官人の名籍から削除する意」（岩波日本思想大系『律令』、名例律瀆条の頭注）で「官人から位勲のすべてを六年間剥奪する付加刑」（同上）である。この時の家持に対する処断に関わる文言が三善清行の『意見十二箇条』の「請《フ》加給《ハラムト》大学《ノ》生徒《ノ》食料《ヲ》事」に見える。次のとおりである。

其後、代々下《シ》勅《ヲ》、給《リテ》罪人伴家持前国加賀郡没官田一百余町、山城国久世郡公田卌余町、河内国茨田渋川両郡田五十五町《ヲ》、以《テ》充《ツ》生徒《ノ》食料《ニ》。

この文言を参照すると、「除名」によって、家持は官人、すなわち律令貴族としての地位と名誉を剥奪され、おそらく財産も朝廷に没収されることになったものと思われる。そうであれば、完成に近づいていた万葉集も同時に没収された可能性がある。その場合、家持の日記的な記録を編集した巻十七から二十の四巻が、家持の財産の一部として没収され、すでに歌巻として編纂されていた巻一から巻十六相当分の歌巻は朝廷内に残されたか、もしくは、家持の手元でほぼ二十巻の体裁を整えた形で朝廷に没収されたか、両様の次第が考えられる。(21) いずれの場合であったとしても、万葉集は、最終的な完成を見ない状態で表に出る機会を失ったまま、朝廷内で保管されていったのであろう。こうして、万葉集は、後世への伝来の開始から複雑な運命を背負うことになったのである。

それでは、このような運命をたどった万葉集が、享受すべき和歌の集として承認を得て、現在の全二十巻の姿にまとめられたのは、いつのことなのであろうか。その時期を考えるにあたって、参照すべきは古今和歌集の序における万葉集への言及であろう。次に仮名序の該当部分を挙げる（傍点は筆者）。

いにしへよりかく伝はるうちにも、ならの御時よりぞひろまりにける。かの御世や歌の心をしろしめしたりけむ。かの御時に正三位柿本人麻呂なむ歌のひじりなりける。これは君も人も身をあはせたりといふなるべし。秋の夕、竜田河に流るるもみぢをば、帝の御目に錦と見たまひ、春の朝、吉野の山の桜は人麻呂が心には雲かとのみなむおぼえける。また山辺赤人といふ人ありけり。歌にあやしく妙なりけり。人麻呂は赤人が上に立たむことかたく、赤人は人麻呂が下に立たむことかたくなむありける。

（中略）

この人々をおきて、またすぐれたる人もくれ竹の世々に聞こえ、片糸のよりよりに絶えずぞありける。これよりさきの歌を集めてなむ万葉集と名づけられたりける。ここにいにしへのことをも歌の心をも知れる人、わづかにひとりふたりなりき。しかあれど、これかれ得たるところ得ぬところ、たがひになむある。かの御時よりこのかた、年は百年あまり、世は十つぎになむなりにける。

ここに言う「かの御時よりこのかた、年は百年あまり、世は十つぎになむなりにける」との文言に拠れば、古今集が編集された九〇〇年代初頭の醍醐朝から十代前、すなわち平城天皇の大同年間（八〇六～八一〇）が、万葉集にとって大きな節目であったことが知られる。平城朝は、その諡号が示すとおり、平城京時代がきわめて強く回顧された時期であった。その気運の中で、奈良時代までの和歌を集めた万葉集がふたたび関心を集めるようになったのだと思われる。

これに先立って注目すべきは、『日本後紀』延暦二十五年（八〇六）三月十七日条に「勅、縁㆓延暦四年事㆒配流之輩、先已放還、今有㆑所㆑思、不㆑論㆓存亡㆒、宜㆑叙㆓本位㆒、復㆓大伴宿祢家持従三位、藤原朝臣小依従四位下、大伴宿祢継人、紀朝臣白麻呂正五位上、大伴宿祢真麻呂、大伴宿祢永主従五位下、林宿祢稲麻呂外従五位下㆒」とあり、桓武天皇が、かつて厳しい処断を下した家持たちを許すという詔を発したことである。桓武天皇は、さらに諸国の国分寺に崇道天皇（早良親王）のため「春秋二仲月別七日」、すなわち二月と八月にそれぞれ七日、金剛般若経を読誦することを命じて崩御した。死の直前に発したこの勅によって、家持は罪人の扱いを解かれることになり、それと同時に、家持が深く関わった万葉集に、ふたたび表舞台に現れ出る機縁が生じたのだと考えられる。

こうして、平城朝に至り、それまで読むことを憚られるかのように埋もれていた万葉集が、読み解くべき対象として認知されるに至ったのだと思う。それが二十巻としてほぼ編集を終えていた歌集であったのか、家持が完成間近まで作り上げていた四巻と、それとは別に保管されていた十六巻相当の歌巻とがここに至ってつなぎ合わされ、二十巻の歌集として成り立つこととなったのか、断定することはできない。しかし、延暦四年（七八五）の家持の死後、二十数年を経てようやく姿を現した万葉集は、平安朝初頭の大同年間以降、天暦五年（九五一）には村上天皇の勅命で梨壺の五人によって古点が加えられ、さらに『袋草紙』「故撰集子細の条」[22]が「万葉集、昔所レ在稀云々、而俊綱朝臣、法成寺宝蔵本ヲ申出書二写之一。其後顕綱朝臣又書写。自レ此以来多流布シテ至レ今有二諸家一云々」と記すように、法成寺宝蔵本、すなわち藤原道長所蔵の本の書写を端緒として、平安朝中期以降、次第に書写が重ねられ、後世に伝来することとなったのである。

注

（1）西本昌弘「早良親王薨去の周辺」（『日本歴史』六二九、二〇〇〇年）は、早良親王が自ら絶食して命を絶ったという記録が『日本紀略』のみであることや、「大安寺崇道天皇御院八嶋両処記文」（『諸寺縁起集醍醐寺本』、『校刊美術史料　寺院編　上巻』中央公論美術出版、一九七二年）、『水鏡』などの記述を参照して、親王が死に至った原因は、幽閉されて飲食を絶たれたことによるという見方を示している。
（2）『長岡京の謎』（新人物往来社、一九七二年）
（3）注2書
（4）この他に、『公卿補任』弘仁十四年条によれば、大伴継人の男国道が佐渡に配流されたことが知られる。
（5）北山茂夫「藤原種継暗殺の前後」（『日本古代内乱史論』岩波現代文庫、二〇〇〇年、初出一九五九年）は、事件そのものがクーデター計画を持たなかったと指摘している。
（6）林陸朗注2書及び、栄原永遠男「藤原種継暗殺事件後の任官人事」（『長岡京古文化論叢』同朋舎出版、一九八六年）。
（7）西本昌弘「藤原種継暗殺事件の再検討―早良親王春宮坊と長岡宮の造営―」（『歴史科学』一六五、二〇〇一年）は、注1に挙げた「大安寺両処記文」に早良が思いがけず連座したと記すことや、連座者の顔ぶれ、長岡京造営の実態などを考慮して、早良親王と春宮坊は、むしろ造営に積極的に関与していたと指摘する。
（8）柴田博子「早良親王」（『平安の新京』清文堂出版、二〇一五年）は、早良親王には多くの造営事業に関係した実績があることを指摘した上で、「長岡京造営に積極的だったかどうかは明らかにしがたいが、しかし実績と人脈があることは、場合によっては逆に、造営を指揮する種継と対立を生じる要因にもなったのではなかろうか。（中略）早良と種継の不和が拡大する要因は複数あり、その状況下で早良の側近が種継の排除に動いたのではなかろうか」との見方を示している。
（9）川崎庸之『記紀万葉の世界』（御茶の水書房、一九五二年）、北山茂夫『大伴家持』（平凡社、一九七一年）、加倉井只志『大伴家持』（短歌研究社、一九七四年）、川口常孝『大伴家持』（おうふう、一九七六年）、扇畑忠雄『家持とその後』（おうふう、一九九六年、初出一九八五年）、橋本達雄『大伴家持』（集英社、一九八四年）など。
（10）村尾次郎『桓武天皇』（吉川弘文館、一九六三年）、伊藤博「二十巻本万葉集の形成」（『万葉集の構造と成立』下、塙書房、一九七四年）など。
（11）『大伴家持論Ⅰ』第二章「持節征東将軍の死没地」（短歌新聞社、一九九二年）。
（12）林陸朗『長岡京の謎』（新人物往来社、一九七二年）
（13）『大日本古文書　正集三五』。翻刻は、林陸朗・鈴木靖民編『復元　天平諸国正税帳（本文）』（現代思潮社、一九八五年）による。

（14）松崎英一「小野朝臣老の卒年」（『古代文化』第二七巻八号、一九七五年八月）、酒寄雅志「二〇周防国正税帳　天平十年度」（注12前掲『復元　天平諸国正税帳（解説）』）。

（15）「屍」は遺体の意なので、家持が陸奥で火葬されたことと符号しないように見える。しかし、これについては、長屋王、吉備内親王の例を参照すべきであろう。『続日本紀』天平元年（七二九）二月十三日条に見える次の記事である。

　遣レ使葬二長屋王吉備内親王屍於生馬山一。仍勅曰、吉備内親王者無レ罪。宜二准レ例送葬一。唯停二鼓吹一。（下略）

周知のとおり、天平元年二月、「私学二左道一、欲レ傾二国家一」（『続日本紀』）という疑いで罪を糾問された長屋王は、十二日、自邸で自刃し、妃吉備内親王とその所生の男子も自経した。右の記事は、その翌日の記述である。ここでは、罪を得て死んだ者を葬ることを「葬〜屍」と記している。これは、家持について「其屍未レ葬」と記すことと状況が共通する。この長屋王・吉備内親王と家持に対する「葬」「屍」という表現は、それが罪人への処遇であることを示す、いわば負の評価を担った筆致なのではないか。これを踏まえて家持の場合を考えると、火葬であるか否かという葬儀の実体と「其屍未レ葬」という表現とは、切り離して見るべきものと思われる。ちなみに、『続日本紀』では、この他に二例、「屍」が用いられている。すなわち、「海行波美豆久屍、山行波草牟須屍、王乃幣尓去曾死米、能杼尓波不死止云来流人等止奈母聞召須」（第十三詔）という二例で、聖武天皇が大伴、佐伯両氏の忠誠を嘉する箇所で用いられている。これらは、当面の場合とまったく性格を異にしている。

（16）木本好信『藤原種継』（ミネルヴァ書房、二〇一五年）

（17）伊藤博『万葉集の構造と成立　上・下』（塙書房、一九七四年）、及び『万葉集釈注　十一』（集英社、一九九九年）

（18）末四巻の編纂時期に関して、伊藤博氏は『万葉集釈注　十二』の「一　万葉集の成り立ち」で、『続日本紀』天応元年（七八一）八月八日条の記事に注目する。

　庚午、正四位上大伴宿祢家持為二左大弁兼春宮大夫一。先レ是遭二母憂一解任。至レ是復焉。

右の条にいう「母憂」が叔母である大伴坂上郎女の死去を指すと見て、そのための服喪期間が天応元年（七八一）五月七日から八月八日の三ヶ月であったと推定する。その上で、家持は、服喪の三ヶ月間に末四巻に相当する四つの歌巻をほぼ現在の形にまとめ上げたという見解を示している。ただし、「母」が大伴坂上郎女であるとするためには、家持と坂上郎女との間に養子関係が結ばれている必要があるという指摘がある（澤田裕子氏による）。この点が確認されないのであれば、この「母」は、町野修三氏（注11書）が説くとおり「家持の産みの母」と見るべきであろう。さらに町野氏は、右の条にいう「解任」が、

「仮寧令」（職事官条）の規定によるもので、「喪葬令」（服紀条）の規定によ服喪期間ではないことに注意しつつ、当時の任官記事を参照した結果、家持の解任期間は、五月二十五日以降から八月八日の間であったと推測している。

(19)　同書（塙書房、二〇一〇年）の第Ⅲ部と結章に収める諸論考の初出年は次の通り。「日付の書式」（一九九九年）、「年次の標記」（二〇〇五年）、「家持『歌日記』から万葉集へ」（二〇〇五年）、「『大伴家持家集』から『万葉集』へ」（二〇〇六年）

(20)　「革命思想と長岡遷都」（『法制史論叢』第二冊、一九六七年）

(21)　現在見る万葉集の目録で、巻一～巻十五までは誤りが少ないのに対して、巻十七～巻二十の目録には歌巻の内容に対応しないような誤りが多数認められる。このことから、伊藤博氏は巻十六以降の目録について、万葉集の伝来過程で、次点期（九〇〇年代後半以降）に作成されたものと指摘している（「目録の論」『万葉集の構造と成立　下』塙書房、一九七四年、初出一九七四年）。これによれば、万葉集二十巻の最終的な完成は家持の生前には果たされなかったと考えられる。

(22)　『日本歌学大系　第弐巻』（風間書房、一九五六年）

終章　大伴家持の表現手法と歌巻編纂

本書は、大伴家持の作品について、歌群の形成、漢籍受容、歌巻編纂という三つの視点から考察を進めてきた。その結果、明らかになった家持の作品世界の特質は、次のように整理することができる。

作歌に向かう家持の態度と手法の根底には、自らを取り巻くその時々の景物によって心が刺激され、そこで生じた感情や想念を歌によって表出するという意識を見て取ることができる。これは、詠物詩の影響を強く受けて、家持の内部で成熟していった文学観である。この自覚に基づいて繰り広げられた創作活動は、ある時点での情感を一首に託して表現するだけにとどまらず、内的関連を持つ複数の歌を歌群として構成することによって、時間の進行に従って変化しつつ展開する思いを総体として表現するという手法を積極的に開拓した。さらにこの歌群形成の手法は、歌巻の編纂にも繋がっていくことになる。

日時順の配列を取る「歌日記」の形態を必然的に呼び込んだのは、時間とともに推移する感情と想念を、連鎖的に展開する形として記録しようとする欲求があってのことであったと考えられる。かくして、歌の詠出から歌群の形成、歌巻の編纂へと展開する家持の営為は、歌という形式によってこそ自らの心中を表現することができるのだ、という自覚に貫かれたものと見ることができる。このような理解に立って、以下、本書が明らかにしたところをまとめたい。

第一部では、作歌の手法と態度の問題を中心に据えて考察を展開した。第一章では、家持の歌群形成の手法の出発期にあたる作品として、家持と大嬢との相聞歌群（四・七二七〜七五五）を取り上げた。これは、「悲傷亡妾歌」と並んで重要な位置を占める作品である。そこに認められた特色は、全体が二十八首に及ぶ構えの大きさ、『遊仙窟』を踏まえる趣向、大嬢歌の「おぼろ月」と恋情との融合などの斬新な工夫と表現であった。ここに家持の歌群形成の初期の姿を見るのだが、相聞歌の贈和を繰り返す形態や漢籍の表現の摂取などは他の相聞歌にも見出される特色であり、そこのみに家持の作歌手法や表現態度にかかわる独自性を求めることはできない。では、この相聞歌群を家持の手法という視点で見た場合、どこに注目すべき特質があるのだろうか。それは、『遊仙窟』を踏まえるという趣向の中に求められると考えられる。

この歌群については、『遊仙窟』の物語世界が持つ濃艶な情調を自らと大嬢との相聞の世界に重ね合わせる意識を、歌群構成の担い手である家持が明確に持っているということが重要である。いうまでもなく、物語は時間の進行を軸とした場面の展開によって成り立っている。家持は、自分自身と大嬢を物語の登場人物になぞらえるようにして、ともに『遊仙窟』を読み、その世界を楽しんでいた。その共通の基盤に立って、家持は、二人の相聞歌群にも物語の進行のような次第で場面が展開するという趣向を持たせたのではなかろうか。これに関して想起されるのは、大嬢歌が当該歌群のちょうど中央部に置かれていることで、さらにこれが家持歌と組をなしていることが注意される。家持歌を含めて改めて示すと、次のとおりである。

同坂上大嬢贈二家持一歌一首

春日山霞たなびき心ぐく照れる月夜にひとりかも寝む　（四・七三五）

又家持和二坂上大嬢一歌一首

月夜には門に出で立ち夕占問ひ足占をぞせし行かまくを欲り　（七三六）

一読して知られるように、二首ともに歌中の場面が映像のように浮かんでくる歌で、登場人物の息合いが具体性を伴って迫ってくるような臨場感を持っている。ここには、男の訪れを待ってやるせない思いを抱く女の姿と、逢瀬を期して恋の成就を祈る男の姿とが、あたかも好一対の場面をなすかのようにして描き出されているのである。この構図は、当該の相聞歌群が物語的な世界を意識していることを如実に示していると思われる。これに関して、さらに一つ、考慮すべきことがある。それは、『遊仙窟』では作中の登場人物同士の詩の贈答が全編にわたって繰り返されており、物語の場面の進行が詩の贈答の重なりによって支えられていることである（新間一美氏の示教による）。家持と大嬢との相聞歌群が、二人が交わす歌の贈和の積み重ねによって成り立っているのは、『遊仙窟』の詩の贈答を意識して、それを和歌の上で実践しようと試みた結果だと見ることができる。

かくして第一章で考察した相聞歌群には、物語的に心情と場面を展開させる手法が認められ、このような家持の試みが、後年に巻十九の巻頭歌群のような時の推移に沿った景と心情の移ろいを細やかに描き出す秀歌を呼び込む素地となった。それがやがては末四巻としてまとめられる「歌日記」的歌巻の編纂に繋がってゆくことになるのである。

第二章で取り上げた歌群（十九・四一五七～四一六五）は、まさにその「歌日記」の中に記録された天平勝宝二年（七五〇）三月の詠で、歌群形成の手法が、総題を掲げるという明確な形をとって発揮された作品である。そこに含まれる四つの作品が内的関連性を持って一つの歌群としてまとめられていることは、第二章で述べたとおりである。ここでは、当該歌群の総題が示す日付のあり方を、家持の手法という視点から考えたい。

四つの作品は、歌群の総題に「季春三月九日…属㆓目物花㆒之詠」という、老樹「つまま」を詠む一首を冒頭に据える。一首は、家持が国守の任である出挙の政によって出かけた機会に目にした老樹の長命を讃える歌で、以下、総題に「興中所レ作之歌」という三つの作品が紡ぎ出されるのだが、こうした歌群の構成は、巻五に収める山上憶良の「嘉摩三部作」（八〇〇～八〇五）を念頭に置いてまとめられていると見てよかろう。憶良の三部作も、筑前国守の任として憶良が管内の諸郡を巡行した折、神亀五年（七二九）の「七月廿一日」の日付の下に、嘉摩郡で「選定」したと記される（八〇五左注）。

憶良の場合は、漢文の序を伴う長反歌からなる三作品「令レ反二或情一歌」、「思二子等一歌」、「哀二世間難レ住歌」をとりまとめたのが「七月廿一日」であった。家持の歌群の場合もまた、これと同じ構図を持つといえる。すなわち、総題に記された「三月九日」は、その日に出挙の政に出かけたという事実をいうものであって、歌群に含まれる四作品がすべてこの日に詠まれたというわけではない。つまり、「三月九日」という日付けは、そこを起点として作品が詠出されてゆく時点を示しているのである。そして、その日に生じた作歌の契機が「擬二出挙之政一行二於旧江村一」という国守としての任務であった。この時、家持は、国守の任務によって属郡を巡行した憶良の姿を想起していたに相違ない。はたして、家持は、憶良の「嘉摩三部作」の一つである「哀二世間難レ住歌」（八〇四～八〇五）を念頭に置く「悲二世間無常一歌」を端緒として、憶良への敬慕の念を根底に貫く三作品を詠み継いでいく。

これら「興中所レ作之歌」とされる三作品は、詠出の日を記さない。第二章で述べたとおり、三作品は、「三月九日」の作として「歌日記」に定位される冒頭の老樹讃歌から展開する想念の所産であって、それ故にこそ、たとえば「三月十日」、「三月十二日」のような特定の日付と結びつくことはないのである。第二章では、このような構図について、伊藤博氏の提唱する「日付のある歌」と「日付無記の歌」との同居構造をなす一例と見て、そのような家持の歌稿保管の実態を反映する形態が四作品のまとまりを保証すると述べた。これを家持の作歌手法という視点で捉えると、ある日の経験から想念が展開してゆき、それに応じて作られた歌々を歌群としてまとめる方法と見ることができよう。

家持の歌群形成の典型と目されるのが、春愁の秀歌として名高い巻十九の巻頭歌群十二首（四一三九～四一五〇）であることは論を俟たない。当面の「三月九日」に端を発する歌群のすぐ前に置かれたこの秀歌群は、「三月一日之暮」（四一三九～四一四〇題詞）から「二日」（四一四二題詞）の昼、「夜裏」（四一四六～四一四七題詞）、「暁」（四一四八～四一四九題詞）として、細かく日と時の推移を示しながら、二日の夜が明けた朝の一首（四一五〇）に至るという構成を持つ。ここでは、日付と時の表示とが巧みに組み合わせられ、それに沿って展開する景と情の移ろいが、愁いの情を基調として流れるように展開している。これは、日時を細やかに設定することによって歌群構成を支える手法といえる。

家持の歌群形成の手法としてみれば、本書第二章で論じた総題を掲げる歌群の場合とこの巻頭の秀歌群とは、明らかに異なる方法を取っている。この二つの歌群は、ともに天平勝宝二年三月初旬の作で、相次ぐようにして巻十九の冒頭部に置かれている。この時期は、まさに家持の作歌意欲の高揚期で、初夏の花鳥を詠む歌を主体として数々の力作が生み出されたときであった（本書第二部第一章）。その旺盛な作歌活動の中で、家持が歌群形成の手法をさまざまに試しながら、歌による表現の質と幅を広げていくありさまを、ここに見て取ることができるのである。

第三章、第四章では、天平感宝元年（七四九）の家持の作歌意欲高揚期に詠まれた作品を取り上げた。ほととぎすを詠む歌（十八・四〇八九〜四〇九二）、久米広縄帰任歓迎の宴歌（四一一六〜四一一八）で、それぞれ長反歌からなる作品である。本書では、この二つの作品に共通する特質として、家持によって長歌という歌体がそれまでにない新たな性格を与えられていることを指摘した。すなわち、前者では、長歌がほととぎすという初夏の景物を詠む形式として利用されているところに、また後者では、国司の帰任歓迎の宴歌として長歌という歌体を積極的に採用しているところに、家持の新たな工夫を見出した。

ここに見られる家持の積極的な姿勢が、陸奥国で金を産出したことを嘉する聖武天皇の詔（『続日本紀』第十三詔）によってもたらされたことは、これまでの論述でしばしば触れたところである。その文脈において、件のほととぎす詠も帰任歓迎の宴歌も政治的な状況と密接に結びついて生み出されたものといえる。このことを念頭に置いて、件の二作品を見ると、まず、ほととぎす詠では、長歌前半部に天皇と国土を讃美する詞章が、一見、主題のほととぎすとは不釣り合いなほどに重々しく置かれている。また、帰任歓迎の宴歌では、広縄への敬愛とねぎらいとが言葉を尽くして表明されている。前者は、長歌という歌体が伝統的に有していた讃歌としての性質を体現するものであり、後者は、そこに盛られた情が家持のみならず国司の諸僚一同の共有の思いだと見れば、これまた長歌が持つ集団の場での儀礼的な性質を受け継ぐものといえよう。

家持と同時代にあっては、宮廷歌人の系譜を引くと目される田辺福麻呂を除けば、長歌という歌体を操ることができるのは、ほぼ家持一人に限られる。家持が用いた「山柿之門」（十七・三九六九〜三九七二前文）が、内実については諸説あるものの、和歌の道の先達を指すと解されることから、家持は、万葉歌の歴史において長歌という歌体の持つ伝統にきわめて自覚的であったと考えられる。右に述べた二つの作品における家持の試みは、歌人としての伝統を受け継ぐ自負と意気込みを込めて行われたもので、家持は、こうした試みによって、万葉の長歌史に新たな展開をもたらしたのだと考えられる。

当該のほととぎす詠及び広縄帰任の歓迎宴歌を含むこの時期の作品は、歌の配列でいえば、巻十八・四〇八九から四一二七にあたる。作品数でいえば、当面の五月十日のほととぎす詠（四〇八九～四〇九二）を皮切りに七月七日の「七夕歌一首并短歌」（四一二五～四一二七）まで、十五作品に及ぶ。これらの作品群は、先に述べたとおり、陸奥国での金産出に起因して繰り広げられた政治的な状況に敏感に反応して生み出されたものと見なされる。この意味で、当該部分の作品は、全体が政治的な状況に対応する記録としての性格を色濃く持つものとして、大きな歌群をなすと捉えることができる。

右のような見方に立つ場合、改めて歌群とは何かという問題を考える必要がある。本書が取り上げた相聞歌群（四・七二七～七五五）や総題を掲げる歌群（十九・四一五九～四一六五）と、右に示した巻十八の歌群とでは、内容においても規模においても大きな差異があるからである。家持と大嬢との歌の贈和で成り立つ歌群は、『遊仙窟』の世界を彷彿させつつ、物語的な展開を持つ。総題を持つ歌群は、山上憶良への敬慕を軸として連想的に展開する主題によって貫かれている。これら二つの歌群は、いわば家持が自らの内に兆した想念を展開させて、そこで詠み出された歌々をまとめたものである。そこでは、個々の作品を一つの総体としてまとめようとする、明確な意図が働いている。かような意識が、歌群形成を自覚的な手法として成り立たせているのだといえよう。

では、巻十八の歌群（四〇八九～四一二七）の場合は、どうであろうか。こちらの場合は、家持の作歌意欲の高揚に伴って、一定の期間に歌々が稠密して詠まれた結果にすぎないと見ることもできる。そこで想起されるのが、巻十八末尾から巻十九の半ばにかけての部分（十八・四一三六～十九・四二一〇）について、家持による歌稿の整理と取りまとめが行われていたことである。本書第二部の考察を通して浮かび上がってきたのは、現在の末四巻の中に、内部に幾つかの歌群を含みながら全体がひとつの編纂物としてまとめられていた部分があることで、なかでも注目されるのが、この巻十八末尾から巻十九半ばに至る一団である。一団は、天平勝宝二年正月から四月にかけて詠まれた作品なのだが、ここには、従来、高い評価を集める巻十九巻頭歌群の十二首をはじめとして、見るべき質を備えた作品が多数存在する。それらは、家持の旺盛な作歌意欲の所産と見てよいであろう。そして、職名表記の検討を通して明らかにしたとおり、当該の部分には他者尊重の姿勢が貫かれていることも、これに関連する。作品の内容面での充実ぶりと形態面での他者への配慮と、この二つをを考え合わせると、件の一団は、家持から読み手への披露を意図して編纂されていた段階を持つと考えられるのである。つまり、この天平勝宝二年正月から四月にかけての一団は、編纂物として構成された大きな歌群と捉えられるのであって、ここには、家持の作歌意欲の高揚に伴って進展した創作手法としての歌群形成が、その意欲の結実として、ひとまとまりの編纂物に展開するという、作歌から編纂への連続的なあり方を見て取ることができるのである。

こうした巻十八末尾から巻十九半ばにかけての歌群（十八・四一三六〜十九・四二一〇）と同様の意識が、巻十八の歌群（四〇八九〜四一二七）の場合にも認められるように思う。すなわち、その巻十八の大きな一団も、家持によって明確な意図を持ってまとめられた段階を持つのではないか。『万葉集釈注』は、天平勝宝元年（七五〇）秋に家持が大帳使として上京したと推定されることに注目して、「天平感宝元年五月五日」という年次と日付を題詞に掲げる作（十八・四〇八五）から七月七日の「七夕歌」（四一二五〜四一二七）までがとりまとめられ、上京時に都人に披露されたと見る。首肯すべき見解で、本書が取り上げた二つの作品を含む巻十八の歌群（四〇八九〜四一二七）は、郡での披露を念頭に置いて歌の取捨選択が行われ、一続きの編纂物としてまとめられていた段階を持つことが想定される。では、その場合、歌の取捨選択は、いかなる基準をもってなされたのであろうか。

このような認識を持って改めて巻十八の歌群を観察すると、その一団は、越中国守である大伴家持の官人としての目を通して見た記録という意味合いを持つことが知られる。いうなれば、越中という「天ざかる鄙」から都を見つめ、そこに生じる思いを官人の立場から記した日記的な記録なのである。この歌群に位置を占める個々の作品は、それを基準として選ばれたのであり、多かれ少なかれ歌群の性格と関連を持っている。ここに含まれるほととぎす詠（四〇八九〜四〇九二）は、季節を代表する鳥であるほととぎすを通して、「内兵」（第十三詔）たる大伴氏の一員である自らの心情を吐露した作品であった（本書第三章）。これは家持自身の越中国守としての公的な立場に根ざした思いである。同じ歌群に位置する久米広縄帰任歓迎の宴歌（四一一六〜四一一八）は、越中国司一同の立場から「都方人」（四一一七）への思いを歌ったものであった（本書第四章）。その長歌において、越中の風土が具体的に語られ、それによって都帰りの広縄の魅力をことさら引き立てているのも、政治的な現実を契機として都へ注がれることになった、家持たち国衙の官人たちの意識を雄弁に物語っている。かくして、件の二つの作品が示しているそれぞれの性格は、編纂物としての歌群を貫く基調を体現していると考えられるのである。

第五章、第六章では、家持作品における中国文学受容の実態を考察した。そこで明らかになった家持の文学的な営為は、漢籍の語句の利用という表層的な段階にとどまらず、歌という文芸の本質を深く自覚することへと向かうものであった。家持は、このような態度を持って、漢籍の表現を吟味し和歌に取り込むことで、新たな表現の世界を切り開いていったのである。そして、その態度と方法を確固とした手法に昇華させたところに、家持の歌人としての真価があるといえよう。

もっとも、漢籍の表現から影響を受けて新たな和歌表現を作り出すことは、時代の風潮でもあった。たとえば、七〇〇年代前半の平城京時代の作と推定される次の一首は、漢籍受容の一つの典型的なあり方を示している。

春霞流るるなへに青柳の枝くひ持ちてうぐひす鳴くも　（十・一八二一）

右の一首には、漢語の「流霞」を取り込んだ「春霞流るる」や、漢詩文に散見する「花喰鳥（含綬鳥）」を意識した「枝くひ持ちてうぐひす鳴く」など、漢籍に拠って作り出された表現が盛り込まれている（小島憲之『上代日本文学と中国文学　中』第五章）。このように、漢籍の受容は家持とその周辺に限ったことではないのだが、右の一首の場合、漢語表現の摂取が皮相的な位相にとどまっているために、「枝をくはへては鳴かれず。枝取持而の誤にて枝ニトマリテの意ならむ」（『万葉集新考』）という、一首の内部で描かれる情景の矛盾を突く批評を受けることになる。こうしてみると、漢籍の受容といっても、右の一首と家持の場合との間には大きな差異があるといわなければならない。

第五章では、紀飯麻呂宅での宴歌（十九・四二五七〜四二五九）を取り上げ、宴の場の矚目の景である梨の黄葉への注目が、詠物歌としてのすぐれた質を持つ一首を生み出したことを論じた。第六章では、やはり宴（肆宴）の場での家持歌（二十・四四五三）を取り上げ、「花庭」という漢語の巧みな利用がその場にふさわしい一首を生み出してたことを説いた。二つの宴における家持歌は、それぞれ眼前の景物に細やかな視線を注ぎ、その情感をすくい取って言葉によって表現することに徹することで、自らの内にある心情を歌という形に定位する。このような手法に基づいた表現の彫琢がいずれも宴の場でなされたことに、改めて注意を払うべきであろう。自らの思考と方法とを自在に試みることが許される独詠歌の場合と異なり、宴での詠出には当然のことながら場と時間の制約がある。その制約下で、矚目の景物を巧みに取り込みつつ、その場にふさわしい一首を詠み上げた手腕は、見事であると評価できよう。

そのような家持の作歌方法は、けっして偶発的なものではなく、歌という形式において、景と情とを結びつつ人の心を深く細やかに表現しようとする、明確な意志の所産であると考えられる。このことに関して注目されるのが、家持歌の題詞や左注の文言である。

橙橘初咲霍公鳥飜嚶　対二此時候一詎不レ暢レ志　因作二三首短歌一以散二鬱結之緒一耳

（十七・三九一一～三九一三題詞）

春日遅々鶬鶊正啼　悽惆之意非レ歌難レ撥耳　仍作二此歌一式展二締緒一　（十九・四二九二左注）

右の文言は、末四巻の編纂形態から推して、家持自身が録したものと見てよい。ここに示されているのは、人の心が外界から刺激を受け、それによって揺り動かされた情が言葉となる、それをもっとも効果的に表出するのが歌という形式なのだ、という文学観である。この思考に基づく和歌観の表明として、『古今和歌集』仮名序冒頭の文言がよく知られているが、それを遡ること百五十年前に、家持の中に仮名序に通じるような文学観が備わっていたことを、右の題詞、左注が示している。家持にあって、こうした思想と態度が成熟したのは、先にも述べたとおり、漢籍、中でも詠物詩の表現と方法に早くから関心を持ち、それを学んだことによると考えられるのである。

万葉歌の時代のみならず次代の平安朝においても、和歌は常に漢籍の影響を受けて豊穣な表現世界を獲得していった。とはいえ、万葉歌と平安朝の和歌とは直線的に繋がるものではないこともまた、周知のことに属する。しかし、平安朝の和歌がより円熟した形で漢籍の表現と方法を取り込んでいるのであれば、そのあり方を視野に入れつつ家持の作品を観察することで、家持の作品世界の新しさと時代的な限界とを明らかにすることができるのではなかろうか。こうした視野を持って家持の文学的な営為を究明するためには、漢籍の影響も含めて、個々の表現を押さえつつ家持の創作の軌跡を丹念にたどり、作品世界の探求を続けることが求められるのである。

本書第二部では、家持による歌巻編纂の実態と巻十九の成立過程、そして最終的に末四巻が加えられた『万葉集』二十巻の成立と家持との関わりなどを解明すべく考察を展開した。そこでは、末四巻に見られる形態的特徴を観察し、それを当時の制度に照らして合理的に理解することを基本とした。これに家持が置かれていた歴史的な状況を照らし合わせて、歌巻の編纂がどのように行われたかを具体的に推定した。第一章、第二章の論述がこれにあたる。第三章では、視点を変えて、巻十九の表記の様態を調査した。その結果をつきあわせて見ると、表記の様態と成立過程の推論が矛盾なく一致することが明らかになった。

このような考察によって得られた成果として、末四巻の編纂経緯について、本書なりの見通しを得ることができた。すなわち、家持の創作面での欲求に基づく歌群の形成が出発点となり、歌群を単位として一定範囲の取りまとめが数度にわたって行われた。家持は、こうした整理を経てまとめられた編纂物をつなぎ合わせつつ、創作段階で歌群に属していなかった歌々をも取り込んで、歌巻として仕立てていったと推定されるのである。この歌巻編纂にあたり、それぞれの歌群が備えていた形態や個々の作品が記されていた形態は、ほぼそのまま保持するという方針が貫かれたと判断される。それ故、末四巻のある部分には、敬称が連続する、あるいは内部で表記の様相が異なりを見せるといった現象が生じることとなった。つまり、家持は、末四巻を編纂時点での視点や方針で統一した構造体として成り立たせるのではなく、そこに含まれる歌群や個々の作品が生み出された、その時々の時間を尊重する姿勢を取ったということになる。こうして編まれた歌巻は、歌々が詠まれた時の姿をとどめる貴重な記録という性格を与えられているのである。

末四巻は、家持を中心とする「歌日記」という形態を取る。この四つの歌巻に記録され残されたものは、宮廷の盛儀であり、越中風土であり、官人たちの交流のありさまであり、また時節の風物に触発されてわき起こる人の内面の情であった。それらは、いわば家持という一個の人間に属することとして記しとどめられた記録である。つまり、万葉集二十巻に組み込まれる以前の四巻の原型は、実質的に天平十八年（七四六）正月の元正上皇の雪の肆宴（十七・三九二二〜三九二六）から、天平宝字三年（七五九）正月の因幡国庁での家持歌（二十・四五一六）までにわたって、大伴家持という古代人が生きた時間の記録として取りまとめられた編纂物なのである。その記録に通底するのは、大伴氏の矜持を常に保ちつつ朝廷に仕える生涯を送った、官人としての家持の意識であった。もちろん、この四巻のすべての作品において、家持の官人意識の発露が等しく看取されるわけではない。その時々の状況や個々の作品が持つ主題のあり方によって、おのずと家持の意識は異なりを見せ、また濃淡を帯びることになる。

しかし、そうした起伏を当然のこととして含みながら、右のような性格を持つ歌巻は、そのままでは大伴家持という個人の記録に過ぎない。ところが、それらは万葉集に組み入れられることによって、家持という個を離れ、古代社会に共通の価値を持つ歌集の一部という位置を与えられることになる。このことは、個に属する記録が公的な承認を得るという大きな転換を果たすということである。家持が、そのような重大な意味を持つ操作をなしうる自信を持ち、また、家持にとってそれを許すだけの環境が整ったのは晩年のことであったと考えられる。第二部第四章で述べたとおり、家持が不遇な時期を経た後、朝廷内で順調に地歩を固めていったのは、光仁天皇の時代以降のことであった。光仁天皇という天智系の天皇の即位が家持の心中に大きな区切りを意識させ、天武皇統の連なる時代を主要な舞台とする万葉集の成立を促す契機となったのだと思われる。

以上のように考えると、巻二十の巻末に据えられた次の家持歌が、家持のみならず万葉集という歌集にとって、重大な意義を持つことが改めて認識される。

三年春正月一日於二因幡国庁一賜二饗国郡司等一之宴歌一首

新しき年の初めの初春の今日降る雪のいやしけ吉事　（二十・四五一六）

右一首守大伴宿祢家持作之

この家持歌は、新年の賀歌としての性格について多くの論を集めている。しかしながら、この一首の本質をもっとも早くに見抜いたのは、契沖の次の言である。

そも〳〵此集、はじめに雄略舒明両帝の、民をめぐませたまひ、世のをさまれることを、よろこびおぼしめす歌より次第に載て、今此歌をもて一部をとゝのへたることは此集をすべていはひて、いくひさしくつたはりて、よをゝさめ民をみちひく、たすけとなれとなるべし。（『万葉代匠記』初稿本）

契沖が看破したとおり、右の一首が巻一巻頭の雄略、舒明の御製と照応するという構図は、巻一から巻十六に自らの編んだ四巻を加えて二十巻を完成させた家持の願いを反映するものと見て誤らないであろう。万葉集は、遠く伝説的な天皇の時代から家持の時代までを覆う歌集である。さまざまな相貌を見せるこの歌集からは、和歌が生き生きと命脈を保っていた時代のありさまが鮮やかに浮かび上がってくる。この歌集を完成に導いた家持の心の内には、和歌という文芸が後の代まで綿々と連なり、けっして古びることはないという信念が確固として存在していたと思うのである。

初出一覧（本書に収めるにあたり、初出以降に公表された論考を参照して改稿した。）

第一部

第一章　「万葉の恋―大伴家持と坂上大嬢の相聞―」（『恋のかたち』和泉書院、一九九六年）

第二章　「総題を掲げる歌群―大伴家持論序説―」（『日本語と日本文学』第八号、一九八八年一月）

第三章　「独居幄裏遙聞霍公鳥喧作歌の意義」（『伊藤博博士古稀記念論文集　万葉学藻』塙書房、一九九六年）

第四章　「広縄を歓迎する宴歌」（『セミナー万葉の歌人と作品』第九巻、和泉書院、二〇〇三年）

第五章　「梨の黄葉を矚て作る歌―家持宴歌の一手法―」（『万葉』第一九四号、二〇〇六年三月）

第六章　「天平勝宝七歳八月の肆宴歌二首―巻二十・四四五二～五三の性格―」（『万葉語文研究』第五集、和泉書院、二〇〇九年一〇月）

第二部

第一章　「職名表記から見た万葉集―末四巻の場合―」（『万葉』第一三三号、一九八九年九月）

第二章　「万葉集末四巻の職名記録―その成立に関連して―」（『万葉集研究』第一八集、塙書房、一九九一年）

第三章　「万葉集巻十九の表記をめぐって（二）―巻内部の傾向と前半部の様相―」（『光華日本文学』第三号、一九九五年八月）

第四章　「長岡京と大伴家持―万葉集の成立と伝来に関連して―」（『京都と文学』和泉書院、二〇〇五年）

あとがき

三十数年前、筑波大学の学生であった頃、二つの講義で学んだ言葉がある。

「研究の理想の態度は、自ら作品の場に仲間入りして、共感を持つことである」

「自らが選んだ対象を研究するには、まず、その世界に遊ぶことが必要である」

前者は日本古代文学、後者は西洋古典文学、分野を異にする二つの授業で奇しくも相通う教えに接した。その時の新鮮な感覚は、今も忘れることはない。本書をまとめるに至るまでの時間は、この教えの真価に気づくための道のりであったのだと思う。

その後、大学院を経て、幸いにも大学に教員として職を得てからは、勤務校での日々の授業や、一般向けに開催された講座もまた、貴重な研鑽の場であった。自らが得た知見を多数の他者に語ることは、自らの未熟に気付くことでもある。授業はもとより、講師を務める機会を得た市民講座は、その一回一回が新たな気づきをもたらす契機となった。学ぶことと語ることを繰り返し、万葉の歌々に向き合い続ける。それは、万葉の息吹に触れ、その世界に共感を持つ努力を続けることでもある。

本書に収めた論考の中で、もっとも早くに発表したものは、「総題を掲げる歌群」（第一部第二章）である。当時、私は筑波大学の大学院生であった。発表時の副題に「大伴家持論序説」とあるとおり、これがその後の研究を方向付ける出発点となった。以来、遅々とした歩みの途上で、多くの方からさまざまな形で貴重な学恩をいただいた。わけても伊藤博先生、芳賀紀雄先生には、心から御礼を申し上げる。伊藤博先生は、昭和五十五年、一年次の古代文学史を担当しておられた。先に掲げた教えの一つは、その中で受けたものである。伊藤先生からは、終始、学問に向かう姿勢そのものを教えていただいた。芳賀紀雄先生からは、大学院の演習において、典拠を徹底的に追求することを学んだ。お二人は、ときに厳しく、ときに大きなお気持ちで、私の遅い歩みを先へと促して下さった。

その時々の興味に従って制作した論文を一書とすることができたのは、平成二十八年度に、筑波大学で博士論文審査の機会を得たことによる。本書は、そこで提出した博士（文学）学位請求論文を基にしている。お一人お一人を挙げることは控えるが、先生方、先輩方から、論文作成及び審査の過程において、貴重な示教を賜った。出版にあたっては、塙書房社長、白石タイ氏から懇切なご配慮をいただいた。こうして、多くの方々のご厚情によって、本書は形をなすことができた。厚く御礼申し上げる次第である。今度は、ここを出発点として、万葉の、そして日本文学の世界に遊び、学び、その魅力を語り続けたいと思う。

平成三十一年一月二十七日

朝比奈英夫

朝比奈　英夫（あさひな・ひでお）

略　歴
1962年　静岡県に生まれる
1984年　筑波大学第二学群比較文化学類卒業
1991年　筑波大学大学院博士課程文芸・言語研究科単位取得退学
東京成徳短期大学国文科専任講師、光華女子大学（現・京都光華女子大学）文学部専任講師、同　助教授を経て、
現　在　京都光華女子大学　教授
博士（文学）〔筑波大学〕

主要業績
「平安文学と万葉集」（田中登・山本登朗編『平安文学研究ハンドブック』和泉書院　2004年）
『新撰万葉集注釈　巻上(一)、(二)』（和泉書院　2005年、2006年　共著）
「近世期の人麻呂・赤人の一面ー河野美術館蔵『柿本朝臣・山部宿禰歌集』についてー」（『東京成徳短期大学紀要』第46号　2012年　共著）
「歌仙歌集本『赤人集』の一伝本ー新出伝本の本文とその位置づけー」（『京都光華女子大学研究紀要』第51号　2013年　共著）

大伴家持研究《おおとものやかもちけんきゅう》—表現手法《ひょうげんしゅほう》と歌巻編纂《うたまきへんさん》—

2019年6月25日　第1版第1刷

著　者　朝比奈　英　夫
発行者　白　石　タ　イ
発行所　株式会社　塙　書　房

〒113-0033　東京都文京区本郷6丁目8—16
電　話　03(3812)5821
FAX　03(3811)0617
振　替　00100-6-8782

亜細亜印刷・弘伸製本

定価はケースに表示してあります。落丁本・乱丁本はお取替えいたします。
 ISBN978-4-8273-0132-8　C3091

I　人名（作者等）索引

歌、詩の作者及び史料見える人名を掲出した
人名の読みは現代仮名遣いにより、姓は省略した。
中国の人名は（　）に時代を表示した。

Ⅱ　人名（研究者）索引

Ⅲ　万葉集歌番号索引

同じ題詞の下で複数の歌がある場合及び、複数の作品が歌群をなすと見なされる場合は、先頭の歌の番号によって掲出した。

卷十一

卷十二

卷十三

卷十四

卷十五

卷十六

卷十七

卷十八

巻十九

巻二十